A PROVAÇÃO DE
GILBERT PINFOLD

Outras obras do autor: Romances: DECLINE AND FALL [DECLÍNIO E QUEDA]/ VILE BODIES/ BLACK MISCHIEF/ A HANDFUL OF DUST/ SCOOP [FURO!]/ WORK SUSPENDED/ PUT OUT MORE FLAGS/ BRIDESHEAD REVISITED [MEMÓRIAS DE BRIDESHEAD]/ THE LOVED ONE/ HELENA/ MEN AT ARMS/ OFFICERS AND GENTLEMEN/ UNCONDITIONAL SURRENDER

Evelyn Waugh

A Provação de Gilbert Pinfold

Um fragmento de conversa

organização e apresentação:
Richard Jacobs

tradução:
Maria Cristina Guimarães Cupertino

Copyright © 1957 by Evelyn Waugh
Copyright © da Apresentação e do Apêndice 1998
by Richard Jacobs
Copyright © da tradução by Editora Globo S.A.

Todos os direitos reservados. Nenhuma parte desta edição pode ser utilizada ou reproduzida – em qualquer meio ou forma, seja mecânico ou eletrônico, fotocópia, gravação etc. – nem apropriada ou estocada em sistema de bancos de dados, sem a expressa autorização da editora.

Título original:
The Ordeal of Gilbert Pinfold. A Conversation Piece

Preparação de texto: Nair Hitomi Kayo
Revisão: Denise Padilha Lotito e Maria Sylvia Corrêa
Capa: Paula Astiz, sobre postal que retrata o navio inglês *Highland Chieftain*.

Dados Internacionais de Catalogação na Publicação (CIP)
(Câmara Brasileira do Livro, SP, Brasil)

Waugh, Evelyn
 A provação de Gilbert Pinfold : um fragmento de conversa / Evelyn Waugh ; organização e apresentação Richard Jacobs ; tradução Maria Cristina Guimarães Cupertino. – São Paulo : Globo, 2002.

 Título original: The Ordeal of Gilbert Pinfold. A Conversation Piece
 ISBN 85-250-3609-9

 1.Romance inglês. I. Jacobs, Richard II. Título

02-5520	CDD-823

Índice para catálogo sistemático:
1. Romances : Literatura inglesa 823

Direitos de edição em língua portuguesa, para o Brasil,
adquiridos por Editora Globo S. A.
Av. Jaguaré, 1485 – 05346-902 – São Paulo – SP
www.globolivros.com.br

SUMÁRIO

Apresentação 7
Nota sobre o texto 56
Leituras complementares 60
Agradecimentos 63

A PROVAÇÃO DE GILBERT PINFOLD
1. *Retrato do artista na meia-idade* 69
2. *O desmoronamento da meia-idade* 84
3. *Um navio infeliz* 98
4. *Os desordeiros* 132
5. *O incidente internacional* 160
6. *O toque de humanidade* 175
7. *Os vilões desmascarados – mas não derrotados* 199
8. *Pinfold se recupera* 227

Apêndice 245

Apresentação

A PROVAÇÃO DE GILBERT PINFOLD é o último romance cômico de Evelyn Waugh. É possível que ele tenha suspeitado disso, e talvez até mesmo pretendesse que assim fosse; mas não teria pretendido que seria seu último romance, *tout court*, o que acabou acontecendo nove anos depois, com sua morte prematura aos 63 anos.

Pinfold nasceu de uma fase difícil e fascinante da carreira de Waugh — e fase, carreira e fascínio são questões inquietantes do romance. Tão íntimo no início quanto no final, ele foi escrito durante a produção de um projeto aparentemente maior, mais importante (a trilogia *Sword of Honour*): a interrupção desse trabalho bastante enfadonho ajudou a apressar sua conclusão. Poucos anos antes, numa feliz coincidência, outro escritor havia assinado um contrato equivalente para uma trilogia de romances (*Molloy, Malone Dies, The Unnameable*), mas que emperrara exatamente quando já estavam prontos dois terços da obra. *Esperando Godot* foi escrito como uma forma de relaxamento para Beckett durante o penoso avanço de sua obra-prima. *Pinfold* tem como subtítulo, como uma equivalência, "Um fragmento de conversa", insinuando que um sério exame crítico sobre a obra seria perda de tempo. Depois de Pinfold e do terceiro volume da trilogia (*Unconditional Surrender*), Waugh não escreveu nada de substância — exceto pelo primeiro volume da autobiografia que ele projetara e por uma entusiástica biografia de Ronald Knox. Mas *Pinfold*, como é intencionalmente óbvio para todos os leitores, é autobiográfico num sentido muito mais inquietante. Na verdade, a questão da autobiografia nessa obra é tão debatida — ao mesmo tempo, transparente e obscura — que seria melhor voltar ao tema depois de examinar o romance em si.

Gilbert Pinfold é um romancista católico de 50 anos, respeitado tanto pela crítica quanto pelo público; embora sem muito dinheiro, ele mora confortavelmente na tranqüilidade do campo, com sua família numerosa. Está vivendo uma "provação". Preocupado com a saúde precária, a insônia e os sinais cada vez mais freqüentes de instabilidade mental (embora só identifique alguns deles), Pinfold, munido apenas de soníferos e material para escrever, embarca num cruzeiro para os trópicos. A bordo do *Calibã* ele é atormentado por um grupo que faz brincadeiras de mau gosto, manipulando o que inicialmente lhe parece ser o sistema de comunicações do navio, mas que mais tarde ele "descobre" tratar-se de um temível implemento destinado a provocar danos psicológicos. Ele consegue chegar à fonte do tormento: um passageiro chamado Angel (que trabalha na BBC e que, Pinfold tem razão de assim pensar, está ressentido com ele), sua mulher odiosa (a quem Pinfold chama Goneril)* e sua irmã Margaret (que participa relutantemente do "jogo", que é como ela se refere às brincadeiras do grupo com

---

* A mais velha da filhas infiéis (as outras são Cordélia e Regan) do velho rei, na peça *Rei Lear*, de Shakespeare. (N. T.)

Pinfold; a relutância se deve ao fato de ela estar ligada amorosamente à sua vítima). Incapaz de obter ajuda de Steerforth, o comandante do *Calibã*, Pinfold abandona o cruzeiro, revida as agressões dos seus supliciadores ameaçando denunciá-los e recriminando-os, e quando Angel, desconcertado, lhe pede desculpa e propõe um acordo, ele corajosamente (essa é a expressão usada pela mulher de Pinfold) não aceita e volta para casa. Só quando reencontra a mulher ele percebe, como o leitor percebeu mais ou menos desde o início (pois o romance não tenta jogar com esse tipo de engano) que aquelas vozes eram uma criação sua, que a provação era interna e que a viagem para os trópicos era a sua própria vida interior. Nesse ponto cessam as vozes, e Pinfold passa a fruir a "vitória" e o "triunfo" (palavras suas) que se ratificam no ato de escrever toda a experiência — como um "fragmento de conversa", título pelo qual o leitor começou.

Essa exposição pode nos deixar a impressão de que tudo isso parece muito literário. (Uma senhora estrangeira a bordo do *Calibã* anuncia para outros viajantes estar desconfiada de que Pinfold "vai tomar notas sobre nós. Vocês vão ver: vamos estar todos num livro de humor".) E essa avaliação estaria certa ("parece" é uma palavra que valerá a pena examinar mais adiante). A idéia crucial da intertextualidade (pela qual se reconhece que os textos são fragmentos ou versões de outros textos que circulam pelo seu próprio sistema de significados, normalmente nas correntes mais frias que ficam abaixo dos seus objetivos conscientes) parece ter sido brandamente virada de cabeça para baixo ("brandamente" é um dos vários advérbios inofensivos que Waugh faz explodir de modo maravilhoso ao longo do livro), pois as vísceras desse romance, as referências e os pontos de contato com antecedentes literários, ficam abertas para exame.

Desde o início o leitor se confronta com duas características claramente literárias: o título do romance e o nome dos capítulos. Esse título foi escolhido numa evocação de *The Ordeal of Richard Feverel*, de Meredith — um romance de meados da época vitoriana, o primeiro de muitos que foram escritos mais ou menos cem anos antes de *Pinfold* e são lembrados ao longo do texto —, cujo gesto inicial é uma traição (de um marido pela mulher) e que a partir de então se preocupa com a necessidade de um filho se entender com um pai opressivamente intromissor. (Meredith trabalhou como revisor na Chapman & Hall, a empresa de seu pai, que publicava os livros de Waugh.) Os títulos dos capítulos, mostrados com destaque numa disposição decididamente pré-moderna numa página de Sumário (que foi omitida na edição anterior da Penguin), levam o leitor para direções ficcionais ora intelectuais ora populares — de Joyce a Milton via *Punch** e *Boy's Own Paper*** — e seu efeito cumulativo é sugerir um tipo de labirinto literário no qual os leitores podem ser instigados a tomar a direção errada e com isso avaliar erroneamente os objetivos do livro.

Há também a idéia da viagem alegórica até os limites na busca do autoconhecimento, uma fórmula bastante conhecida da alta literatura, que vem desde Bunyan (e Everyman*** antes dele), passa por Defoe e Swift, continua em Conrad, Mann e ainda em outros — por exemplo, o próprio Waugh em *A Handful of Dust*.

---

* Revista semanal inglesa famosa pelos artigos de humor e por sua crítica literária. (N. T.)

** Revista para garotos que circulou na Inglaterra entre o final do século XIX e o início do século XX, com histórias de aventuras. (N. T.)

*** Personagem de uma peça do final do século XV. (N. T.)

Descobrir as citações de Shakespeare não exige grande esforço. "Calibã"* e "Goneril" levam o leitor para direções bastante claras, e Margaret é "uma espécie de Cordélia" (Cordélia é também a encantadora irmã mais nova na obra de Waugh *Brideshead Revisited*). Pinfold é o mágico que fica preso dentro do seu próprio monstro (*A tempestade*) e/ou é o rei/pai/conde cuja loucura/cegueira é provocada pela sua própria descendência/visita (*Rei Lear*). Igualmente bem sinalizados são "Não me deixem enlouquecer, doces céus", "Então ele viu a luz" e exemplos menos desenvolvidos, como Pinfold ser referido (duas vezes) como "enganado". Malvolio, um antecedente muito pertinente, é enganado ("Ai, pobre tolo! Como eles o enganaram") na brincadeira de mau gosto de *Noite de Reis*; Goneril recebe esse nome de Pinfold quando este a ouve dizer "Amarre-o na cadeira" ("O senhor Pinfold imediatamente pensou no *Rei Lear*"), e nesse ponto há uma referência a ela como a "amiga" do comandante,** uma palavra quase afetadamente literária, usada por Shakespeare apenas três vezes, uma delas em *Noite de Reis*.

Angel remete o leitor para duas direções: para Hardy (o Angel de Tess a leva ao abandono e ao desespero) e para os anjos da porta do céu, que indagam sobre o estado da alma do morto (os Angels interrogam Pinfold de modo semelhante). Com criaturas jovens e animadas (aparentemente) a bordo junto com os Angels, um olhar sutil para *Vile Bodies*, de Waugh (que começa com criaturas jovens e uma *troupe* de anjos reunidos a bordo de um navio), parece intencional. A brincadeira sobre Margaret ser portátil ("ela seria

---

* O animalesco escravo de Próspero na peça *A tempestade*, de Shakespeare. (N. T.)

** No original: leman. Embora não seja "afetadamente literária", essa parece ser a palavra do vernáculo que mais se aproxima do original. Na literatura portuguesa antiga ela figura com esse sentido, que também é acolhido nos dicionários atuais. (N. T.)

portátil? Ele gostaria de saber quais eram as suas dimensões") também pode evocar a passagem de *Brideshead*, freqüentemente ridicularizada, em que Charles, a bordo de um navio (e logo depois de ter se comparado ao rei Lear), diz: "Tomei posse formal dela como amante [...] quando me desembaracei de seu quadril estreito" (ou seja, ele dorme com Julia Flyte pela primeira vez). A brincadeira da "portatilidade" também bebe na fonte de Wodehouse, que a havia usado vinte anos antes ("Uma das coisas de que eu gosto em você é você ser tão delgada, tão esguia, tão — numa palavra — portátil").[1] Dickens e Conrad estão envolvidos juntos: o romance deve ter em sua ascendência *O coração das trevas*, pelo menos via outro *O coração das trevas*, o romance *A Handful of Dust*, de Waugh, em que o herói, ferido pela traição, faz uma viagem para dentro do escuro e acaba se vendo condenado a ler Dickens para um louco. Steerforth é o fantasma do livro de Dickens que penosamente trai o herói. A certa altura, Steerforth se duplica, na *troupe* de artistas de Pinfold, como o tio "traiçoeiro" de Hamlet, e em outro trecho Pinfold observa que o desordeiro Fosker tem "algo dos dissolutos estudantes de direito e funcionários do governo que figuram na ficção de meados da época vitoriana".

T. S. Eliot é, como acontece freqüentemente em Waugh, uma presença obscura. *A Handful of Dust* toma emprestado seu título de *A terra devastada* e o "The Hollow Men" de Eliot tem como epitáfio "Senhor Kurtz, ele morto", de Conrad. O Todd (= morte) de Waugh, obcecado por Dickens, é uma representação de Kurtz (= brevidade). Outra epígrafe de Eliot cita o ventríloquo dickensiano de *Our Mutual Friend* (que imitava a polícia "com vozes diferen-

---

1. *Summer Moonshine* (1937). A dívida pode ser na outra direção; em 1937, Wodehouse mostra a influência das primeiras obras de Waugh.

tes"); o louco Todd não sabe ler e tem de ouvir as vozes de Dickens lidas para ele; mais que qualquer outra coisa, Kurtz é uma voz possante (e talvez ele seja apenas isso); a loucura de Pinfold é ter de ouvir uma ventriloquia de vozes orquestradas (mas ele até certo ponto se vinga com uma leitura monótona de ficção de meados da época vitoriana — o *Westward Ho!*, de Kingsley, uma história de aventuras marítimas que toma emprestado seu título da peça de Malvolio — voltamos a eles).

Eliot também é uma das fontes evocadas quando se vibra uma corda pseudo-elegíaca/épica, estando a referência literária tanto na sugestão rítmica generalizada quanto na fraseologia. (Antes de sua provação, o Pinfold insone costumava "deitar-se no escuro fascinado com a disposição dos vocábulos".) "Mas nada estava bem com ele" é um eco dos refrões "tudo vai ficar bem" de *Four Quartets*; "e então sua mente ficou deveras anuviada" emprega a fraseologia arcaica que poderia pertencer a um resumo vitoriano da trama do *Rei Lear*; "Não houve exéquias, não houve panegírico; nenhum toque fúnebre a bordo do *Calibã* naquela noite" é sonoramente consolador na tradição daquele que é o mais imemorial dos poemas imperiais, *The Burial of Sir John Moore*, gritado nos ouvidos dos estudantes da geração de Pinfold (e das posteriores) ("Não se ouviu um tambor, uma nota fúnebre..."). Nesse trecho há uma ressonância de algo ainda mais distante: são as mortes da Pequena Nell (essa morte que é um paradigma da literatura de meados da época vitoriana) e de Ofélia (outra filha tristonhamente inacessível).

Se *Pinfold* evoca um encadeamento de textos, ele próprio é flagrantemente evocador de outro viajante para dentro do escuro que é personagem de uma obra muito diferente, cuja tradução surgiu em brochura dois anos antes do romance (e poucos meses depois das experiências de que o romance se ocupa): von Aschenbach, em *Morte em Veneza*, de Thomas Mann. Assim como acontece a Aschenbach — também ele um escritor reputado pela arte contida —, forças impelem Pinfold para extremidades até então reprimidas. As vozes aviltantes a bordo do *Calibã* o acusam de ser homossexual e de se maquiar: acenando-lhe com a idéia de ser sexualmente desejável, elas o persuadem a visitar o barbeiro e depois ridicularizam o resultado. É admirável como isso lembra Aschenbach, cuja perseguição ruinosa ao seu garoto/amado o leva a um barbeiro que o convence a se maquiar. Em certo sentido Aschenbach e Malvolio são as ausências reinantes do romance (assim como o rei Lear é a presença reinante: o nome "Pinfold", afinal de contas, se destaca num momento inexplicavelmente agressivo do *Rei Lear*).[2] Malvolio é atormentado, em sua casa escura, por vozes que o escarnecem com a idéia de que ele enlouqueceu: ele acha que há muitas vozes, mas na verdade trata-se de Feste, um talentoso imitador, assim como Angel. *Status* frustrado e mal reconhecido, desejo não explorado e ilusões da vaidade, os inesperados terrores e vulnerabilidades que a meia-idade nos apresenta sombreiam o romance com essas versões defensivamente literárias do reconhecimento.

Por que fazer uma exposição tão extensa e direta de outros textos? Essencialmente para desafiar o leitor a se recusar a acreditar, a concluir que a própria "literariedade" desse texto saturado de textos é, na verdade, uma questão de maquiagem, uma reciclagem paródica de elementos de um projeto alegórico que obedece a uma fórmula. Apenas um texto, uma ficção — um "jogo", como insiste Margaret. O uso de palavras como "triunfo" no final do romance provoca o mesmo ceticismo: como é que o simples ato de se recusar

---

2. Ato 2, Cena 4. Um certo Gilbert Pinfold tinha sido, antes de Waugh, proprietário da casa de Gloucestershire. Veja Jolliffe, em Pryce-Jones, p. 232.

a fazer acordos com os tormentos da loucura pode ser um triunfo sobre eles? A loucura não pode ser despachada para um caminho escolhido, como Alice, que no final de *Alice no País das Maravilhas* espalha as cartas do baralho e desperta (o desaparecimento das vozes de Pinfold é narrado de modo a lembrar o final dos livros de Alice — "o ruído abafado do atrito de um lápis de ardósia [...] um sussurro, um suspiro, o farfalhar de um travesseiro"—, como ocorre mais adiante, quando Pinfold se refere à "outra metade do mundo" no qual ele havia "tropeçado"; os livros eram velhos favoritos de Waugh), e tampouco se pode realmente esperar que pensemos assim — embora essa pareça ser a intenção quando, no final, Pinfold se confunde com Waugh.

O desafio não declarado é o seguinte: isso é o que aconteceu comigo, não me importo se vocês acreditam ou não; assim, farei com que pareça tão fictício e inacreditável quanto eu quiser. A tese é que o fato de a função do romance (algo para "conversarmos" sobre) ser essa necessidade de pôr à prova nossa crença é sintomático de uma crise de crença mais fundamental em outro ponto: nos papéis do autor como escritor, cidadão, membro da família, católico. O texto fornece indícios (sem que precisemos recorrer à biografia de Waugh) de uma personalidade acossada por uma percepção de papéis que se solidificou sobre o seu eu unitário, máscaras que se tornaram traços, ficção tomada ao pé da letra. A provação leva a uma etapa adiante o processo de "literalização": Pinfold será literalmente atormentado pelas literalidades. Essa será a vingança que a obra aplicará ao artista, o que, evidentemente, é outra história literária, a de Pigmaleão ou Frankenstein.

A duas páginas do final, uma passagem é sintomática desse desafio. Pinfold se pergunta por que as vozes que o atormentavam o atacavam com "todas aquelas besteiras", e o narrador comenta:

"O senhor Pinfold jamais compreendeu isso; e ninguém foi capaz de sugerir uma explicação satisfatória". Esse momento incômodo, de preocupação, de imediato insiste em que essa coisa é apenas ficção e não há sentido em continuar perseguindo a questão (de qualquer forma eu já não lhe forneci suficiente material?); sugere que para Pinfold, se não necessariamente para seus leitores, pode haver boas razões para não encontrar explicações satisfatórias; e, encerrando as investigações, é evasivo exatamente no ponto em que a questão da autobiografia é explicitamente rompida. A formulação da frase (não se diz "Pinfold não compreendia [...] e ninguém era capaz [...]") dissolve a ilusão ficcional (a mudança do tempo encurta subitamente a distância entre o narrador e o narrado) no momento em que também se recusa a admitir a possibilidade da explicação não-ficcional. O final funciona do mesmo modo.

2

Nada do que foi dito acima explica por que *Pinfold* é um texto cuja leitura nos absorve de modo tão fantástico, e ele é definitivamente o mais interessante entre os últimos romances que Waugh escreveu. Analisar isso é se voltar para a sua superfície ficcional. Pois *Pinfold* é um construto verbal fascinante. Se suas energias intertextuais servem a objetivos ambíguos, como afirmei acima, seu jogo de palavras faz um contraponto com o desenvolvimento linear da detecção e da revelação narrativas do romance. O jogo de palavras revela uma dupla narrativa de conhecimento e desconhecimento que provoca tanto as ilusões das fantasias do narrado quanto as aquiescências do narrador no processo de iludir.

Um jogo de palavras enormemente meticuloso a respeito de idéias sobre aparência e presunção — eis um modo de explicar o romance. Expressões como "parecia", "aparentava", "supostamente", "ele presumiu/conjeturou", "ocorre-lhe que" e "não/dificilmente concebível" são, ao mesmo tempo, truques de estilo equilibrados, uniformes, judiciosos e até sonoros de um escritor "na idade da prata" e com uma tradição de artesanato ("notável pela elegância e diversidade de recursos"), como fica melancolicamente atestado na primeira página (o gesto de abertura do romance é um "Pode ser que" com reservas meticulosas) e, por meio de uma reativação em surdina de clichês obsoletos, é um modo de cutucar o leitor sugerindo-lhe a idéia de que a mente de Pinfold está tranqüila mas trabalhando febrilmente para enlouquecê-lo.

Na verdade, as coisas, efetiva ou idealmente, apenas "parecem"; as pressuposições, conjeturas e suposições são precisa e exatamente isso, e apenas isso; as idéias têm o hábito de ocorrer porque o cérebro, e não os acontecimentos, está em atividade. E há um desconcertante potencial de inventiva no que o cérebro, em sua fantasia, pode conceber. No nível mais simples, o sintoma paranóico de se ouvir a si mesmo incessantemente (sobretudo nas fantasias do amor) é um produto da presunção insegura, mas oculta na idéia do que é "concebível" está também a fantasia com o sentido que ela tem na poesia do século XVII: a livre atividade da representação figurativa para unir dessemelhanças (como Pinfold e suas invenções). É como se estivessem deixando pistas (como nos mais bem sinalizados livros de mistério que facilitam as coisas para o leitor, desde Agatha Christie — a leitura leve preferida de Waugh nessa época — até *Emma*), mas na forma não de objetos incriminadores e sim de frases enganosamente adequadas ou iluminadoramente inadequadas ("essa operação o chamou de volta à razão estrita"; "então ele viu a luz"), ou de palavras, unicamente — muitas vezes advérbios, em cujo uso Waugh era sempre letal (Pinfold pergunta sobre um "incidente" que ele "ouviu" na noite anterior, que, segundo imagina, incrimina Steerforth: "'Ninguém me falou disso', respondeu brandamente o comandante Steerforth") —, e o resultado são detonações em surdina na superfície cremosa e tranqüila da prosa.

Logo depois de se incorporar ao cruzeiro, Pinfold acredita ter casualmente ouvido uma "cena muito curiosa [que] acontecia ali por perto"; um sermão — "parecia" evangélico — estava sendo dirigido "presumivelmente a membros da tripulação", um dos quais é então interrogado sobre a existência de fotos de mulheres nuas em seu beliche. O nome dele é Billy; dada a natureza da acusação — "Você tem sido impuro, Billy?" —, a brincadeira literária supostamente se faz à custa de *Billy Budd, Sailor*, outra viagem alegórica. "O senhor Pinfold ficou horrorizado. Ele estava sendo levado a ter um papel numa cena de horrível indecência." Tentando explicar o incidente, Pinfold conclui pela existência de "mania religiosa talvez da parte de um dos oficiais"; e "o *Calibã*, claramente, estava equipado" para transmitir acidentalmente da cabine.

Palavras como "parecia", "supostamente" e "talvez" destroem a mente ficcionalizadora e com excesso de trabalho; "ter um papel" e "cena" sugerem suas inclinações de dramaturgo; "claramente" soa pungente porque, assim como o posterior "sabia intuitivamente", é bastante claro que tudo isso resulta demasiado intuitivo. Quando a cabine de Pinfold é invadida pelo barulho do *jazz* — de modo bastante previsível, dado o gesto de relacionar as abominações de Pinfold, sendo o *jazz* uma delas; a música aparentemente se reveza com as coisas jovens e animadas que estão a bordo (a vingança de *Vile Bodies*?) —, ele diz para si mesmo que seus ritmos talvez tivessem origem em alguma tribo primitiva. "Essa suposição se confirmou." A confirmação toma a forma de ouvir "o jovem que, sem ter grandes ares de autoridade, agia como chefe" pedir aos outros que toquem a *Pocoputa 1*. Sem grandes ares de autoridade — e de onde, e de onde mais, viria a autoria/autorização?

Esse hábito de ficcionalização pode ser ilustrado com outro trecho inventivo de autoria em que a mente de Pinfold se detém em explicações sobre os cavalheiros militares que ele acredita estar ouvindo. Pinfold "havia formado uma idéia clara de sua aparência", e um parágrafo inteiro de biografia resumida ("tinham servido lealmente em escritórios, cumprido seu turno de combate aos incêndios provocados por bombas, ficado sem uísque e sem lâminas de barbear") é então oferecido de maneira confiante, histórias duplamente ficcionais (elas teriam servido, podiam na verdade estar já preparadas, para ser usadas na trilogia de Waugh sobre a guerra). O *pathos* é intenso quando o parágrafo se perfura com esta última sentença: "Não os encontrou no convés e em nenhum dos salões públicos". Tinha formado uma idéia clara — isso contém a ferroada, mas o *pathos* está também na frustrada busca de confirmação, não só da sanidade como de uma simples companhia, mesmo que seja entre inimigos. É a necessidade da amizade da ficção — e ela é pungentemente sentida como uma oportunidade de demonstrar "seu dever", pois o dever de um romancista, mas não de um soldado, é, afinal de contas, inventar.

Uma série de pistas sobre as improbabilidades da má ficção caçoa da improbabilidade de o leitor (mas não Pinfold) deixar de observar as revelações que elas contêm. Pinfold precisa testemunhar uma "cena que poderia vir diretamente do tipo de romance policial pseudo-americano que ele abominava" (assim como o *jazz* um tormento a calhar) e ser a "platéia solitária" de uma cena que "se [...] tivesse ocorrido atrás da ribalta de um palco verdadeiro" ele a "teria repudiado [...] como grosseiramente exagerada" (uma versão quase exata da fala de Fabiano em *Noite de Reis*: "Se isso fosse representado agora num palco eu repudiaria como ficção inverossímil"); mais tarde a dicção do general se tornou "estranhamente céltica à medida que o sentimento o dominava", levando-o a dizer com afetação as tolices da fala sentimentalizada do interior.³

Outra série de pistas provém dos dados biográficos do próprio Pinfold, deliberadamente misturados à conspiração. A fala da mãe de Margaret tinha "tons compassivos que lembravam ao senhor Pinfold suas tias anglicanas falecidas", e a própria Margaret, em seu "amor ardoroso", "fez lembrar a ele as duas cartas que chegavam diariamente", escritas por fãs obcecadas. Pinfold, numa cena que já mencionei, tenta atormentar seus supliciadores lendo incessantemente *Westward Ho!*; isso revisita uma observação anterior, casual, de que seu sonho "mais desagradável" era o de estar "lendo alto para a família um livro enfadonho" (a pista é a relação com o sonho).

Mas as pistas/brincadeiras mais fascinantes são deste tipo: "Como se em resposta a esses pensamentos, o aparelho em cima dele estalou e entrou em atividade"; ou "Então o general verbalizou o pensamento que dominava a mente do senhor Pinfold". Durante uma investida particularmente mal-humorada a seus supliciadores, Pinfold fica sabendo que "era uma reencarnação (o senhor Pinfold, não eles, formulou a analogia) dos 'novos homens' da era Tudor que tinham saqueado a Igreja e os camponeses". Esse é um

---

3. Em 1961 Waugh registrou em seu diário que esse episódio teve uma fonte específica, inconsciente: sua leitura anterior de *O amante de Lady Chatterley*, de Lawrence. "A cena ridícula entre Mellors e o pai de Lady Chatterley [...] Esse pai, criação de Lawrence, era o pai que eu tinha ouvido instando com a filha para que ela fosse à minha cabine". Veja *Diaries*, p. 781.

parêntese caprichosamente (não) disfarçado. Pois, afinal de contas, é provável que o autor seja melhor historiador do que o desordeiro para ter a analogia mais rapidamente à mão (ou na cabeça). A "elegância e diversidade dos recursos" nessa disposição de pistas chama pouca atenção para elas próprias, na tradição do artesanato, e parece ser parte de um processo pelo qual as questões que seriam consideradas mais prementes, como a manipulação da simpatia, pedem menor ou nenhuma atenção. Mas o romance tem sido hábil em provocar a simpatia, e a origem desse *pathos* é o modo como a narrativa calmamente, suavemente, concorda e conspira com a fantasia e a comédia vacilante da versão dos acontecimentos dada por Pinfold.

Bem cedo em sua carreira Waugh percebeu o potencial cômico encerrado na onisciência da voz narrativa do realismo clássico. Em *Decline and Fall* o doutor Fagan diz a Paul, num dia de caça, que eles podem encontrar sua filha na marquise: "Ali é a província de Diana. Imagino que iremos encontrá-la trabalhando". E então: "Efetivamente, lá estava Dingy ajudando dois empregados [...]". A nota de leve surpresa desse "efetivamente" atenuador parodia as tentativas quase sempre vãs do narrador de fingir que não está movendo os cordões. Em *Pinfold* isso vai ainda mais longe, como se na paródia de uma paródia. Com um intervalo de poucas páginas entre uma e outra, a voz que narra faz duas intervenções particularmente sutis. Com as palavras "Ele não está dormindo o suficiente", Angel cancela uma operação do tormento — uma série de conversas para Pinfold "ouvir" —, e o narrador comenta: "Isso de fato era verdade". Mais tarde Pinfold parte para a ofensiva com Angel. "Eu sei exatamente o que você está fazendo para a BBC" e, delicadamente posicionada entre travessões, a narrativa diz: "Isso era um blefe".

Outras versões dessa intervenção paródica podem incluir o modo como o narrador corajosamente defende Pinfold dos seus supliciadores, como na passagem em que dois desordeiros se aproximam de sua cabine: "Você vai se haver conosco. Agora ele trancou a porta". O narrador: "O senhor Pinfold não tinha feito isso". A forma de tratamento que a narrativa observa de modo escrupuloso, "senhor Pinfold", é uma defesa equivalentemente irônica, absurda à medida que vai se acumulando de modo inflexível. (E quanto mais ela se acumula, mais o leitor pensa no recurso psicanalítico da terceira pessoa, com o qual os pacientes recusam suas próprias histórias.) E há o modo como a relação habitual entre narrativa e processos de pensamento pode ser caprichosamente invertida, como quando Pinfold procura em sua cabine o suposto sinal de amor deixado por Margaret: "Abriu o armário sobre a bacia de lavar as mãos. Não havia nada lá. 'Não há nada aí', disse Margaret". A narrativa pode conspirar de maneira tão inconsútil com a versão de Pinfold que quase parece estar enganando o leitor. Na manhã seguinte à noite em que os desordeiros, deixando de surrá-lo, embebedam-se e vomitam no convés, Pinfold levanta-se cedo. "Foi para o convés, onde marinheiros estavam esfregando o chão. Todos os vestígios do clímax repugnante da noite anterior já haviam sido limpos." (O jogo de palavras com *seamen* [marinheiros] e *climax* é elegante.

É sintomaticamente difícil avaliar a intenção de Waugh nesse trecho; é como se a prosa composta com serenidade fosse uma máscara para o sentimento real e ao mesmo tempo a sua única chance de evocação. Do mesmo modo, a comédia é vacilante porque depende (de maneira mais incisiva, mais ambivalente, do que a maioria dos textos) da reconstrução pelo leitor do potencial para o *pathos* existente dentro ou por trás da brincadeira. Assim, a questão colocada para as coisas inventadas pela imaginação febril de

Pinfold — "qual era o procedimento certo, se é que havia algum, para prender um comandante em seu próprio navio?" — fica obscurecida pelo próprio absurdo da idéia de Pinfold se sentar para examinar essa pergunta estapafúrdia — assim como acontece com a idéia de Pinfold ter "dedicado alguma reflexão" ao tópico absolutamente fantasioso do sepultamento no mar: e aí a atenuação da "idade da prata" sugere o terror da longa e solitária imaginação de coisas. O mais pungente de tudo é o *pathos* exageradamente recuperável que está por trás da cena quando Pinfold reage ao ataque "com as armas do inimigo", lendo *Westward Ho!* "muito lentamente, hora após hora [...] para vencê-los pelo puro tédio [...] Então o senhor Pinfold passou a atormentá-los fazendo uma algaravia com o texto, lendo linhas alternadas, palavras alternadas, lendo de trás para a frente, até eles pedirem uma pausa. Hora após hora o senhor Pinfold prosseguia lendo, sem remorso".

Aliás, as palavras mais inofensivas, neutras, podem comunicar o *pathos* intenso. Depois da cômico-grotesca tentativa de Pinfold de falar com os desordeiros por meio do que ele supõe ser seu aparelho provisório de transmissão, o abajur que está diante dele no café da manhã, ficamos sabendo que "o abajur não podia ser deslocado. Seu cabo o desligou. A lâmpada apagou e as vozes cessaram abruptamente". O vazio desse "e" (esvaziado de tudo, fora o seu valor sintático) é o seu *pathos*; o realismo clássico tornaria repleto de um potencial de conseqüências o "e" que aqui está tão inteiramente vazio. "Disse" é o menor centavinho da moeda do romancista tradicional; usado invariavelmente nos pseudo-diálogos que Pinfold tem com seus supliciadores, ele contém a sombra do *pathos* na possibilidade de que Pinfold esteja, de fato, dando voz corpórea ao seu lado das trocas. O exemplo mais triste do *pathos* de palavras aparentemente inócuas[4] também contém o uso mais tocante da palavra "parece" no romance. Goneril responde à explicação de Margaret para o malogro do encontro marcado com Pinfold — "Quando eu cheguei lá ele estava deitado no escuro roncando" — com um escárnio áspero: "'Roncando? Que vergonha. Gilbert sabia que não estava à altura. Ele é impotente, não é mesmo, Gilbert? Você não é impotente?' 'Quem estava roncando era Glover', disse o senhor Pinfold, mas ninguém pareceu ouvi-lo".

3

A impressão que se tem é de que Waugh tinha uma carapaça que (nas palavras dele) "parecia impenetrável". Assim, a simples admissão de que "isso magoa" surpreende: essa afirmação está numa carta escrita dez anos antes da publicação de *A provação de Gilbert Pinfold*.

Não há, por nenhuma razão óbvia, anotações no diário de Waugh entre outubro de 1948 e setembro de 1952, e assim as suas cartas são a principal fonte primária de informações biográficas.[5] Numa carta para Nancy Mitford, ele escreve: "Você diria que eu sou um homem muito mal-humorado e vaidoso? Isso magoa".[6] "Isso" é a acolhida pelo *establishment* literário de uma novela reconhecidamente desapontadora (*Scott-King's Modern Europe*) e é um mo-

4. Veja a Nota sobre o Texto; foi um acréscimo posterior.

5. Não é preciso dizer que a principal fonte secundária é a excelente biografia de Martin Stannard. Esse trecho se baseia reconhecidamente nos capítulos pertinentes do segundo volume.

6. Para Nancy Mitford, dezembro de 1947; *Letters*, p. 264.

mento penoso no início de um extenso período penoso durante o qual, nas palavras de Martin Stannard, Waugh "ficou velho [...], parecendo envelhecer uma década a cada ano".[7]

O Partido Trabalhista subira ao poder; o que Waugh considerava civilização estava, ou assim pensava ele, em debandada — e o esforço literário se mostrava mais difícil de convocar e sustentar. *Brideshead Revisited* tinha agradado muito ao público e lhe rendera uma correspondência de fãs, e nada disso o encantava; mas o projeto seguinte de Waugh, *Helena*, que ele considerava o mais importante até então, foi um trabalho punitivo de cinco anos (aliviado apenas pela realização e o sucesso de *The Loved One*), e até um ensaio para um jornal, aceito sobretudo por razões financeiras, cujo título era "The American Epoch in the Catholic Church", lhe exigiu três meses de árduo esforço. Os passeios a Londres deixaram de ser restauradores para se tornar o oposto: "Fico tão penosamente bêbedo sempre que vou lá [...]; desmorono completamente, com algumas indicações claras de demência incipiente. Acho que estou bem perto de ficar louco."[8] Ele tem apenas 46 anos. "Dois suicídios de amigos no ano passado. Quantos ainda acontecerão?"[9] E no final da década o sortimento de amigos com quem Waugh podia fazer suas provocações e saber das novidades estava minguando por outra razão — porque ele tinha conseguido, quase sempre de propósito e para se autopunir, indispor-se com eles e afastá-los totalmente de sua vida.

Na nova década, sérias dificuldades financeiras provocadas por um misto de esbanjamento, generosidade (sobretudo com as causas católicas) e despreocupação financeira, tudo em grande esca-

7. Stannard, pp. 147, 212.
8. Dezembro de 1949; *Letters*, p. 315.
9. Janeiro de 1950; ibid., p. 318.

la, foram uma ameaça mais ou menos permanente (que não desapareceu nem com a boa vontade paciente do agente de Waugh, A. D. Peters, aliada à perspectiva de 1 milhão de brochuras da Penguin).[10] Ele teve confirmada uma impressão de perseguição pela receita federal quando esta lhe pôs as garras logo depois da eleição de um governo do Partido Conservador, em outubro de 1951 — como se até essa felicidade o tivesse denunciado para os fiscais do imposto de renda. Os primeiros ataques do reumatismo que o maltratou até o fim agravaram sua melancolia entrincheirada — o tipo de melancolia a que, segundo Waugh, um médico alegremente o levou a se entregar em janeiro de 1951, ao declarar-lhe que sua pressão era "a mais baixa jamais registrada [...] Num acesso de súbita esperança eu disse: 'Isso significa que eu vou morrer logo?' 'Não. Significa que você vai viver para todo o sempre numa melancolia cada vez mais profunda'."[11]

Seu diário é retomado no outono de 1952 com uma satisfação discreta pela publicação e recepção de *Men at Arms*, o primeiro volume da trilogia de guerra *Sword of Honour*. Mas 1953 "começou mal [...] e terminou pior: problemas com os filhos, mais problemas com o imposto de renda e seus agentes, o próximo romance[12] se arrastando até empacar, brigas, mania de perseguição".[13] Uma reação muito exagerada a um suposto desprezo por parte de Diana e Duff Cooper quando Waugh os visitou na França durante a Páscoa marcou os "primeiros sintomas de colapso nervoso",[14] e ele reagiu com igual exagero às críticas do minúsculo *Love Among the Ruins*.[15]

10. Veja Stannard, pp. 254-6.
11. *Letters*, pp. 343-4.
12. O segundo volume da trilogia.
13. Stannard, p. 319.
14. Ibid., p. 328.
15. Ibid., pp. 329-31

Entre junho de 1953 e o dia de Ano Novo de 1954 há outra pequena interrupção do diário. Esse é o período durante o qual Waugh teve cada vez mais a impressão de ser flagelado pelos jornais de Beaverbrook e pela BBC. "Todo mundo à espreita, ansiosos por sinais de debilitação do vigor" — assim terminam os registros de 1953;[16] os primeiros onze dias de 1954 são registrados — "relógios quase parando. Passou-se meia hora?, não, cinco minutos"[17] — e então há outra interrupção, mais longa, até junho de 1955. Depois uma retomada: "Não demorará muito, talvez da próxima vez que eu escrever um livro, serei humilhado pela falta de interesse demonstrada e olharei para estes anos como de plenitude".[18] O livro seguinte foi *Pinfold*. O Natal de 1953 encontrou Waugh "atroantemente deprimido".[19] Assim, no final de janeiro de 1954, duas semanas depois de visitar a mãe muito doente, Waugh partiu num cruzeiro para o Ceilão e enlouqueceu. "Minha recente tardia", foi como ele posteriormente se referiu às alucinações agudas e aterradoras que havia suportado.

As cartas escritas à sua mulher, Laura, durante essa viagem sobreviveram. Waugh deixou o navio em Port Said uma semana depois da partida e viajou para o Cairo e depois para Colombo. Essas cartas (cinco delas são condensadas aqui) dizem o seguinte:

Querida, gostaria que você estivesse comigo [...] Minha cachola está ficando mais clara, porém fraca. É evidente que estive me envenenando cumulativamente com hidrato de cloral nos últimos cin-

---

16. *Diaries*, p. 722.
17. Ibid.; esse, que talvez seja o registro mais expressivo de todo o livro, aparece aqui exatamente como foi impresso.
18. Ibid., p. 726.
19. Stannard, p. 343.

co meses [...] Quando acordo, o que acontece vinte ou trinta vezes por noite, sempre me viro para a outra cama e me sinto miserável por você não estar ali e fico perplexo por você não estar ali — estranho, já que normalmente ficávamos em quartos separados [...] Para piorar a minha doidice, trechos intermitentes de entrevistas do *Third Programme* [Terceiro Programa] são transmitidos na cabine privada e dois deles me mencionaram muito baixinho e minha m.p. achou que seriam outros passageiros cochichando sobre mim [3 de fevereiro] [...] Então, quando eu estava começando a me reanimar, me vi sendo vítima de uma experiência com telepatia, e isso me fez pensar que estava ficando mesmo louco [...] Sei que parece m.p. aguda, mas é verdade. Um aparelho que os existencialistas inventaram — mais ou menos hipnose —, que é mais alarmante quando aplicado sem aviso ou explicação a um homem doente (8 de fevereiro) [...] É muito difícil escrever para você porque tudo o que eu digo, penso ou leio é lido alto pelo grupo de psicólogos que encontrei no navio [...] as engenhosas criaturas podem estabelecer comunicação a muitos quilômetros de distância. Por favor, não pense que é maluquice. Eu certamente teria pensado isso três semanas atrás, mas é real [...] é um enorme alívio perceber que sou apenas vítima da malignidade de outras pessoas, e não louco, como de fato teni durante alguns dias [12 de fevereiro] [...] Enquanto escrevo isso ouço as vozes odiosas dos psicólogos repetindo em meu ouvido, palavra por palavra, tudo o que digo [...] Acaba com a minha concentração [16 de fevereiro] [...] Ainda estou bastante atormentado pelos psicólogos. Acho que poderei lidar melhor com eles da Inglaterra [18 de fevereiro].[20]

Supostamente, "m.p." significa mania de perseguição. O emprego natural da abreviação sugere que ela devia ser empregada

20. *Letters*, pp. 418-21.

freqüentemente entre Waugh e a esposa. Sua história é longa. O biógrafo de Waugh já detecta os sinais de um complexo de perseguição logo depois da conclusão do curso superior, certamente pelo seu comportamento no final do primeiro casamento.[21] Depois esses sinais voltam a surgir com notável intensidade, por exemplo, nas respostas de Waugh ao que ele considerou serem críticas desfavoráveis e destrutivas à sua obra — a *Scott-King*, como já vimos, e mais enfaticamente a *Helena*, em novembro de 1950: este foi um romance em que Waugh se empenhou de modo muito criterioso e que ele tinha em alta conta. De modo geral, a recepção pela imprensa foi calorosa e aprovadora, mas Waugh achou-a "particularmente ofensiva" e (numa frase pertinente para *Pinfold*) um "tipo de punição".[22]

Nos meses que desembocaram nas experiências tratadas em *Pinfold*, as cartas acolhem indícios de deterioração da memória: "Minha memória não está absolutamente nebulosa — ela está apenas rigorosamente, detalhadamente e fatalmente errada",[23] e em dezembro ocorre o incidente da bacia de lavar mãos, narrado com precisão em *Pinfold*. Como em *Pinfold*, novamente há a crescente impressão de perseguição: locutores da BBC "tentaram me fazer de bobo e eu não acredito que eles tenham sido totalmente bem-sucedidos";[24] há algo que, mais que bloqueio de escritor profissional, parece patológico: "Estou empacado no meu livro por puro tédio";[25] ele está lendo vorazmente uma "enorme vida de Dickens";[26] e está

---

21. Veja Stannard, p. 288.
22. Veja *Letters*, pp. 339-41, e Stannard, ibid.
23. Setembro de 1953; *Letters*, p. 410.
24. Dezembro de 1953; ibid., p. 415.
25. Ibid.; o livro é o segundo volume da trilogia.
26. Setembro de 1953; ibid., p. 409.

perturbado por uma surpreendente fonte de desejo: "Uma obsessiva paixão sexual por minha filha de dez anos [Margaret] [...]. Não consigo tirar as mãos dela".[27] A primeira carta depois da recuperação de Waugh apresenta literalmente isto: "A afeição doentia por minha segunda filha declinou".[28]

As cartas e diários do período entre o "ataque de insanidade agudo porém curto" e a publicação de *Pinfold*, em julho de 1957, são bastante sugestivos.[29] A morte de sua mãe seis meses depois de Waugh ter se recuperado "me enche de pesar por uma vida malograda no que diz respeito a afeição e atenção".[30] É então que *Pinfold* começa a ser escrito, durante uma viagem de dois meses para a Jamaica. No ano seguinte, após a publicação do seu segundo volume (*Officers and Gentlemen*), ele subitamente parece ter planejado o restante da trilogia e quer mudar "para qualquer lugar [...] Eu gostaria de vender".[31] Dois dias depois dessa inesperada instrução para o seu agente imobiliário, o diário traz a primeira menção a *Pinfold*: "Estou pensando em ficar no hotel perto dela [Ann Fleming] em agosto para escrever o relato de minha recente demência".[32] Mas o mês de agosto passado em Folkestone foi estéril — "sem trabalhar nada e nem mesmo me sentindo muito bem"; "vou me esquivar de volta para casa com muito dinheiro malbaratado e

---

27. Setembro de 1952; para Ann Fleming; ibid., p. 380.
28. Maio de 1954; para Nancy Mitford; ibid., p. 432. O psicólogo que examinou Waugh quando ele voltou o alertou sobre a probabilidade de isso acontecer. Veja Stannard, p. 351.
29. Março de 1954; *Letters*, p. 421.
30. Dezembro de 1954; ibid., pp. 434-5.
31. Julho de 1955; ibid., pp. 443-4.
32. *Diaries*, p. 728.

sem ter feito nenhum trabalho"[33] — e daí a poucos dias "a perspectiva de começar uma vida nova" o faz sentir-se "desencorajado, em vez de estimulado".[34]

Em outubro de 1955 ele está envolvido na trilogia e em "pequenos trabalhos literários certinhos", aparentemente sem se ocupar de *Pinfold*.[35] No ano seguinte assiste a uma "peça sobre Burgess e Maclean"* em Worthing; "não compreende o último ato de *Godot*" (a peça já havia iniciado quando ele chegou); relê seus diários de criança e fica "horrorizado" com eles; passa "o primeiro fevereiro [...] na Inglaterra desde 1944. Nunca mais. Queria escrever uma grande obra de arte literária mas estou entorpecido"; e se vê levado pela produção escassa a ler *Rei Lear*. "Os sofrimentos do rei Lear não pareciam mais agudos que os meus [...] A maior parte do tempo eu ficava lendo *Lear* e pensando em que ótimo filme se faria com essa peça".[36]

No final de fevereiro, "meus dedos e meu cérebro começaram a descongelar e eu consigo encarar o trabalho" — mas em quê?[37] Até agora não há nenhum indício, nessas fontes, de um avanço com *Pinfold* — embora a triste comparação com *Lear* seja sugestiva. "Debilitação do vigor"? *Rei Lear*, afinal de contas, começa com

---

33. Agosto de 1955; ibid., p. 735-6.
34. Setembro de 1955; ibid., p. 741.
35. Ibid., pp. 743-745.
* Guy Burgess e Donald MacLean. Diplomatas ingleses que desapareceram em 1951 e reapareceram em Moscou em 1956. Especulou-se que Harold "Kim" Philby, chefe da seção soviética do Serviço Secreto de Inteligência Britânico, seria o "terceiro homem" que os alertou antes de eles poderem ser presos por espionagem. (N. T.)
36. *Diaries*, pp. 751-2; *Letters*, p. 468.
37. *Diaries*, p. 754.

uma tentativa de tornar "boa [...] a potência". Igualmente sugestiva é a estranha e contida formulação deste registro de maio no diário: "Não há razão para eu não trabalhar. Qualquer dia desses vou tentar. Trabalhei um pouquinho".[38] No verão de 1956 a filha mais velha de Waugh, Teresa, teve seu baile de debutante. O contraste entre o modo como o fato é apresentado no diário e nas cartas dá uma idéia das dificuldades desse período. "Passei a maior parte da tarde na casa, inicialmente muito animado, mas depois num tédio crescente. Às 3h30 estava claro que a festa era um grande sucesso [...], assim eu me retirei furtivamente".[39] Compare com isto:

> Sua mãe insistiu em trazer todas as 14 vacas e elas ocuparam a maior parte do salão de baile [...] Um bando de criminosos entrou sem convite e começou a roubar todo mundo, assim a polícia atacou com cassetetes e, lamento dizer, prendeu Alec Waugh e Alick Dru por engano [...] Para dificultar ainda mais as coisas, Alick Dru tinha nos bolsos, ao ser preso, cinco relógios, seis anéis de brilhante e algumas colheres de prata, assim ele pode ir para a cadeia por um ano ou dois. / Uma das vacas escapou do salão de baile e foi parar em Kensington Square Convent. As freiras começaram a tirar leite dela desde então, alimentando-a com sementes de girassol. Polly Grant foi assassinada por um negro que o seu tio Auberon trouxe. / Fora isso, o baile foi um grande sucesso.[40]

As raízes desse tipo de inventividade cômica extravagante remontam a *Decline and Fall*. Mas nessa fase não era fácil chegar a

38. Ibid., p. 760. Na edição de Davie esse registro é disposto de modo estranho: a última sentença pode ser um parágrafo separado.
39. *Diaries*, p. 764.
40. Para suas filhas mais novas; *Letters*, p. 474.

elas em meio às ondas de tédio paralisante e à melancolia, que eram obviamente os inimigos quando Waugh tentava atravessar o início de seus 50 anos. A impressão dominante que se tem de Waugh, a partir dos diários e das cartas desse período, é de um homem corajoso que se esforça o tempo todo para levar a luta além do seu eu em conflito a fim de poder sustentar as exigências variáveis de uma vida literária, social, de viajante, familiar, católica, muitas vezes contraditória e sempre de alta pressão. As cartas, sobretudo, sugerem uma determinação diária de se manter entretendo, estimulando e aconselhando os amigos, agentes, interlocutores de discussões — e escrevendo comédia, como nas bizarras rotinas domésticas nas quais os visitantes perplexos se viam aliciados, e também nas patéticas cartas para Margaret e os outros filhos. Mas isso não era fácil. O calor da afeição por Laura, por exemplo, parecia depender das separações; não só da variação de três dias passados bebendo em Londres como também de viagens prolongadas todo inverno. As repetidas recusas a ter alguma coisa a ver com o nascimento dos filhos (permanecendo em Londres, mais ou menos evitando qualquer contato com a mulher) vibram uma corda de preocupação agora e certamente isso ocorreu também na época. E amizades duradouras eram retesadas e rompidas, como se esses amigos estivessem sendo afrontados ou instigados a trair todo o interesse que tinham por ele, como se a fim de confirmá-lo em sua pior auto-imagem.

Só em setembro a criação de *Pinfold* é, por assim dizer, apresentada formalmente. No mesmo dia em que o diário registra a aceitação da oferta de Waugh para a nova residência temos, aninhado entre trechos de mexericos familiares e sociais, isto: "Retomei o trabalho com *Pinfold*".[41] Duas semanas depois uma carta se

41. *Diaries*, p. 768.

refere a "vários dias de trabalho árduo nas últimas semanas. O livro maluco será muito divertido, acredito".[42] No dia 2 de outubro Waugh pede permissão formal a Daphne Fielding para dedicar a ela o romance — e escolhe o mesmo momento para lhe dizer que ficou enfeitiçado pela beleza de seu filho Alexander (que tinha então uns 23 anos), "a criatura mais encantadora que encontrei em vinte anos [...] meu Deus, eu me apaixonei [...] meu Deus, ele é uma beleza. E por falar em loucura, estou absorvido escrevendo um relato da minha maluqueira. Parece-me divertido".[43] A correspondência com mulheres cordiais e sofisticadas sobre a beleza dos filhos delas ou sobre a atratividade sexual das filhas púberes dele próprio (Waugh gostou do então notório *Lolita*, mas apenas como "obscenidade")[44] supostamente afasta o perigo do feixe de idéias (beleza—encantamento—amor—loucura) e permite que ela seja fantasiada na ficção incômoda que está em questão em *Pinfold*.

Os três últimos registros pertinentes no diário ou em cartas (quando a família finalmente muda de residência em outubro) são os seguintes: "Trabalhei árdua e facilmente, poucas vezes escrevendo menos de mil palavras por dia. O livro é pessoal demais para que eu o julgue";[45] "último dia na velha casa [...] Só lamento não ter terminado o livro amalucado, que será bem longo mas divertido, parece-me";[46] "meu 'romance' avançou bem, mas não está concluído".[47] Então o diário sofre uma interrupção de quatro anos.

---

42. *Letters*, p. 475.
43. Ibid., p. 476.
44. Veja *Letters*, pp. 457, 516, 523; veja também Donaldson, p. 92.
45. *Diaries*, p. 769.
46. *Letters*, p. 477.
47. *Diaries*, p. 770.

Um exame dos testemunhos existentes sugere que Waugh estava inseguro sobre o que surgia ou estava por surgir em *Pinfold*: há uma incerteza nem tanto frívola sobre como se referir a ele, uma relutância estranha, até supersticiosa, a fazer qualquer menção ao trabalho nele até, cerca de trinta meses depois da provação, ele estar em andamento — e então, uma vez emergido, há uma recorrente confiança em seu sucesso cômico, uma confiança bem diferente das avaliações moderadas de Waugh sobre os primeiros volumes da trilogia (ele disse aos amigos que não se dessem ao trabalho de lê-los). E é notável que a única produção literária do período anterior a *Pinfold* a lhe dar "mais prazer do que qualquer outra coisa que eu escrevi há muito tempo" tenha sido um artigo publicado na *Spectator*, meticulosamente vingativo e que não estava entre os mais divertidos, sobre uma tentativa de Nancy Spain, jornalista da *Express*, uma mulher da nobreza e sua amiga, de invadir a sua privacidade no campo.[48] Quando a revista é publicada, "o artigo ainda me dá um prazer intenso"[49] — e a tese oculta é que esse tipo de desempenho cômico baseado no instrumento da sua *persona* é tudo o que ele pode conseguir no momento ("prazer intenso" é um modo peculiarmente sugestivo de colocar a coisa; todos os olhos à espreita da "debilitação do vigor", como ele anteriormente supôs, poderia equivalentemente ser interpretado não só no sentido literário). O artigo de Waugh está incluído no Apêndice desta edição.

As ansiedades quanto ao material pessoal relacionado à representação cômica, e também a incerteza quanto ao *status* do texto de *Pinfold*, foram expostas por um dos primeiros críticos de Waugh,

48. Julho de 1955; *Diaries*, p. 728 – um dia antes da primeira menção de *Pinfold* no diário.
49. *Diaries*, p. 729.

seu amigo Christopher Hollis, num folheto do British Council.⁵⁰ Recusando-se, em sua bibliografia, a se referir a *Pinfold* como um romance (qualificando-o de "narrativa"), ele comentou: "Algumas pessoas declararam achar divertidos os capítulos em que o protagonista está à beira da loucura [...], mas o leitor tem de ser efetivamente cruel para achar divertida a loucura [...] O que continua sendo estranho é um indivíduo que tenha passado por essas experiências querer contá-las para o mundo de modo tão despreocupado e, além de tudo, ganhar dinheiro com elas".⁵¹ Isso põe em evidência algumas questões inquietantes. Mas quem tem de ser cruel? O romance foi um modo de empedernir um material que sem ele seria inacessível, vulnerável e escorregadiço. *Decline and Fall* é mais uma vez pertinente: o suicídio fingido de Grime nesse romance revisita com detalhes cômicos a própria tentativa de suicídio de Waugh, tal como ele a narra em *A Little Learning*, o único volume de sua autobiografia.

4

O que, exatamente, *Pinfold* extrai e como, exatamente, ele extrai da experiência de Waugh é algo que fica indefinido, porque não há nenhum registro desse período no diário (seja porque Waugh os destruiu, como certamente ele fez com uma grande quantidade de material antigo, seja porque não os escreveu).⁵² Waugh promoveu a indefinição na estrutura e na essência de seu texto aparentemen-

---

50. Primeira edição, 1954.
51. Edição de 1971, p. 38.
52. Davie se inclina para a primeira explicação. Veja *Diaries*, p. 724.

te impermeável. O material de abertura, sem dúvida autobiográfico, e o final circular convidam a uma leitura de não-ficção, ao mesmo tempo em que o romance repele qualquer tentativa de leitura colada à biografia transparente, não mediada. O engenho, os artifícios e a alta comédia (acima de tudo o brilho do jogo de palavras, disposto exata e astuciosamente entre idéias de conhecimento e desconhecimento) que ele contém são, muito obviamente, demasiado literários, demasiado arquitetados e obra de autor para isso.

Numa carta de agosto de 1957 para Robert Henriques (a quem Waugh já se dirigira antes pedindo ajuda para escrever o material sobre o Judeu Errante de *Helena*, dizendo "Você é o único judeu religioso que eu conheço"),[53] Waugh parece enfrentar diretamente a questão:

> As experiências do senhor Pinfold foram quase exatamente as minhas. Transformando-as num romance, precisei resumi-las. Ouvi dia e noite quase ininterruptos, durante três semanas, "vozes" como as que relato. Elas eram enfadonhamente repetitivas e às vezes obscenas e blasfemas. Transmiti o essencial delas [...] Minhas vozes cessaram quando eu fiquei intelectualmente convencido de que elas eram imaginárias. Não excluo de modo algum a possibilidade de possessão diabólica como fonte delas.[54]

"Intelectualmente convencido" é interessante. Martin d'Arcy, que recebeu Waugh na Igreja Católica em 1930, ficou bastante impressionado com o fato de Waugh tratar sua conversão como uma questão de convicção intelectual, baseando-a "sobretudo na razão. Nunca encontrei um convertido que fundamentasse tão for-

---

53. *Letters*, p. 220.
54. Ibid., pp. 493-4.

temente na verdade a sua submissão [...] O pensamento rigoroso e claro tinha [...] lhe dado a resposta".⁵⁵ Uma batalha ganha contra sentimentos irracionais, ganha de modo surpreendentemente sereno, em ambos os casos? Essa afirmação para Henriques sobre a precisão quase transcritiva do romance ficou sendo a resposta constante de Waugh para a pergunta.

Há também o testemunho de Frances Donaldson, que estava presente, com o marido Jack, numa reunião ocorrida logo depois de Waugh ter voltado de suas experiências, assim como os dos companheiros de Waugh no navio. Um destes conta que Waugh batia sem parar na porta da cabine dele procurando "Margaret Black" (Black da BBC foi a origem de Angel) e atirando peças do mobiliário em inimigos imaginários.⁵⁶ Não há nenhum vestígio desses incidentes no romance. Como Christopher Hollis, Frances Donaldson era uma amiga íntima a quem o livro desapontou e ao mesmo tempo provocou um sentimento de alívio perplexo, pelo modo de Waugh ter tratado a coisa como um episódio hilariante acontecido com outra pessoa. (Uma carta de agosto de 1957, recusando a tentativa de seu editor de convencê-lo a aparecer na televisão, continha este parágrafo estranho e enigmático: "Encurrala* o amigo, não Waugh".)⁵⁷ A tese é que esses amigos estavam desapontados porque a versão de Waugh relatada em particular para eles era mais aterradora e ao mesmo tempo mais cômica. E há também a impressão de que eles consideravam o romance uma traição da proteção dada a ele. Já falei sobre o hábito autopunitivo de Waugh de se

---

55. Veja D'Arcy, em Pryce-Jones, p. 64.
56. Veja Hastings, pp. 562-3.
* Em inglês: *Pinfolds*. (N. T.)
57. *Letters*, p. 492.

antagonizar com os amigos e trair a sua amizade. Para alguns deles, *Pinfold* parecia o partilhamento com o público de algo demasiadamente cru. Essa é a palavra (um tanto tristonha) usada pelo primeiro biógrafo de Waugh: "Na trama principal de *Pinfold* Evelyn parece não só ter se baseado bastante em seu material cru como tê-lo deixado cru".[58]

O testemunho de Frances Donaldson é um inestimável relato de primeira mão do que Waugh disse ter acontecido com ele. Os testemunhos desse capítulo de seu estudo iluminador *A Portrait of a Country Neighbour* se fundamentam nos relatos de outros amigos, como Tom Dribert e Christopher Sykes; o capítulo está incluído no Apêndice. Driberg cita Waugh admitindo pelo menos algumas reduções significativas — "deve ter havido umas seis vezes [...] em que eu me arremessei para fora com um bastão, convencido de que eles estavam à minha espera", e Stannard observa que o final é mais completo e otimista do que no caso do próprio Waugh.[59] *Pinfold* vai trabalhar em cima desse novo material e está confiante quanto a retomar o trabalho no romance maior que está a espera; vimos que Waugh não conseguiu nada disso.

Uma olhadela nas cartas para Laura, durante a provação de Waugh, sugere pelo menos parte do processo de transmutação que ocorreu, como era de esperar, entre a experiência e o romance. "Trechos intermitentes de conversas do *Third Programme* são transmitidos em cabine privada e em dois deles meu nome foi dito muito baixinho, e a minha m.p. achou que seriam outros passageiros cochichando sobre mim". A diferença no tratamento do romance não

---

58. Sykes, p. 367.
59. *Sunday Dispatch*, 14 de julho de 1957; citado em Stannard, p. 344. Frances Donaldson se refere a um plano anterior a que isso supostamente corresponde: Waugh talvez já estivesse editando nesse primeiro relato.

é apenas que "muito baixinho" se transforma em duas transmissões de comentários bastante audíveis e cruelmente difamatórios (promovendo o fato original a um absurdo maior), mas, crucialmente, alterando a história de forma a que a "m.p." se manifeste não pela interpretação equivocada das "transmissões" como sussurros de passageiros, mas pela comédia áspera das cenas seguintes, quando Pinfold supõe que passageiros tenham ouvido essas transmissões, sendo a bem caracterizada m.p. reservada para outros incidentes, ampliados mais adiante no romance. Em vez de resumir e fornecer a essência, esse exemplo sugere o oposto, um realinhamento astucioso e uma elaboração dramática da experiência original.

Um novo exame dos indícios constantes nos diários e cartas, antes e depois das experiências, sugere os modos pelos quais o material poderia ter encontrado seu caminho para o romance. Já mencionei o reconhecimento retrospectivo de Waugh em 1961, quando ele estava lendo sobre as provações enfrentadas por *O amante de Lady Chatterley*, que uma passagem desse romance tinha composto diretamente a cena céltica entre Margaret e seu pai: um exemplo admitido de ficção reciclada como alucinação. E nos diários antes da provação, fora o tratamento documentalmente exato de material específico (o incidente da bacia de lavar as mãos, por exemplo), a leitura da biografia de Dickens e a obsessão sexual por Margaret, filha de Waugh, são detalhes sugestivos. O fato de Margaret ser o nome da figura da filha/amante realmente objeto da alucinação é algo por certo impressionante (a revelação como evasão).

Dickens, na mitologia inconsciente de Waugh, evoca a figura paterna. Nos anos 30, Waugh se surpreendia por se ver deleitando-se com os romances de Dickens: a idéia é que ele evitava Dickens por esse escritor ser território do seu pai (Arthur tinha escrito uma biografia; seu editor, Chapman & Hall, detinha os direitos autorais de Dickens e era editor também de Evelyn: enredado nisso há um ingrediente de Édipo literário-filial) e também porque o romance de Dickens sugeria um sentimento pré-moderno, espiritual (que é o que Waugh achava exasperador no pai).[60] E Dickens era, como a biografia de Edgar Johnson que Waugh estava lendo na época tornaria suficientemente claro,[61] um artista carismático — além de, como Ruskin, um firme devoto de mocinhas atormentadas (ele gostava de se imaginar capaz de hipnotizar: nesse caso, Margaret hipnotizando Pinfold pode ser uma versão transferida, que cumpre um desejo).[62] Margaret sugere uma transferência interessante porque a figura paterna lhe diz em sua preleção sobre a "arte de amar" (um "velho pode lhe mostrar melhor que um jovem"): "Gostaria imensamente de eu mesmo ensinar-lhe".

Um acontecimento sobre o qual os diários e as cartas silenciam compreensivelmente, depois da provação pela qual Waugh passa, é a morte de sua mãe. As acusações feitas a Pinfold por seus supliciadores são detalhadas abaixo; aquela que evidentemente (auto) inflige uma amargura real é de que Pinfold tratava mal a mãe (deixando-a "morrer na indigência"). Waugh não fez isso; mas depois de sua provação, a culpa com relação a ela é dolorosa e clara (aquela "vida malograda no que diz respeito a afeição e atenção"). No romance, a figura da mãe de Margaret é apresentada como uma presença lenta, imprecisamente persistente, diferente das estocadas largas, militares, com que a figura paterna é desenhada; ela é silenciosa, não completamente presente, dada a observações aforísticas

---

60. Veja Stannard, v. I, p. 329.
61. *Charles Dickens*, 1953.
62. Stannard, pp. 338-41, traz uma discussão reveladora sobre o obsessivo interesse que Dickens e Ruskin exerceram sobre Waugh.

do tipo "todo amor é sofrimento" — mas também, crucialmente, é ela que emite a mais aguda das análises sobre Pinfold: "O senhor apenas finge ser duro e mundano, não é? [...] Mas eu é que sei". (Quando Pinfold subitamente se volta para ela e a chama de "cadela velha", isso não é, depois daquela acusação, inteiramente inexplicável.) Por uma questão de pura cronologia, a acusação dos desordeiros sobre a mãe de Pinfold sinaliza que, como já indiquei, pelo menos parte do material de culpa pesada que circula pelos processos do romance deriva de experiências posteriores à provação de Waugh. Outro exemplo sugestivo inclui o modo como o súbito plano de Waugh de mudar de casa é formulado como ele "querer vender", particularmente levando em consideração a peça sobre Burgess e Maclean que ele viu mais tarde ("boatos" que Pinfold ouve "por acaso" ou "à revelia de quem falou" afirmam que os "diplomatas desaparecidos" eram "amigos dele").[63]

A traição é uma idéia crucial no inconsciente do romance. A traição de Steerforth ao amor idealizador de David Copperfield é a coisa mais dolorosa do seu gênero em Dickens; a traição é também dominante no *Rei Lear* que Waugh está sempre "relendo". No âmbito da alusão e da referência, Lear e Steerforth são óbvios no romance; mas sua penetração na questão compartilhada da traição vai mais longe. Os sofrimentos do "rei Lear não pareciam mais agudos que os meus" é o registro de amargo desapontamento no diário. E agudeza é a sensação física que Lear associa particularmente ("crueldade de dentes afiados"; "mais afiado que o dente de uma serpente") à acusação de ingratidão, que é a traição do amor. A traição permeia as acusações dirigidas a Pinfold. Em certo sentido isso

63. A expressão que Waugh usou aqui é *"sell out"*; no entanto, nesse sentido se usa mais *"sell up"*, que foi a forma usada por ele quando ocorreram suas cogitações de emigrar para a Irlanda, em 1946. Veja Stannard, pp. 179-80.

não é surpreendente, uma vez que esse é o período de duas traições dolorosamente simbólicas, perdas de imagem coletiva: Suez e o desastre de Burgess-Maclean-terceiro homem. Mas as acusações de traição também são versões deslocadas de uma impressão cortante, generalizada, de traição sentida pelo próprio Waugh. Pinfold abominava "tudo [...] o que tinha acontecido em sua vida": por trás da brincadeira há a percepção de que os anos da maturidade de Waugh tinham lhe trazido apenas o sentimento de não pertencer (como, por exemplo, na Segunda Guerra Mundial, quando ele se sentiu muito depreciado), de ter se excluído ou de o terem excluído sem missão. (Mais de 25 anos antes Waugh atravessou uma aguda traição pessoal e também uma ansiedade por pertencer apenas em parte a uma geração mais nova que se sentiu excluída depois da Primeira Guerra Mundial; o resultado foi *Vile Bodies*, uma obra astuciosamente personalizada.)[64] A resposta que se pode usar é "repulsa", atenuada apenas até o aborrecimento, e o desempenho tenaz de um "personagem do burlesco".

Pinfold "tipifica tudo o que é decadente na literatura contemporânea", de acordo com um *Third Programme* irradiado, e é um "homenzinho terrivelmente burro", segundo outro, uma contradição que sugere claramente uma traição mais ou menos abrangente da vocação literária — e, aliás, também da psique nacional, pois ele tipifica igualmente "o declínio da Inglaterra". ("Tipifica" tem uma força reprimida, pois Waugh dificilmente teria querido tipificar qualquer coisa.) Ele é comunista e/ou fascista. Em qualquer um dos casos é um covarde ineficaz. Tratou a mãe vergonhosamente e se esquivou durante a guerra. Sua religião é "mistificação". Ele

---

64. Veja a apresentação da edição de *Vile Bodies* pela Penguin na coleção Twentieth-Century Classics, em 1996.

trai sua virilidade, sendo ao mesmo tempo impotente e sodomita. (Essa palavra um tanto constrangedoramente literária é, por certo, a desencadeadora do escândalo de Oscar Wilde.) Bebe exageradamente, pensa exageradamente na morte, roubou uma selenita — outro romance de meados da era vitoriana cuja interpretação foi longe demais: a selenita de Wilkie Collins foi roubada sob a influência de narcóticos — e "olha-nos, a todos nós, de cima para baixo", do alto de sua eminência de senhor de Lychpole. Ah, sim, e ele é judeu.

A idéia de Pinfold como arrogante senhor de uma herdade nobre e uma figura da "decadência" na literatura moderna, por isso, podem ser juntadas. Acontece que o modo de vida rural de Waugh estava bem longe de ser luxuoso; ele optou por viver ali em vez de na Londres "literária" porque (pelo menos na opinião de seus amigos) passar mais tempo em Londres teria significado consumir-se com bebida e não escrever nada. O campo pode ter significado desconforto frio (como freqüentemente significou para os Waughs), mas pelo menos forneceu as condições para escrever. Contudo, havia uma certa previsibilidade, levando-se em conta essas acusações, o que se tornou uma notória crítica do romance assinada por J. B. Priestley e publicada na *New Statesman* com o título "O que havia de errado com Pinfold", na qual ele afirmava que Waugh saiu de seu juízo perfeito por causa das tensões irreconciliáveis entre os papéis de escritor e de proprietário rural. A acusação tinha conteúdo suficiente para magoar, apesar de seu domínio vacilante da biografia e de ser excessivamente peremptória, e Waugh se sentiu provocado o bastante para responder na forma de um artigo (apenas um pouquinho sarcástico demais), entitulado "Há algo de errado com Priestley?" (e publicado na *Spectator*, opositora política da *New Statesman*). Ambos estão incluídos no Apêndice.

As acusações ("vaidoso e mal-humorado" são as que suscitaram o "isso magoa" do registro do diário citado acima) têm força pessoal de intensidade variável, quer direta (ser homossexual) quer deslocada (ser judeu, e não alguém que odeia os judeus).[65] Obviamente elas são mescladas de tal modo que as que contêm ferroadas estão disfarçadas de propósito entre os absurdos — e não apenas porque é assim que atuam as alucinações. Mas Waugh dificilmente teria esperado que o leitor não suspeitasse que os mais "mal-humorados" dentre eles eram precisamente aqueles em que ele costumava se basear, no desempenho diário do combativo romancista inglês em sua fortaleza. O mundo lá fora oferecia um suprimento incessante de outros necessários. "Inimigo" não é bem a palavra; os diários sugerem uma atitude mais confusa e acolhedora em relação a essas ficções, o ingênuo *cast* de apoio de sua *performance* dramática: os maricas, os judeus, os vagabundos, os decadentes, os traidores da causa, o que quer que fosse isso — catolicismo verdadeiro, padrões literários, conservadorismo dos proprietários de terras. Era uma brincadeira; era mais ou menos divertido; mas era também mais do que isso. Os amigos deixaram efetivamente de sê-lo. Os Angels afirmam, perto do final, que "você precisava mesmo de ajuda", e talvez haja aí uma autocrítica não totalmente examinada. As crenças de Waugh sobre si mesmo nunca eram fáceis; o caráter ferozmente defensivo do papel na vida consciente e as acusações de Pinfold compartilham algumas fontes incômodas. A acusação da mãe é a mais importante: "O senhor apenas finge ser duro e mundano, não é? [...] Mas eu é que sei". Isso é o desempenho traído. É também o menininho que foi descoberto; e aliviado por ter sido descoberto.

65. Stannard sustenta que o preconceito de Waugh era anti-sionista, e não anti-semita (p. 285).

5

O que estava errado com Waugh? Ele insistia na explicação psicológica para a sua loucura temporária: nas tentativas crescentemente desesperadas e prolongadas de lutar contra a insônia, ele havia envenenado o cérebro com brometo e hidrato de cloral, acompanhado de álcool em excesso; assim, as alucinações foram induzidas por drogas. Os médicos concordaram com ele e mudaram a receita. E há a coincidência bizarra (como se Waugh tivesse projetado em seu sofrimento, de forma masoquista, material de trabalhos biográficos que ele havia feito muito tempo antes) de que Rossetti, cuja vida Waugh escreveu quando jovem, sofria (como Waugh, aos 50 anos) de alucinações induzidas por brometo. Pesquisas recentes lançaram mais luz sobre o diagnóstico e seus antecedentes socioliterários.[66] Ou então Waugh estava sofrendo com uma retirada muito abrupta do coquetel de drogas: esse fenômeno submete o dependente ao delírio e a alucinações freqüentemente mais aterradoras do que as induzidas pelas drogas.[67]

Ou há o diagnóstico mais prosaico, mais preocupante: o de que Waugh estava sofrendo de um ataque curto e intenso de esquizofrenia, uma ampliação da "m.p." que já era velha conhecida dele e de sua mulher, Laura. Dois fatores sugerem que essa explicação pode ter tanto peso quanto a psicológica (mas sem dúvida esta teria sido um fator de exacerbação).[68] Em segundo lugar, Waugh re-

---

66. Veja *Evelyn Waugh Newsletter*, outono de 1982; citado em Hastings, p. 565.
67. Quanto das receitas aviadas ele levou consigo a bordo não se sabe ao certo; compare com Donaldson, p. 56, e Stannard, p. 343.
68. Compare com Stannard: "Ele estava sofrendo os sintomas clássicos de esquizofrenia [...] as drogas liberaram uma barragem de auto-hostilidade que, em seu juízo perfeito, ele reprimia" (p. 348).

cebeu um pacote postal embaraçosamente grande de cartas de colegas de sofrimento que reconheceram os sintomas de Pinfold nos deles próprios; é bem improvável que todos eles ingerissem vorazmente brometo, hidrato de cloral e licor de menta. Afinal de contas, se calcula que 1% da população sofra de esquizofrenia.

Os sintomas específicos da incapacidade incluem os seguintes: a pessoa suspeita que está sendo hipnotizada (como nas cartas para Laura), ouve vozes que lhe dizem o que fazer, comentam ou repetem seus pensamentos, discutem sobre ela umas com as outras ou ameaçam matá-la. Embora a inteligência permaneça relativamente intacta, toda a personalidade é afetada. Ataques isolados, dos quais os pacientes se recuperam, não constituem a norma, mas são bem conhecidos da psiquiatria.[69] O próprio Waugh disse a Graham Greene que o segundo volume da trilogia poderia ser o último, porque ele temia uma recorrência mais violenta do seu ataque. "Posso sair do meu juízo novamente, e dessa vez será permanentemente".[70] Daí, talvez, a mágoa causada por Priestley quando ele jovialmente advertiu Waugh/Pinfold de que se continuasse exercendo esses papéis incompatíveis poderia acabar maluco. (Waugh efetivamente sofreu recorrências, embora mais brandas.)

Se se pode dizer que um incidente, ou um grupo de incidentes, contribuiu mais para a mania de perseguição que leva à esquizofrenia (caso tenha sido isso o que aconteceu), trata-se das relações de Waugh com a BBC e a imprensa no verão e no outono de 1953. Waugh acreditava que a imprensa de Beaverbrook vinha perseguindo-o abertamente e que o lorde Beaverbrook estava envolvi-

---

69. As três frases anteriores são adaptadas do registro pertinente feito por R. E. Kendall no *Oxford Companion to the Mind*, p. 697.
70. Greene, escrevendo em 1976; citado por Stannard, p. 348.

do na conspiração voltada para essa perseguição. Há alguma sustentação para essa idéia, embora muito tênue.[71] Mas Waugh ficou ferido pelo que considerou um assassinato de personalidade orquestrado, a ponto de tomar a inusitada iniciativa de responder a resenhas da imprensa de Beaverbrook sobre o que era, afinal, a sua novela menos importante, *Love Among the Ruins*, num artigo publicado pela *Spectator* em julho de 1953: nele são empregadas, significativamente, as palavras "declínio das capacidades", que nessa mesma época estão sempre preocupando-o no diário.[72] (A saga da Beaverbrook continuou em 1955, como vimos, quando Nancy Spain e um certo lorde Noel-Buxton tentaram visitar Waugh à procura de matéria jornalística. A reação de Waugh foi uma fúria em escala épico-cômica. Sua vingança está no Apêndice.)

Porém, mais lesiva para a auto-imagem de Waugh foi uma série de encontros com o que ele considerou entrevistadores inquisitoriais da rádio da BBC. Esses encontros ocorreram em três ocasiões: a primeira em setembro de 1953 na casa de Waugh, com Stephen Black (que se tornou Angel; isso corresponde à cena em *Pinfold*), cujo material foi levado ao ar em 29 de setembro na série *Personal Call* apenas para o Serviço Internacional; e duas em Londres (setembro e outubro), que foram editadas juntas para uma transmissão no *Frankly Speaking* do dia 16 de novembro, nas quais Black foi um dos três entrevistadores. (Houve duas versões gravadas, porque Waugh não gostou da primeira. Foram sobretudo os apertos financeiros que levaram Waugh, mais uma vez de modo atípico, a participar de todos esses programas.) O primeiro encontro, na opinião de Auberon, filho de Waugh, foi

71. Veja Stannard, pp. 330-1.
72. *Essays*, pp. 440-3.

aquele que "levou meu pai à loucura".[73] Trechos dessas entrevistas constam no Apêndice.[74]

Houve encontros com maior ou menor quantidade de revelações, às vezes cordiais e às vezes incomodativas; mas Waugh era perseguido pela lembrança deles. (Black efetivamente dá uma forte impressão de estar conduzindo um interrogatório maçante, obtuso; é fácil acreditar que sua entrevista ajudou a formar as cenas de interrogatório de *Pinfold*. E pelo menos uma pergunta — "Sua mulher satisfaz às suas exigências de gente interessante ou bonita que você quer ter em torno de si?" — está mais para impertinente.) A idéia obsessiva parece ter sido de que a intenção dos inquisidores era destruir uma fachada, seu notável desempenho. Ele viu do mesmo modo seus últimos contatos com a *Express*. Estes foram não só intrusões em sua privacidade, mas (da maneira exaltada como Waugh os via) tentativas maldosas de arruinar, de rasgar as roupas de cena, de revelar a impostura que há por baixo delas. E a forma que eles assumiram foi dramática por si só, como se respondendo teatro com teatro, pondo o ator em outra peça, em que ele teria de responder a outro texto e direção. Malvolio, enganado, confuso e acuado, mais uma vez parece ser o antecedente mais pertinente. (Auberon Waugh escreveu sobre como seu pai ficou "enlouquecido pelos chacais que rosnavam e ganiam em volta de seus tornozelos").[75] Se os tormentos de Pinfold/Waugh foram a vingança das ficções sobre seu autor, o romance foi, como no último grito de Malvolio, sua contradesforra sobre o grupo todo.

73. Carta para Martin Stannard; veja Stannard, pp. 334-8.
74. Há também trechos da famosa entrevista de 1960 com John Freeman; nessa entrevista discute-se sobre *Pinfold*.
75. *Spectator*, 6 de maio de 1966.

Isso nos leva de volta à literariedade altamente ficcional de *Pinfold* com que iniciamos (e que está numa tensão tão afiada, fértil, com seu *status* autobiográfico) — ou, mais exatamente, sua notável teatralidade. Na verdade, houve uma dramatização radiofônica bem recebida da BBC — um meio bastante irônico, pelo que vimos.[76] O cinema seria também adequado: Waugh tinha se saturado de filmes, que viu indiscriminadamente durante anos a fio como um modo de afugentar o tédio debilitante,[77] e, como vimos, achava que só o cinema podia fazer justiça ao *Rei Lear*. E com relação a isso vale a pena considerar uma imagem da análise aguda de Stannard. Ele vê as alucinações de Waugh como "pedacinhos de celulóide na sala de montagem, cortados do filme de sua vida [...] cena após cena de constrangimento vergonhoso que ele acreditava ter destruído".[78] O romance pode ser lido como o filme de *Lear* escrito/interpretado por Buster Keaton ou Charles Chaplin, ou por uma dupla Stan Laurel/Oliver Hardy; o tipo de papel que Waugh gostaria de assumir. Uma história pitoresca sobre Waugh: uma multidão de estranhos num leilão sustenta aos gritos sua oferta derrisória para um móvel enorme e horroroso que, segundo o leiloeiro, valia mais como lenha: "Ah, deixa o sujeito ficar com ela!".

O desempenho de Waugh no almoço do Foyles para marcar a publicação de *Pinfold* assumiu um sentido de autocaricatura. A sua corneta acústica, que depois se tornou tristemente famosa, tinha acabado de ser comprada e ele a agitava em grande animação para as câmeras, tendo feito questão de mostrar que não a estava utilizando durante o discurso de abertura que Malcom Muggeridge fez

76. National Sound Archive ref. 42538.
77. Veja Donaldson, p. 23.
78. Stannard, p. 349.

em sua honra; depois afirmou não ter ouvido uma única palavra do discurso.[79] Em parte, ele tinha concordado em comparecer para apaziguar seu editor, com quem brigara por causa da aparência descuidada do livro ("eles fizeram do pobre *Pinfold* um livro muito feio").[80]

Isso nos leva para o único testemunho surpreendente fornecido pelas cartas e diários do período que cobre a publicação de *Pinfold*: Waugh queria uma pintura de Francis Bacon reproduzida na capa do livro. Ele escreveu para o editor anexando o "novo final"[81] e acrescentou: "Para a capa poderíamos obter a permissão de reproduzir uma pintura de Francis Bacon? [...] ele poderia nos deixar ter 'direitos em série' do horror existente".[82] Como a atitude de Waugh em relação à arte moderna pode ser mais ou menos integralmente responsável pela abominação de Pinfold/sua a Picasso e pela declaração de Charles Ryder de que "a arte moderna é só bobagem" (*Brideshead*), isso é surpreendente. Mas Bacon, embora sendo o oposto dos vitorianos colecionados por Waugh, era um pintor figurativo na tradição dos grandes mestres. E as obras com que Bacon estava obsessivamente preocupado no período que produziu *Pinfold*, suas obras-primas do final dos anos 40 até meados da década de 1950, são cerca de trinta pinturas de cabeças atormentadas (bocas silenciadas ou gritando, ou sufocando) em espaços pequenos, confinados (como Malvolio em sua casa escura) — as cabeças hoje referidas como seus "papas gritadores". (Dado o senso idiossincrático

---

79. Veja Stannard, p. 391.
80. *Letters*, p. 491.
81. Veja a Nota sobre o Texto.
82. *Letters*, p. 482, sem data; Davis data a carta em novembro de 1956 ou antes disso. R. M. Davis deve estar certo ao datá-la no final de janeiro de 1957, quando Waugh reescreveu as duas últimas páginas do romance. Veja Davis, p. 281.

que Waugh tinha do verdadeiro catolicismo, pode não ser extravagante sugerir que essas figuras tinham uma malícia não premeditada.) Bacon fez duas exposições na Inglaterra, ambas na Hanover Gallery, que Waugh pode ter visto.[83] A primeira foi de novembro a dezembro de 1949 e apresentou seis dessas cabeças (a mais celebrada, a *Cabeça VI*, está na coleção do Arts Council). A segunda foi de março a abril de 1957 (mais ou menos concomitante com uma em Paris) e em grande parte era composta de variações sobre um auto-retrato de Van Gogh. Pela data do pedido de Davis aos editores sobre a capa, é possível que Waugh tivesse em mente uma ou mais dessas cabeças quando se referiu ao "horror da vida".[84]

Se assim for, que mensagem ele teria querido que a capa comunicasse? As cabeças de Bacon foram bem descritas pelo crítico de arte John Russell como "declarações sobre como é estar sozinho numa sala [...] a desintegração do ser social que ocorre [...] e a pessoa fica subitamente à deriva, fragmentada e sujeita a uma estranha mutação".[85] A *Cabeça VI*, particularmente, está presa numa armadilha, atormentada, a cabeça num tipo de caixa inquisitorial (a Caixa de Pinfold?; entrevistas para o rádio?), com a parte superior numa angústia tal que a mutação se consume. (Sobre as obras de Bacon, freqüentemente se sugere que elas profetizam Eichmann no julgamento em sua caixa de vidro. Em 1946 Waugh assistiu em

83. A Hanover Gallery não existe mais. Seus arquivos estão guardados na Tate Gallery, mas infelizmente não incluem livros de visitantes.
84. As exposições suscitaram uma vasta cobertura da imprensa. Waugh, segundo Frances Donaldson (p. 24), lia diariamente o *The Times*, da primeira à última página. Ele teria lido pelo menos sobre a progressão de Bacon. A crítica do *The Sunday Times* sobre a exposição de 1949 fala de como as obras induzem "um vago horror [...] típico de alguns sonhos" (13 de novembro de 1949).
85. Russell, *Francis Bacon*, p. 38.

Nuremberg aos julgamentos dos crimes de guerra, pretendendo escrever o que teria sido, segundo uma frase feliz de Stannard, "um melancólico *tour* pós-guerra pela Europa morta", mas não concretizou essa intenção.[86] Waugh considerou os julgamentos um "espetáculo surrealista" e comparou Ribbentrop a um "mestre-escola deprimido sofrendo com as caçoadas" da classe que o flagrou numa ignorância.[87] As cenas inquisitoriais de *Pinfold* possivelmente se baseiam nesses julgamentos, assim como nas entrevistas da BBC.) Mas a *Cabeça VI* também é uma figura em formidáveis ruínas, Lear em Dover ou Pozzo no segundo ato de *Godot* (o ato a que Waugh realmente assistiu) — uma figura "revertida à condição de bebê [...] um homem adulto envolvido em cueiros", o "dissimulador autorizado".[88] Uma tese mais recente sobre as cabeças de Bacon, exposta por Darian Leader num programa da BBC2 e que absolutamente não deixa de ter relação com a biografia de Waugh, é que elas têm origem na ansiedade sufocada do pintor com relação ao seu pai.[89] A idéia de um homem isolado e à deriva; confinado num cubículo, engaiolado e sofrendo um tortura mental (as palavras de Macbeth têm uma sinistra pertinência); ilustre autoridade (e autoria) reduzida a, surpreendida como, disfarces do tolo, a criança com roupas enfeitadas (e o filho sufocado): esses são os interesses do alto modernismo, assim como da tragédia clássica. Um Francis Bacon na capa do livro teria sido um lance para a ligação com textos tão exemplares.

86. Stannard, p. 163.
87. *Letters*, p. 226; *Diaries*, p. 646.
88. Russell sobre o retrato de Velazquez que está por trás das cabeças de Bacon; Russell, p. 42.
89. *In the Name of the Father*; foi ao ar em 7 de maio de 1996.

Ironia? A provação foi terrível. A loucura não é trivial, mesmo quando cômica. E, no entanto, *Pinfold* tem como subtítulo "Um fragmento de conversa". Qual seria o grau de seriedade, de solenidade, que Waugh esperava dos leitores do seu romance? As críticas contemporâneas foram variadas, um tanto confusas;[90] mas colegas astutos como Graham Greene e Anthony Powell achavam que Waugh nunca havia escrito ficção de qualidade melhor.[91] A percepção que subsiste, a que perdurou, de que o romance era (apenas) autobiografia frustrada (uma opinião que Waugh não chegou exatamente a desestimular) não ajudou na sua reputação. Como Graham Greene e Anthony Powell perceberam, ele merece mais.

A opinião apresentada aqui é que esse é o romance do pós-guerra de Waugh mais brilhantemente controlado e aguçadamente trabalhado como estilo, com um registro estilístico harmonizado de modo muito eficiente e preciso com os seus complexos objetivos cômico-irônicos, o tom numa afinação exata entre a comédia e o *pathos*, a comédia funcionando a partir de um impulso irônico movimentado internamente, que não era visto desde *A Handful of Dust* — o romance do pré-guerra de Waugh mais brilhantemente controlado e aguçadamente trabalhado como estilo (no qual o estilo funciona como a mais áspera das armas irônicas). A ironia é autopunitiva em ambos os casos: e num sentido importante é equivalente à terrível acusação irônica contida no projeto calculadamente cômico-sádico do *Rei Lear* — uma razão, talvez, para a atenção concentrada de Waugh nessa peça, seu estranho poder sobre o subtexto de *Pinfold*.

Uma associação entre *Pinfold* e os terrores grandiosos dos seus ancestrais culturais pode parecer despropositada. O livro é

---

90. Veja *Critical Heritage*, pp. 380-92, para uma seleção representativa.
91. Veja Stannard, p. 396.

muito divertido, muito evasivo para ser isso. Uma viagem à autodescoberta? O final sugere mais uma fuga, um temor do autoconhecimento. Mas eis aqui a provação de um homem à deriva, confinado e torturado; um texto de fascinante astúcia; extremamente divertido e que nos atinge dos modos menos esperados. O manuscrito de *Pinfold* é conservado na Universidade do Texas. Dentro do volume lindamente encadernado há uma folha impressa de comentário em grego e em latim sobre a Anunciação. O que há de mais extraordinário quanto à loucura de Waugh (e que depois o fez ficar tão desconcertantemente alegre com relação a ela) é o fato de a experiência lhe ter presenteado com uma visita que ele acreditava nunca mais receber — a de material novo para romance. A loucura fez isso ao reativar o que estava parecendo um vigor cômico impotente ou até estéril. E assim o anjo (Angel) veio com o presente especial, o terrível encontro. Afinal de contas, Waugh tinha sido escolhido para ser diferente, revelado — para receber a missão, finalmente. Pois aqui está a prova. Questão urgente: experiência nova, rica: bens perecíveis.

RICHARD JACOBS

Nota sobre o texto

O TEXTO DE *PINFOLD* AQUI IMPRESSO é (com exceção de uns poucos erros de impressão corrigidos) o do volume de 1973 publicado por Chapman & Hall como *The Ordeal of Gilbert Pinfold and Other Stories* (sendo as outras histórias "Margaret Loveday's Little Outing", "Scott-King's Modern Europe" e "Love Among the Ruins"); ele faz parte da série de reimpressões em capa dura, a "Uniform Edition", para a qual Waugh escreveu prefácios. Esse texto foi cotejado com a primeira edição de 1957. A edição da Penguin (1962) substituída por essa incluía as histórias "Tactical Exercise" e "Love Among the Ruins".

O material manuscrito e datilografado referente a *Pinfold* está guardado na Universidade do Texas, em Austin, junto com os demais manuscritos de Waugh, com exceção dos romances *Put Out More Flags* (que não existe mais) e *Vile Bodies* (que bem recentemente reapareceu, embora esteja novamente em mãos desconhecidas: para mais detalhes, veja a edição da Penguin na coleção Twentieth-Century Classics.) O material foi bastante estudado por

Robert Murray Davis para o capítulo de seu livro *Evelyn Waugh, Writer* (pp. 281-94); o que se segue é um breve resumo de suas descobertas. Agradeço, com enorme gratidão, ao professor Davis.

As duas últimas páginas do romance foram reescritas já em janeiro de 1957 (veja abaixo).

• o segundo parágrafo do manuscrito mostra Waugh brincando com a idéia de usar o tempo presente na narrativa (o manuscrito de *Vile Bodies* mostra o mesmo resvalamento verbal entre ficção e reportagem, numa correspondente incerteza quanto ao propósito autobiográfico);

• uma passagem do primeiro capítulo original, detalhando a procura de recortes de jornal feita regularmente por Pinfold na esperança de encontrar material difamatório, foi retirada em março de 1957, talvez em razão do processo por calúnia que então Waugh movia contra a *Express* e outros;

• os dois primeiros capítulos atuais foram criados "com tesoura, cola e um sentido mais claro de objetivo" [Davis, p. 286], quando o texto datilografado estava sendo revisto, tendo sido retirado um longo capítulo;

• a última frase do Capítulo 6 (selecionada para um comentário especial na Apresentação) foi um acréscimo posterior. Davis observa o ouvido apurado para o efeito anticlimático [ibid., p. 287].

• o papel de Margaret no romance é bem mais desenvolvido do que na etapa do manuscrito original, tendo a sua intimidade com Pinfold ganho bastante destaque. Seu "Eu o amo, Gilbert", dito no final, e o "ele a amava um pouco", que aparece antes, foram alterações;

• a "Caixa" como a explicação equivocada que ilude Pinfold teve uma aparição relativamente tardia no manuscrito, e o material que preparou o terreno para a idéia foi acrescentado ao romance mais tarde;

• "Angel" era "Andrews" em todo o manuscrito. Davis propõe que a mudança pode ter sido feita quando Waugh inseriu, nas costas da página do manuscrito, a segunda carta de Pinfold para sua mulher com a especulação de que pode ser "literalmente o Diabo que está me molestando" [ibid., p. 290]; veja também a carta de Waugh para Henriques citada na Apresentação;

• o papel do senhor Murdoch é desenvolvido; no manuscrito ele desaparece do romance quando Pinfold deixa o *Calibã*;

• o trabalho na finalização se deu em três etapas distintas:

O primeiro rascunho trazia Pinfold refletindo sobre sua coragem em rejeitar a oferta de "Andrews", a senhora Pinfold concordando ("Heróico, querido") e depois este diálogo final: "E além do mais eu não poderia escrever um livro sobre isso". "O que teria sido uma pena", disse a senhora Pinfold.

A segunda versão, acrescentada ao texto datilografado, apresenta o material sobre a invulgar "besteira" nas acusações, introduz o Caixeta, apresenta Pinfold passando do livro inacabado para a nova "carga de experiência" que precisa ser "depositada em seu devido lugar", escrevendo o título do livro e os dos capítulos, depois voltando para junto de sua mulher (enquanto o Caixeta deixa a casa) para anunciar seu embarque num "relato da minha doidice [...] ele deve divertir algumas pessoas" — e isso porque "quase metade dos habitantes" do país são "mais ou menos doidos numa ou noutra ocasião". "Ah, querido", disse a senhora Pinfold, "já pensou na correspondência dos fãs?"

A terceira e última etapa foi reescrever as últimas duas páginas em janeiro de 1957 — já na época em que, observa Davis, ofereciam-se direitos em série para o romance. Essa reescritura na verdade é uma notável redução da anterior [ibid., p. 294] — assim como o momento em que a "carga de experiência" se torna uma "cesta" de "bens perecíveis" e o romance adquire seu subtítulo "Um fragmento de conversa". (A comédia leve contida em ambas as imagens despacha suavemente a seriedade.) A afirmação bastante aguda, quase truculenta, que Pinfold faz na segunda versão e a brincadeira que a ela se segue (embora tenha sido profética: o volume da correspondência dos fãs foi na verdade desconcertante [veja a Apresentação]) são substituídas pela volta calma, como se não fosse corporificada, como se estudadamente neutra, "bonita e firme" (e, é claro, circular) ao gesto de abertura do romance.

Leituras Complementares

Essa lista se limita ao material (livros, não artigos) relativamente fácil de encontrar. O lugar de publicação, nos casos em que não consta outro, é Londres.

(i)

AMORY, Mark (org.). *The Letters of Evelyn Waugh* (1980). Esse livro e o seguinte são as evidências cruciais dos anos anteriores, concomitantes e posteriores à experiência de *Pinfold*.

DAVIE, Michael (org.). *The Diaries of Evelyn Waugh* (1976).

DONALDSON, Frances. *Evelyn Waugh, Portrait of a Country Neighbour* (1967; edição com novo prefácio em 1985). O capítulo sobre o Pinfold "real" está no Apêndice.

GALLAGHER, Donat (org.). *The Essays, Articles and Reviews of Evelyn Waugh* (1983). O Apêndice desta edição apresenta dois artigos.

HASTINGS, Selina. *Evelyn Waugh* (1994; as referências são da edição em brochura da editora Minerva, de 1995). Essa biografia é a mais recente.

PRYCE-JONES, David (org.). *Evelyn Waugh and His World* (1973).
Uma útil reunião de memórias e ensaios.

STANNARD, Martin. *Evelyn Waugh, The Critical Heritage* (1984).
Uma coleção importante de artigos e críticas contemporâneos.

STANNARD, Martin (org.). *No Abiding City* (1992). O segundo volume dessa magnífica biografia, utilizado amplamente como fonte para a Apresentação desta edição. (As referências ao primeiro volume, *The Early Years*, são da edição em brochura da Flamingo, de 1993.)

SYKES, Christopher. *Evelyn Waugh* (1975). Biografia superada, feita por um amigo e contemporâneo. Sua reação a *Pinfold* é mencionada na Apresentação.

WAUGH, E. *A Little Learning* (1964). O primeiro e único volume da autobiografia, que cobre apenas cerca das duas décadas iniciais da vida de Waugh.

(ii)

BRADBURY, Malcolm. *Evelyn Waugh* (1964).

CARENS, James F. *The Satiric Art of Evelyn Waugh* (Seattle, 1966).

DAVIS, Robert Murray. *Evelyn Waugh, Writer* (Oklahoma, 1981).
Um estudo revelador dos manuscritos e textos datilografados conservados na Universidade de Austin, no Texas. As descobertas de Davis constituem a base da Nota sobre o Texto desta edição.

EAGLETON, Terry. *Exiles and Emigrés* (1970).

GREENBLATT, Stephen J. *Three Modern Satirists* (Yale, 1965).

HEATH, Jeffrey. *The Picturesque Prison* (1982).

LITTLEWOOD, Ian. *The Writings of Evelyn Waugh* (Oxford, 1983).
Notável estudo de crítica literária. A parte sobre Pinfold é tipicamente equilibrada. O romance "é ao mesmo tempo uma

demonstração de domínio artístico e uma revelação de como esse domínio é precário" (p. 230).
LODGE, David. *Evelyn Waugh* (Columbia, 1971).
MYERS, William. *Evelyn Waugh and the Problem of Evil* (1991). Um bom livro, embora irregular; as páginas sobre *Pinfold* contêm uma avaliação astuciosa e bastante fundamentada da auto-revelação estrategicamente limitada do romance. "O que somos convidados a 'ver' é que as autoconstruções, autobifurcações, auto-revelações e, acima de tudo, a cumplicidade do texto quanto aos seus próprios paradoxos não estabelecem um retorno falho mas constituem um estilo, uma identidade, um modo de querer que é idêntico ao modo de dizer [...] *Pinfold* está contido nele" (pp. 103, 105).
STOPP, Frederick J. *Evelyn Waugh, Portrait of the Artist* (1958). O primeiro estudo crítico substancial, empreendido com o consentimento e a ajuda de Waugh. O título do primeiro capítulo de *Pinfold* pode ser considerado algo entre um endosso e uma iniciativa de preempção.

AGRADECIMENTOS

O ORGANIZADOR AGRADECE a permissão gentilmente dada pelo professor R. M. Davis para resumir suas conclusões na Nota sobre o texto constante nesta edição.

Os editores agradecem a permissão de reeditar o seguinte material deste livro:

Trechos de *Face to Face*, *Personal Call* e *Frankly Speaking*, reproduzidos com permissão da BBC, do Espólio de Jack Davies, e do doutor Stephen Black; "*The Real Mr. Pinfold*", em *Evelyn Waugh: Portrait of a Country Neighbour*, de Frances Donaldson (Weidenfeld & Nicolson, 1967), reeditado com permissão do editor; "Awake My Soul! It Is a Lord", de Evelyn Waugh (*Spectator*, 8 de julho de 1955), "Anything Wrong with Priestley?", de Evelyn Waugh (*Spectator*, 13 de setembro de 1957) e "What Was Wrong with Pinfold", de J. B. Priestley (*New Statesman*, 31 de agosto de 1957), reeditado com permissão de The Peters Fraser e Dunlop Group Ltd.

Os editores também agradecem a quaisquer detentores de direitos autorais que estejam incluídos sem reconhecimento. A Penguin UK se desculpa por possível omissão na relação acima e gostaria de ser notificada de qualquer correção a ser incorporada na próxima edição deste livro.

A PROVAÇÃO DE GILBERT PINFOLD
Um fragmento de conversa

Para Daphne,
confiante de que sua simpatia
profusa se estenderá até
o pobre Pinfold

Capítulo 1

Retrato do Artista na Meia-Idade

Pode ser que daqui a cem anos os romancistas ingleses atuais sejam avaliados assim como hoje avaliamos os artistas e artesãos do século XVIII. Os criadores, os homens exuberantes, estão extintos, e no lugar deles subsiste e floresce acanhadamente uma geração notável pela elegância e diversidade de recursos. Pode muito bem vir a acontecer de haver anos de escassez no futuro, durante os quais nossa posteridade voltará o olhar para esse período em que existia tanto desejo e tanta capacidade de agradar.

O senhor Gilbert Pinfold era um dos melhores dentre esses romancistas. Na época de sua aventura, aos 50 anos, ele havia escrito uma dezena de livros, e todos eles continuavam sendo comprados e lidos. Traduzidos para a maioria dos idiomas, desfrutavam nos Estados Unidos de temporadas intermitentes mas lucrativas de boa acolhida. Estudantes estrangeiros estavam sempre escolhendo-os como tema de tese, mas aqueles que procuravam detectar um significado cósmico na obra do senhor Pinfold, relacioná-la a filosofias da moda, a condições sociais ou a tensões psicológicas eram enganados pelas respostas francas, secas, que ele dava a seus questionários; seus colegas da Escola de Literatura Inglesa que escolhiam escritores mais egotistas freqüentemente achavam suas teses bastante tranqüilas para eles. O senhor Pinfold não dava nada de presente. Não que fosse um indivíduo reservado ou fechado por natureza; ele não tinha nada para dar a esses estudantes. Considerava seus livros objetos que ele havia feito, coisas muito externas a si mesmo para serem usadas e julgadas pelos outros. Achava-os bem-feitos, melhores que muitas obras de gênio que ganharam reputação, mas não era vaidoso de sua realização, e menos ainda de sua reputação. Não tinha nenhuma vontade de destruir nada do que havia escrito, mas teria gostado muito de revisar seus livros, e invejava os pintores, aos quais é permitido voltar ao mesmo tema muitas e muitas vezes, esclarecendo e enriquecendo até fazerem com ele tudo o que podem. O romancista é condenado a produzir uma sucessão de novidades, novos nomes para os personagens, novos incidentes para suas tramas, novo cenário; mas, sustentava o senhor Pinfold, muitos homens abrigam os germes de um ou dois livros apenas; os demais são espertezas profissionais das quais os mais demoníacos dos mestres — até mesmo Dickens e Balzac — eram flagrantemente culpados.

No início de seu qüinquagésimo ano de vida o senhor Pinfold tinha apresentado ao mundo a maioria dos atributos da felicidade. Afetuoso, vivaz e ativo na infância, disperso e freqüentemente desesperado na juventude, vigoroso e próspero no início da maturidade, na meia-idade ele havia decaído menos do que muitos dos seus contemporâneos. Ele atribuía sua superioridade aos dias longos, solitários e tranqüilos em Lychpole, uma aldeia isolada a algumas centenas de milhas de Londres.

Era devotado a uma esposa muitos anos mais jovem, que cuidava diligentemente da pequena propriedade. Seus filhos eram numerosos, saudáveis, bonitos e bem-educados, e sua renda suficiente para pagar a educação deles. Outrora ele havia viajado bastante; agora passava a maior parte do ano na velha casa meio decadente que, ao longo dos anos, se enchera de quadros, livros e móveis dos tipos que apreciava. Como soldado, ele havia de bom grado suportado bastante desconforto e um pouco de perigo. Desde o fim da guerra sua vida tinha sido estritamente privada. Na aldeia onde vivia, assumia prazerosamente os deveres que julgava lhe caberem. Contribuía com somas adequadas para as causas do lugarejo, mas não tinha nenhum interesse no esporte ou no governo local, nenhuma ambição de liderar ou comandar. Nunca havia votado numa eleição para o Parlamento, sustentando um idiossincrático conservadorismo tóri muito pouco representado nos partidos políticos da época e que seus vizinhos consideravam quase tão sinistro quanto o socialismo.

Esses vizinhos eram típicos da Inglaterra rural daquele período. Uns poucos homens ricos exploravam suas terras comercialmente em larga escala; alguns tinham negócios fora dali e vinham para casa apenas na temporada de caça; a maioria era composta por idosos em situação econômica de declínio; as pessoas que, quando os Pinfolds se estabeleceram em Lychpole, viviam confortavelmente, com empregados e cavalos, agora moravam em casas bem menores e se reuniam na peixaria. Muitas delas eram relacionadas entre si e formavam um pequeno clã. O coronel e a senhora Bagnold, o senhor e a senhora Graves, o senhor e a senhora Fawdle, o coronel e a senhorita Garbett, Lady Fawdle-Upton e a senhorita Clarissa Bagnold, todos viviam num raio de dez milhas de Lychpole. Todos se relacionavam de algum modo. Nos primeiros anos do casamento, o senhor e a senhora Pinfold jantaram na casa de todos eles e, em retribuição, os receberam. Mas depois da guerra, o declínio da fortuna, menos sentido na casa dos Pinfolds do que na de seus vizinhos, escasseou suas reuniões. Os Pinfolds eram viciados em apelidos, e cada uma dessas famílias em torno deles tinha seu nome particular, insuspeito em Lychpole, sem maldade mas levemente escarninho, originado, na maioria dos casos, de algum incidente do passado já quase esquecido. O vizinho mais próximo, que eles viam mais amiúde, era Reginald Graves-Upton, um tio dos Graves-Uptons que viviam a dez milhas de distância, em Upper Mewling; de boa família, era um apicultor tranqüilo, solteirão, que morava num chalé coberto de sapé no alto da alameda, a menos de uma milha da herdade nobre. Tinha o hábito de, nas manhãs de domingo, caminhar até a igreja atravessando os campos dos Pinfolds e deixar seu *terrier* Cairn nos estábulos dos Pinfolds enquanto assistia às matinas. Depois de quinze minutos voltava para apanhar o cão, bebia uma tacinha de xerez e falava sobre os programas de rádio que havia ouvido durante a semana anterior. Esse velho cavalheiro preciso, meticuloso, era conhecido pelo curioso nome de "Caixeta", que às vezes variava para "Tocador de Caixa", "Homem do Bombo" e "Tamboreiro", todos esses apelidos originários de "Caixeiro", pois nos últimos anos ele havia acrescentado a seus interesses um objeto a que se referia reverentemente como "A Caixa".

Essa Caixa era uma das muitas que funcionavam em várias partes do país. Foi instalada, sob o nariz cético do sobrinho e da sobrinha de Reginald Graves-Upton, em Upper Mewling. A senhora Pinfold, que fora levada até lá para vê-la, disse que parecia um aparelho de rádio improvisado. Segundo o Caixeta e outros devotos, a Caixa tinha poderes diagnósticos e terapêuticos. Alguma parte de um homem ou animal doente — preferivelmente um fio de cabelo ou uma gota de sangue — era levada até a Caixa, e então o seu guardião "sintonizava" essa parte com as "Ondas da Vida" do paciente, identificava a origem da moléstia e prescrevia o tratamento. O senhor Pinfold era tão cético em relação a isso quanto os jovens Graves-Uptons. A senhora Pinfold achava que devia haver algo dentro da caixa, porque ela havia sido experimentada, sem que a paciente soubesse disso, na urticária de Lady Fawdle-Upton e a melhora fora imediata.

— É tudo sugestão — declarou a jovem senhora Graves-Upton.

— Não pode ser sugestão, pois ela não sabia o que estava sendo feito — ponderou o senhor Pinfold.

— Não. É simplesmente uma questão de medir as Ondas da Vida — interveio a senhora Pinfold.

— Um aparelho extremamente perigoso em mãos indevidas — advertiu o senhor Pinfold.

— Não, não. A beleza dele está nisso. Ele não pode fazer nenhum mal. Veja: ele só transmite Forças da *Vida*. Fanny Graves experimentou-o nos vermes do seu *cocker spaniel* e eles simplesmente ficaram enormes com toda a Força da Vida passada para eles. Como serpentes — disse Fanny.

— Eu acho que essa Caixa é bruxaria — confidenciou o senhor Pinfold à mulher, quando eles ficaram a sós. — Você precisa confessar isso.

— Você acha mesmo?

— Não, na verdade não. É só um disparate inofensivo.

A religião dos Pinfolds formava uma barreira tênue mas perceptível entre eles e seus vizinhos, cujas atividades eram em grande parte centradas na paróquia. Os Pinfolds eram católicos romanos, a senhora Pinfold por criação e o senhor Pinfold por uma evolução posterior. Ele tinha sido admitido na Igreja — "conversão" sugere um acontecimento mais súbito e emocional do que a serenidade com que ele aceitou as proposições de sua fé — no início da maturidade, enquanto muitos ingleses de educação humanística estavam mergulhando no comunismo. Ao contrário deles, o senhor Pinfold continuava inabalável. Mas era considerado fanático, e não devoto. Seu ofício é por natureza propenso à condenação do clero como frívolo, na melhor das hipóteses, e corruptor, na pior. Além disso, pelos padrões estreitos da época, ele tinha hábitos de vida excessivamente indulgentes para com seus desejos e fazia declarações que nada tinha de prudentes. E enquanto os dirigentes de sua Igreja exortavam os fiéis a emergir das catacumbas para o fórum, a fazer sua influência ser sentida na política democrática e a considerar a adoração como uma empresa e não como um ato privado, o senhor Pinfold escavava cada vez mais fundo na pedra. Quando não estava em sua paróquia, ele procurava a missa menos freqüentada; nela, mantinha-se distante das várias organizações surgidas subitamente, convocadas pela hierarquia para redimir os tempos.

Mas o senhor Pinfold estava longe de ser inamistoso e prezava muito os amigos. Estes eram homens e mulheres que estavam envelhecendo com ele, que nas décadas de 1920 e de 1930 ele via constantemente; que na diáspora dos anos 40 e 50 mantinham um contato mais frouxo, os homens no Bellamy's Club, as mulheres na meia dúzia de casas apertadas e bonitas de Westminster e Belgravia, para as quais havia passado a hospitalidade mais larga de uma época mais feliz.

Ele não tinha feito novos amigos nos últimos anos. Às vezes parecia perceber uma ligeira frieza entre seus velhos camaradas. Era sempre ele, parecia-lhe, que propunha um encontro. Eram sempre eles que se levantavam primeiro para ir embora, em particular um, Roger Stillingfleet, que já fora seu íntimo mas agora parecia evitá-lo. Roger Stillingfleet era escritor, um dos poucos de quem o senhor Pinfold realmente gostava. Ele não sabia de nenhuma razão para o seu afastamento, e quando perguntou lhe disseram que Roger ultimamente estava muito estranho. Agora ele não ia mais ao Bellamy, dizia-se, a não ser para pegar suas cartas ou para receber um americano em visita.

Às vezes, ocorria ao senhor Pinfold que ele devia ter se transformado num indivíduo maçante. Suas opiniões eram decerto facilmente previsíveis.

Seus gostos mais fortes eram negativos. Ele abominava plásticos, Picasso, banho de sol e *jazz* — na verdade, tudo o que havia acontecido durante a sua vida. O minúsculo graveto de caridade que lhe veio com a religião era suficiente apenas para temperar seu desgosto e transformá-lo em tédio. Nos anos 30, a frase "É mais tarde do que você pensa" destinava-se a provocar apreensão. Nunca era mais tarde do que o senhor Pinfold achava. De tempos em tempos, durante o dia e à noite, ele olhava para o relógio e, desapontado, ficava sabendo quão pouco de sua vida havia passado e quanto ainda havia diante de si. Não queria mal a ninguém, mas olhava para o mundo *sub specie aeternitatis* e achava-o sem graça como um mapa; a não ser quando — o que acontecia com muita freqüência — a irritação se instalava. Aí ele vinha abaixo, caía do alto de seu ponto de observação. Melindrado por uma garrafa de vinho ordinário, um estranho impertinente ou uma sintaxe imperfeita, sua mente, como uma câmara de cinema, avançava furiosamente para, com lentes ferozes, confrontar em *close-up* o objeto ofensivo; com olhos de sargento instrutor inspecionando um pelotão desastrado, esbugalhados pela cólera que até certo ponto era jocosa, e com uma incredulidade que até certo ponto era simulada; como um sargento instrutor, ele era absurdo para muitos mas formidável para alguns. Houve um tempo em que tudo isso era considerado divertido. As pessoas citavam seus julgamentos sarcásticos e inventavam casos sobre sua audácia, que eram recontados como "típicos de Pinfold". Agora, percebia ele, sua singularidade havia perdido parte do atrativo para os outros, mas ele já era um cachorro velho demais para aprender novas artimanhas.

Quando menino, na idade púbere em que a maioria de seus colegas da escola eram vulgares, ele era tão meticuloso quanto o Caixeta, e nos primeiros anos de sucesso a timidez havia lhe conferido encanto. A prosperidade prolongada tinha fixado a mudança. Ele havia visto homens sensíveis comporem um disfarce protetor contra as oposições e injustiças da humanidade. O senhor Pinfold sofreu pouco com esses modos; tinha sido criado com carinho e, como escritor, fora desde cedo bem acolhido e inteiramente recompensado. Era a sua modéstia que precisava de proteção, e para esse objetivo, mas sem plano, ele gradualmente assumiu esse personagem burlesco. Ele não era nem um erudito nem um rematado soldado; o papel que se atribuiu era uma combinação de luminar excêntrico e coronel rabugento, e ele o desempenhava diligentemente, diante dos filhos em Lychpole e de seus companheiros em Londres, até que essa máscara acabou por dominar toda a sua personalidade externa. Quando deixava de estar sozinho, quando freqüentava o clube ou subia pesadamente a escada que dava acesso ao quarto das crianças, ele deixava atrás de si metade do seu ser e a outra metade crescia para preencher o espaço vazio. A fachada que ele oferecia ao mundo, de uma pompa atenuada pela afronta às convenções, era tão dura, lustrosa e antiquada quanto uma couraça.

A babá do senhor Pinfold dizia: "'Tanto faz' foi para a cadeia" e também "Cacetes e pedras podem me aleijar, mas palavras nunca me atingem". O senhor Pinfold não se importava com o que a aldeia ou seus vizinhos falavam dele. Quando pequeno, ele era extremamente sensível ao ridículo. Sua concha adulta parecia impenetrável. Ele havia se mantido por muito tempo inacessível aos entrevistadores, e os rapazes e moças contratados para escrever "perfis" colhiam material onde conseguiam. Toda semana empresas especializadas traziam-lhe para a mesa do café da manhã dois ou três recortes de jornais com alusões bastante desagradáveis. Ele aceitava sem grande ressentimento o modo como o mundo o via. Isso fazia parte do preço a pagar por sua privacidade. Havia também cartas de estranhos, algumas desaforadas, outras aduladoras. O senhor Pinfold era incapaz de descobrir qualquer superioridade de gosto ou de expressão nos missivistas de ambos os tipos. Para ambos ele enviava agradecimentos impressos.

Ele passava os dias escrevendo, lendo e administrando pequenos negócios. Nunca havia empregado um secretário e passara os dois últimos anos sem criado. Mas o senhor Pinfold não se lamuriava. Ele era perfeitamente competente para responder às cartas recebidas, pagar as contas, amarrar seus pacotes e dobrar suas roupas. À noite seu sonho mais recorrente era o de estar fazendo as palavras cruzadas do *The Times*; o mais desagradável era o de estar lendo para a família um livro enfadonho em voz alta.

Fisicamente, ao se aproximar dos 50 anos, tinha se tornado preguiçoso. Houve um tempo em que ele caçava a cavalo com cães, fazia longas caminhadas, cavoucava no jardim, abatia pequenas árvores. Agora passava a maior parte do dia numa poltrona. Comia menos, bebia mais e tinha ficado corpulento. Era muito raro adoecer a ponto de passar um dia na cama. Intermitentemente ele padecia de pontadas e de surtos breves de dor nas juntas e nos músculos — artrite, gota, reumatismo, fibrosite; nada disso era dignificado por um nome científico. O senhor Pinfold dificilmente consultava seu médico. Quando o fazia, era como "paciente particular". Seus filhos se valiam da Lei de Saúde Nacional, mas o senhor Pinfold relutava em perturbar um relacionamento que tinha se formado em seus primeiros anos em Lychpole. O doutor Drake, o médico do senhor Pinfold, tinha herdado a clientela do pai e já estava em Lychpole antes de os Pinfolds chegarem lá. Magro, desajeitado e de pele curtida de sol, ele tinha raízes fundas e amplas ramificações no campo, sendo irmão do leiloeiro do lugar, cunhado do procurador e primo de três párocos vizinhos. Suas recreações eram esportivas. Não era um homem de altas pretensões técnicas, mas servia bem ao senhor Pinfold. Também sofria, mais intensamente, os achaques do senhor Pinfold, e quando consultado observava que este devia esperar essas coisas na idade dele; que aquelas mesmas dores estavam presentes em todo o distrito e que Lychpole era sabidamente o pior ponto dele.

    O senhor Pinfold também tinha insônia. Era um mal que o perturbava havia muito tempo. Durante vinte e cinco anos ele usou vários soníferos, e nos últimos dez consumia apenas um, hidrato de cloral e brometo, que, sem conhecimento do doutor Drake, comprara em Londres com uma receita antiga. Havia períodos de trabalho literário em que ele encontrava as frases escritas durante o dia circulando em sua cabeça, as palavras se movimentando e mudando de cor caleidoscopicamente, o que o levava a levantar-se várias vezes, caminhar sem ruído até a biblioteca, fazer uma pequena correção, retornar ao quarto e deitar-se no escuro fascinado com a disposição dos vocábulos até ser obrigado novamente a voltar ao manuscrito. Mas esses dias e noites de obsessão, o que poderia sem presunção ser chamado de trabalho "criativo", eram uma pequena porção do seu ano. Na maior parte das noites ele não ficava nem agitado nem apreensivo. Ficava simplesmente enfadado. Mesmo depois do mais ocioso dos dias, ele precisava de seis ou sete horas de insensibilidade. Com as horas atrás de si, tendo a expectativa delas, podia encarar outro dia ocioso com algo que fosse próximo da animação; e essas horas o seu ritmo infalivelmente proporcionava.

Mais ou menos na época do seu qüinquagésimo aniversário ocorreram dois eventos que pareceram triviais na ocasião, mas que adquiriram importância em suas aventuras posteriores.

O primeiro deles dizia respeito sobretudo à senhora Pinfold. Durante a guerra eles haviam deixado Lychpole, ficando a casa para um convento e os campos para um invernador de gado. Esse homem, Hill, tinha utilizado lotes de pasto na paróquia e em torno dela para neles engordar um rebanho de gado leiteiro "indefinível". O pasto estava crescido demais, as cercas dilapidadas. Quando os Pinfolds voltaram para casa em 1945 e quiseram seus campos de volta, a Comissão Agrícola da Guerra, que normalmente se inclinava para os proprietários de terras, não teve dúvidas em decidir a favor da senhora Pinfold. Se ela tivesse agido imediatamente, Hill teria ido embora, com sua indenização, por volta do Dia de São Miguel, mas a senhora Pinfold era compassiva e Hill era astuto. Primeiro ele protestou, depois, tendo estabelecido novos direitos, assegurou-os. O Dia da Anunciação sucedeu ao Dia de São Miguel e o Dia de São Miguel ao Dia da Anunciação, durante quatro anos. Hill foi recuando prado após prado. A comissão, que ainda era conhecida popularmente como "a agricultura da guerra", retornou, percorreu mais uma vez a propriedade, mais uma vez decidiu a favor da senhora Pinfold. Hill, que agora tinha advogado, recorreu. E assim o caso se arrastava. O senhor Pinfold se mantinha distante de toda essa questão, apenas notando com tristeza a ansiedade de sua mulher. Por fim, no Dia de São Miguel de 1949 Hill se mudou. Na taberna da aldeia gabou-se de sua inteligência e partiu para o outro lado do condado com um lucro satisfatório.

O segundo acontecimento ocorreu logo depois. O senhor Pinfold recebeu um convite da BBC para gravar uma "entrevista". Nos vinte anos anteriores tinha havido muitas propostas semelhantes e ele sempre as recusara. Dessa vez o cachê era mais generoso e as condições mais suaves. Ele não precisaria ir ao prédio da rádio em Londres. Viriam eletricistas até sua casa trazendo todos os aparelhos. Ele não teria de se sujeitar a nenhum roteiro; não se exigia nenhuma preparação de nenhum tipo; em uma hora tudo estaria acabado. Num momento de insensatez, o senhor Pinfold concordou e imediatamente se arrependeu.

Chegou o dia, no final das férias de verão. Logo depois do café da manhã, um carro e uma perua, do tipo usado no Exército pelos radioperadores mais importantes, estacionaram diante da casa, que imediatamente ocupou a atenção das crianças menores. Desceram do carro três homens jovens, o cabelo cortado curto, com óculos elípticos de aro de tartaruga, calças de tecido canelado e paletó de *tweed*; exatamente o que o senhor Pinfold estava esperando. O chefe deles chamava-se Angel e enfatizava sua preeminência com uma barba elegante e grossa. Ele e os colegas, explicou, haviam dormido no distrito, onde morava uma tia sua. Eles teriam de ir embora antes do almoço. Finalizariam sua tarefa durante a manhã. Os sinaleiros começaram rapidamente a desenrolar fios e a instalar o microfone na biblioteca, enquanto o senhor Pinfold atraía a atenção de Angel e do grupo para o que havia de mais notável em sua coleção de obras de arte. Eles não se comprometeram com uma opinião, observando apenas que a última casa que visitaram tinha um guache de Rouault.

— Eu não sabia que ele tinha pintado com guache — estranhou o senhor Pinfold. — De qualquer modo é um pintor medonho.

— Ah! — disse Angel. — Isso é ótimo. Ótimo mesmo. Precisamos pôr isso no programa.

Quando os eletricistas acabaram de fazer os arranjos, o senhor Pinfold sentou-se à mesa com os três estranhos e um microfone entre eles. Os jovens estavam tentando imitar uma série inteligente que tinha sido feita em Paris com várias celebridades francesas, na qual uma discussão informal, espontânea, fazia os objetos da entrevista derivarem para a auto-revelação.

Eles interrogaram o senhor Pinfold sobre seus gostos e hábitos. Angel liderava o grupo, e era para ele que o senhor Pinfold olhava. O rosto comum acima da barba adquiriu um leve traço sinistro, a voz sem sotaque mas insidiosamente plebéia ameaçando. As perguntas eram bastante polidas na forma, porém o senhor Pinfold julgou detectar uma maldade subjacente. Angel parecia acreditar que qualquer pessoa suficientemente eminente para ser entrevistada por ele devia ter algo a esconder, devia ser um impostor que ele precisaria pegar numa armadilha e expor e, para tanto, dirigir suas perguntas a partir de um prévio conhecimento básico de algo desabonador. Havia a sugestão do rosnado do ressentido, que o senhor Pinfold reconheceu pelos seus recortes de jornal.

Ele estava bem equipado para lidar com insolência, real ou imaginada, e respondeu de modo sucinto e astuto, desconcertando seus adversários — se é que eram adversários — em todas as perguntas. Quando a entrevista acabou, o senhor Pinfold ofereceu xerez aos visitantes. A tensão baixou. Ele perguntou educadamente quem seria o próximo entrevistado.

— Estamos indo para Stratford para entrevistar Cedric Thorne — respondeu Angel.

— Vocês evidentemente não viram o jornal de hoje — disse o senhor Pinfold.

— Não, nós saímos antes da chegada dele.

— Cedric Thorne esquivou-se de vocês. Ele se enforcou ontem à tarde em seu quarto.

— Meu Deus, o senhor tem certeza?

— Está no *Times*.

— Posso ver?

Angel foi sacudido de sua calma profissional. O senhor Pinfold trouxe o jornal, e ele leu emocionado o parágrafo.

— É sim. É ele. Até certo ponto, eu esperava isso. Ele era meu amigo. Preciso falar com a mulher dele. Posso telefonar?

Ao levar Angel para o escritório, o senhor Pinfold se desculpou pela frivolidade com que havia dado a notícia. Encheu novamente as taças de xerez e tentou parecer afável. Angel voltou logo depois para dizer:

— Não consegui. Terei de tentar novamente mais tarde.

O senhor Pinfold repetiu suas desculpas.

— Sim, é uma coisa terrível, embora não fosse totalmente inesperada.

Uma nota macabra havia se acrescentado às discórdias da manhã.

Então houve apertos de mãos; os veículos manobraram no cascalho e se foram.

Quando eles estavam fora de vista, depois de descerem pela estrada e fazerem a curva, uma das crianças que tinha estado ouvindo a conversa na perua disse:

— O senhor não gostou muito dessas pessoas, não é, papai?

Ele definitivamente não tinha gostado deles, e o grupo havia deixado uma lembrança desagradável que se acentuou nas semanas anteriores à irradiação da entrevista. Ele ruminava. Parecia-lhe que havia sido feita uma tentativa contra sua privacidade e ele não estava certo de tê-la defendido bem. Esforçava-se para se lembrar das palavras exatas que havia dito e sua memória lhe fornecia várias versões distorcidas. Finalmente chegou a noite em que a proeza foi tornada pública. O senhor Pinfold pediu que o rádio da cozinheira fosse levado para a sala. Ele e a senhora Pinfold ouviram juntos. Sua voz lhe pareceu estranhamente velha e melíflua, mas o que ele disse não o deixou arrependido.

— Eles tentaram me fazer parecer burro — disse ele. — Não creio que tenham conseguido.

O senhor Pinfold esqueceu temporariamente Angel.

Apenas o tédio e um pouco de rigidez nas juntas perturbaram aquele outono ensolarado. Apesar de sua idade e da ocupação perigosa, o senhor Pinfold parecia, para si mesmo e para os outros, extraordinariamente livre da moda dos tormentos da angústia.

Capítulo 2

O desmoronamento da meia-idade

JÁ FALEI SOBRE O ÓCIO DO SENHOR PINFOLD. Ele havia escrito metade de um romance e parara de trabalhar no início do verão. Os capítulos concluídos tinham sido datilografados, reescritos, redatilografados e postos numa gaveta de sua escrivaninha. Ele estava absolutamente satisfeito com essa parte já realizada. De modo geral, sabia o que tinha de ser feito para finalizar o livro e acreditava poder a qualquer momento voltar-se para isso. Mas não se sentia pressionado pelo dinheiro. As vendas das obras anteriores já lhe haviam proporcionado naquele ano a modesta suficiência de renda que as leis de seu país permitiam. Esforços suplementares somente lhe trariam remunerações bastante descontadas, e ele não estava inclinado a se esforçar. Era como se um cochilo tivesse vencido os personagens a que havia dado vida e ele, benevolentemente, os fosse deixando assim. Coisas difíceis estavam reservadas para eles. Que eles durmam enquanto puderem. Durante toda a sua vida ele havia trabalhado de modo intermitente. Na juventude, seus longos períodos de lazer tinham sido dedicados à diversão. Agora ele havia abandonado essa aventura. Era essa a principal diferença entre o senhor Pinfold aos 50 anos e o senhor Pinfold aos 30.

O inverno se instalara abruptamente no final de outubro. O aquecimento central de Lychpole era velho e voraz. Não vinha sendo usado desde os dias de escassez de combustível. Com a maioria das crianças fora, na escola, o senhor e a senhora Pinfold se confinavam em duas salas, enchiam as lareiras com o máximo de carvão que podiam conseguir e se protegiam das correntes de ar com saquinhos de areia e biombos. O humor do senhor Pinfold decaía, ele começou a falar sobre as Antilhas e sentia necessidade de períodos de sono maiores.

A composição do seu sonífero, de acordo com a receita original, era predominantemente de água. Ele sugeriu ao farmacêutico que seria mais simples colocar apenas os ingredientes essenciais, concentrados, e ele próprio diluir o preparado. O gosto era amargo, e depois de várias experiências ele descobriu que as gotas se tornavam bem saborosas com licor de menta. Ele não era escrupuloso ao medir a dose. Punha na taça tanto quanto seu humor lhe sugeria, e se tomava pouco demais e despertava nas primeiras horas da madrugada, se dirigia meio trôpego até as garrafas e tomava uma segunda golada. Assim passava muitas horas numa inconsciência bem-vinda; mas nem tudo estava bem com ele. Fosse pelo uso excessivo de um medicamento forte ou por alguma outra causa, decididamente ele se sentia deprimido em meados de novembro. Percebeu com desagrado que estava vermelho, o que se agravava depois de beber sua quantidade normal — que não era avara — de vinho e conhaque. Surgiram manchas rubras nas costas de suas mãos.

Ligou para o doutor Drake, que disse:

— Parece uma alergia.

— Alergia a quê?

— Ah, é difícil dizer. Quase tudo pode causar alergia, atualmente. Pode ser alguma coisa que você esteja usando ou alguma planta que cresceu perto de sua casa. O único tratamento é uma mudança.

— Posso viajar para fora do país depois do Natal.

— É a melhor coisa que você pode fazer. De qualquer modo, não se preocupe. Ninguém jamais morreu de alergia. É um mal afim com a febre do feno — acrescentou ele doutamente — e com a asma.

Outra coisa que o afligia e que ele logo tendeu a atribuir ao remédio era o comportamento de sua memória, que começou a lhe pregar peças. Não ficou desmemoriado; lembrava-se de tudo com detalhes, mas a lembrança era errada. Enfático, ele declarava um fato, às vezes num texto a ser publicado — uma data, um nome, uma citação —, via-se contestado, voltava a seus livros para verificar e descobria, desconcertadíssimo, que estava errado.

Dois incidentes desse tipo o deixaram um tanto alarmado. Com o intuito de animá-lo, a senhora Pinfold organizou uma festa de fim de semana em Lychpole. Na tarde de domingo ele propôs que visitassem uma sepultura notável de uma igreja vizinha. Ele não ia lá desde a guerra, mas tinha da peça uma imagem clara, que descreveu com detalhes técnicos para os convidados: uma figura reclinada, de meados do século XVII, em bronze com banho dourado; algo quase único na Inglaterra. Eles encontraram sem dificuldade o lugar; era indubitavelmente o que procuravam; mas a figura era de alabastro colorido. Todos riram e ele também, mas ficou chocado.

O segundo incidente foi mais humilhante. Um amigo londrino, James Lance, que tinha o mesmo gosto para mobiliário, descobriu e lhe ofereceu de presente uma peça extraordinária: uma pia elaboradíssima, projetada por um arquiteto inglês da década de 1860, um homem que não tinha reputação internacional mas era considerado magistral pelo senhor Pinfold e seus amigos. Essa imponente peça singular era decorada com trabalho em metal e mosaico, e com uma série de painéis pintados no auge da juventude por um artista subversor que mais tarde se tornou presidente da Academia Real. O que o senhor Pinfold mais apreciava era exatamente um troféu desse tipo. Ele correu para Londres, estudou exultante o objeto, providenciou sua entrega e impacientemente esperou sua chegada em Lychpole. Duas semanas depois ele chegou, foi levado para o andar superior e colocado no espaço que havia sido aberto para ele. Então, para seu horror, o senhor Pinfold observou que estava faltando uma parte essencial. Ela deveria estar lá, no centro, uma torneira de cobre, proeminente, muito ornamental, que constituía o clímax do projeto. No lugar dela havia apenas um caninho. O senhor Pinfold se pôs a reclamar. Os entregadores garantiram que essa era a situação da peça quando eles a pegaram. O senhor Pinfold os fez procurar na perua. Não encontraram nada. Então ele fez uma observação no recibo: "Incompleto", e imediatamente escreveu para a empresa pedindo uma busca diligente no depósito onde a bacia havia ficado à espera do transporte e anexando um desenho detalhado da parte perdida. Houve uma troca de cartas, com os entregadores negando qualquer responsabilidade. Por fim, o senhor Pinfold, que estivera relutante em envolver o doador numa discussão sobre seu presente, escreveu a James Lance pedindo-lhe que corroborasse o que ele sustentava. James Lance respondeu: nunca tinha havido essa torneira que o senhor Pinfold lhe descreveu.

— Ultimamente você não tem sido sempre razoável — observou a senhora Pinfold quando o marido lhe mostrou essa carta —, e além disso sua cor está muito estranha. Ou você anda bebendo demais ou tomando remédio demais; ou ambas as coisas.

— Tomara que você esteja certa — disse o senhor Pinfold. — Talvez eu deva descansar depois do Natal.

As férias das crianças eram uma época em que o senhor Pinfold sentia uma necessidade especial de inconsciência à noite e animação revigorante durante o dia. O Natal era sempre a pior época. Durante essa terrível semana ele fez um uso copioso de vinho e narcóticos, e seu rosto vermelho brilhava como os pequenos escudeiros rosados retratados nos cartões espalhados pela casa. Quando se mirava no espelho, assim rubicundo e usando uma coroa de papel, ficava horrorizado com o que via.

— Eu *preciso* viajar — disse o senhor Pinfold à mulher. — Preciso ir a algum lugar ensolarado e terminar meu livro.

— Eu gostaria de ir também, mas há muita coisa a ser feita para pôr novamente em ordem os campos horríveis ocupados por Hill. Estou bastante preocupada com você, sabe? Você precisa de alguém para tomar conta de você.

— Eu vou ficar bem. Trabalho melhor sozinho.

O frio tornou-se intenso. O senhor Pinfold passava o dia curvado sobre a lareira da biblioteca. Ao deixá-la para percorrer os corredores gelados, ele ia tiritante e trôpego, meio entorpecido, enquanto lá fora o sol oculto fulgurava sobre uma paisagem que parecia toda ela convertida em metal: chumbo, ferro e aço. Apenas de tarde o senhor Pinfold conseguia ter um simulacro de alegria, reunindo-se à família para fazer charadas ou brincar de Up Jenkins,* fazendo papel de bobo para o ruidoso deleite de seus filhos mais novos e a

---

* Up Jenkins: jogo infantil. O grupo é dividido em dois times, separados por uma mesa, e um dos times tenta adivinhar quem, do grupo adversário, recebeu por baixo da mesa uma moeda. (N. T.)

diversão tolerante dos mais velhos, até que, por ordem de idade, as crianças iam felizes para o quarto e ele se libertava, ficando em sua escuridão e silêncio.

Por fim as férias acabaram. As freiras e os padres receberam de volta seus pupilos e Lychpole ficou em paz, salvo por algumas raras intrusões provenientes do quarto das crianças. E agora, justamente quando o senhor Pinfold estava concentrando energias, por assim dizer, para um vigoroso esforço de modificação, ele foi golpeado pelo mais grave ataque de "dores" que jamais havia sofrido. Todas as suas juntas, mas sobretudo as dos pés, tornozelos e joelhos, o torturavam. O doutor Drake novamente propôs um clima quente e prescreveu umas pílulas que, segundo ele, eram "novidade e muito eficazes". Grandes e castanhas, elas lembravam ao senhor Pinfold as pelotas de mata-borrão usadas na escola particular que ele freqüentara. O senhor Pinfold acrescentou-as ao hidrato de cloral e brometo e licor de menta, ao vinho e gim e conhaque e a um novo sonífero, que seu médico, desconhecendo a existência do outro preparado, também lhe prescrevera.

E então sua mente ficou deveras anuviada. Um pensamento intenso, a necessidade de escapar, excluía todos os outros. Ele, que até mesmo nesse caso extremo evitava o telefone, telegrafou para a agência de viagens com que costumava tratar: "Favor providenciar imediatamente passagem Antilhas, Índias Orientais, África, Índia, qualquer lugar quente; preferivelmente luxuoso, banheiro particular e cabine exterior uma pessoa indispensáveis", e esperou ansiosamente pela resposta. Quando chegou, ela era composta por um envelope grande cheio de folhetos ilustrados e um bilhete dizendo que a agência aguardava mais instruções dele.

O senhor Pinfold ficou desvairado. Ele conhecia um dos diretores da empresa. Achava que já encontrara outros. Ocorreu-lhe de maneira errônea em seu aturdimento que pouco tempo antes ele havia lido em algum lugar que uma senhora sua conhecida estaria a bordo. Ele despachou telegramas peremptórios para todos eles em seu endereço residencial: "Favor investigar ineficiência vergonhosa sua agência. Pinfold".

O diretor que ele realmente conhecia agiu. Havia pouca escolha naquele momento. O senhor Pinfold teve a sorte de poder garantir uma passagem no *Calibã*, um navio onde só havia primeira classe e que estava partindo dali a três dias para o Ceilão.

Durante os dias de espera a exaltação do senhor Pinfold se acalmou, tendo sido substituída por uma letargia intermitente. Quando estava lúcido, ele sentia dor.

A senhora Pinfold dizia, como já dissera várias vezes antes:

— Você está dopado até não poder mais, querido.

— É, são essas pílulas para reumatismo. Drake disse que elas eram muito fortes.

O senhor Pinfold, que normalmente era muito jeitoso, agora se tornara desastrado. Deixava cair coisas. Achava insuportáveis seus botões e cordões; sua letra, nas poucas cartas que a viagem exigia, era incerta, e a ortografia, que nunca fora impecável, passara a ser selvagemente bárbara.

Numa de suas horas mais serenas ele disse à senhora Pinfold:

— Acho que você tem razão. Preciso desistir do sonífero logo que for para o mar. Sempre durmo melhor no mar. Vou reduzir a bebida, também. Logo que me livrar dessas malditas dores vou começar a trabalhar. Sempre posso trabalhar no mar. Devo estar com o livro concluído antes de voltar para casa.

Essas resoluções persistiram; dentro de poucos dias ele teria pela frente uma temporada sóbria, laboriosa. Era preciso sobreviver de algum modo até lá. Logo mais tudo se acertaria.

A senhora Pinfold compartilhava essas esperanças. Estava ocupada com seus planos para a propriedade, que o território recém-liberado tornava mais complexos. Não podia se afastar. E tampouco ela pensava que sua presença seria necessária. Logo que seu marido estivesse a bordo em segurança, tudo estaria bem com ele. Ela o ajudou a arrumar as malas. Na verdade, ele não podia fazer nada além de se sentar numa cadeira do quarto e dar instruções confusas. Era preciso levar papel almaço, disse ele; em grande quantidade. E também tinta, pois a tinta estrangeira nunca era satisfatória. E canetas. Uma vez em Nova York ele tinha tido muita dificuldade para comprar penas de caneta; acabara tendo de recorrer a um longínquo editor de livros de direito. Todos os estrangeiros, estava convencido disso, usavam algum tipo de caneta-tinteiro. Era preciso levar canetas e penas. Suas roupas eram uma questão sem importância. Sempre se pode encontrar um chinês, em qualquer lugar da Europa, que numa tarde faz um traje completo, disse o senhor Pinfold.

Naquela manhã de domingo o senhor Pinfold não foi à missa. Ficou na cama até o meio-dia, e quando desceu mancou até a janela da sala de estar e olhou para o parque gelado e sem vegetação, pensando nos trópicos acolhedores. Então disse:

— Ah, meu Deus, lá vem o Caixeta.

— Esconda-se.

— A lareira da biblioteca não está acesa.

— Eu digo para ele que você está doente.

— Não. Eu gosto do Caixeta. Além disso, se você disser que eu estou doente ele porá sua maldita Caixa para funcionar em mim.

Durante toda a breve visita o senhor Pinfold esforçou-se para ser afável.

— Você não está parecendo nada bem, Gilbert — disse o Caixeta.

— Não, eu estou bem. Uma pontada de reumatismo. Depois de amanhã estarei viajando de navio para o Ceilão.

— Assim de repente?

— O clima. Preciso mudar de clima.

Ele mergulhou na cadeira e depois, quando o Caixeta estava indo embora, ficou de pé novamente com um enorme e óbvio esforço.

— Por favor, não saia lá fora — disse o Caixeta.

A senhora Pinfold o acompanhou para soltar o cachorro e quando voltou encontrou o senhor Pinfold colérico.

— Sei do que vocês dois estavam falando.

— Sabe? Ele estava me contando sobre a briga dos Fawdles com o Conselho Paroquial sobre o direito de passagem.

— Você estava entregando a ele um cabelo meu para a sua Caixa.

— Tolice, Gilbert.

— Pelo modo como me olhava, eu poderia dizer que ele estava medindo as minhas Ondas da Vida.

A senhora olhou para ele com tristeza.

— Você está mesmo mal, não está, querido?

O *Calibã* não era um navio grande a ponto de exigir um trem especial; reservaram-se carros de um serviço regular de Londres. A senhora Pinfold o acompanhou até lá na véspera da partida. Era preciso pegar as passagens na agência de viagens, mas uma grande prostração o atingiu ao chegarem em Londres e ele foi direto para a cama do hotel, pedindo a um mensageiro da agência que as buscasse. Um jovem educado chegou logo depois, trazendo uma pequena pasta de documentos, os bilhetes do trem, do navio e para a volta de avião, formulários de bagagem, cartões de embarque, cópias de carbono de cartas de reserva etc. O senhor Pinfold compreendia com dificuldade. Teve dificuldade com o talão de cheque. O jovem o olhava com mais do que curiosidade normal. Talvez ele fosse leitor das obras do senhor Pinfold. Mais provavelmente achava um tanto bizarro o espetáculo do senhor Pinfold deitado ali gemendo e resmungando, o tronco recostado em travesseiros, a face rubra, tendo ao lado uma garrafa de champanhe aberta. O senhor Pinfold ofereceu-lhe uma taça. Ele recusou. Quando se foi, o senhor Pinfold disse:

— Não gostei nada do jeito desse jovem.

— Ah, ele parecia um bom sujeito — disse a senhora Pinfold.

— Tinha um ar suspeito — disse o senhor Pinfold. — Olhou para mim como se estivesse medindo as minhas Ondas da Vida.

Em seguida, começou a cochilar.

A senhora Pinfold almoçou no térreo e voltou para junto do marido, que lhe disse:

— Preciso ir me despedir de minha mãe. Peça um carro.

— Querido, você não está muito bem.

— Eu *sempre* me despeço dela antes de viajar para o exterior. Disse-lhe que estávamos indo para lá.

— Eu telefono e explico. Ou então vou lá sozinha.

— Eu vou. É verdade que não estou muito bem, mas vou assim mesmo. Peça ao porteiro para chamar um carro dentro de meia hora.

A mãe viúva do senhor Pinfold vivia numa linda casinha em Kew. Tinha 82 anos, enxergava e ouvia muito bem, mas nos últimos anos era lenta no raciocínio. Quando criança, o senhor Pinfold a amava desmesuradamente. Agora restava apenas uma firme noção do dever de afeição familiar. Já não sentia prazer em sua companhia nem queria visitá-la. Ela havia sido deixada em má situação financeira pelo marido. O senhor Pinfold complementava a sua renda com pagamentos estabelecidos numa escritura de garantia, e assim ela estava agora confortavelmente instalada com uma única criada, antiga e fiel, que cuidava dela e de todos os seus objetos preferidos, trazidos da casa maior e colocados em torno dela. A jovem senhora Pinfold, que falava com alegria sobre os filhos, era uma companhia muito mais agradável para a anciã do que seu filho, mas o senhor Pinfold a visitava zelosamente várias vezes por ano e, como dizia ele, sempre antes de viajar, qualquer que fosse a duração da estadia.

Uma limusine funérea os levou a Kew. O senhor Pinfold sentou-se encolhido em cobertores. Coxeando com dois apoios, um bordão de abrunheiro e uma bengala de madeira de Málaca, ele transpôs o portãozinho e entrou no jardim. Uma hora depois saiu, afundando entre gemidos no banco traseiro do carro. A visita não havia sido um sucesso.

— Não foi um sucesso, não é mesmo? — disse o senhor Pinfold.

— Devíamos ter ficado para o chá.

— Ela sabe que eu nunca tomo chá.

— Mas eu tomo, e a senhora Yercombe já estava com tudo preparado. Vi num carrinho: bolos e sanduíches, e uma travessa de *muffins*.

— A verdade é que minha mãe não gosta de ver ninguém mais jovem que ela em pior estado de saúde que o dela; a não ser crianças, claro.

— Você foi horrivelmente rude com relação aos nossos filhos.

— É, eu sei. Droga. Droga. Droga. Vou escrever para ela do navio. Vou lhe mandar um telegrama. Por que é que todo mundo menos eu acha tão fácil ser agradável?

Quando chegou ao hotel ele voltou para a cama e pediu outra garrafa de champanhe. Novamente cochilou. A senhora Pinfold sentou-se em silêncio e começou a ler uma história de detetive. Ele acordou e pediu um jantar com muitas especificações, mas quando o camareiro o trouxe, seu apetite já havia desaparecido. A senhora Pinfold comeu bem, mas com tristeza. Quando a mesa foi levada, o senhor Pinfold coxeou até o banheiro e tomou suas pílulas azul-acinzentadas. O médico havia prescrito três por dia. Faltava a última. Ele tomou uma grande dose do remédio para dormir; o vidro estava pela metade.

— Estou tomando muito — disse ele, não pela primeira vez.

— Vou terminar este vidro e não compro mais. — Olhou para si mesmo no espelho. Olhou para as costas das mãos, que estavam novamente mosqueadas de grandes manchas rubras.

— Evidentemente isso não é bom para mim — disse ele e foi para a cama; desmoronou nela e caiu num sono profundo.

O trem saía às dez horas do dia seguinte. A limusine funérea fora pedida. O senhor Pinfold se vestiu penosamente e, sem se barbear, foi para a estação. A senhora Pinfold o acompanhou. Ele precisou de ajuda para achar um carregador e para encontrar o seu lugar. Deixou cair na plataforma o bilhete e as bengalas.

— Acho que você não devia ir sozinho — disse a senhora Pinfold. — Espere por outro navio e eu vou também.

— Não, não. Eu vou ficar bom.

Mas algumas horas depois, quando chegou às docas, o senhor Pinfold não estava tão esperançoso. Havia dormido a maior parte do trajeto, acordando de vez em quando para acender um charuto e deixá-lo cair depois de algumas baforadas. Suas dores pareciam mais fortes do que nunca quando ele desceu do vagão. Estava nevando. Os outros passageiros saíram animados. O senhor Pinfold se movimentava lentamente. No cais, um garoto do telégrafo estava recolhendo mensagens. Com grande dificuldade o senhor Pinfold escreveu: "Embarque seguro. Todo amor". Depois se dirigiu ao passadiço e penosamente subiu a bordo.

Um camareiro negro o levou para a cabine. Ele olhou em volta sem ver nada, sentado num catre. Precisava fazer uma coisa: telegrafar para sua mãe. Na mesa da cabine havia papel, encimado com o nome do navio e a bandeira da linha. O senhor Pinfold tentou imaginar e escrever uma mensagem. A tarefa revelou-se de uma dificuldade insuperável. Atirou no cesto de lixo o papel amassado e sentou-se na cama, ainda de chapéu e casaco, com as bengalas ao lado. Então chegaram suas duas malas. Ele olhou para elas durante um tempo e depois começou a desfazê-las. Isso também se revelou difícil demais. Apertou a campainha, e o camareiro negro reapareceu inclinando-se e sorrindo.

— Não estou muito bem. Será que você poderia desfazer a mala para mim?

— Jantar às sete e meia, senhor.

— Eu disse: você poderia desfazer a mala para mim?

— Não, senhor, bar não aberto no porto, senhor.

O homem sorriu e se inclinou, deixando o senhor Pinfold.

O senhor Pinfold sentou-se de chapéu e casaco, segurando o bordão e a bengala. Então apareceu um camareiro inglês com a lista de passageiros, alguns formulários para preencher e a mensagem:

— Os cumprimentos do comandante, senhor, e ele gostaria de ter a honra de sua companhia na mesa dele no salão de jantar.

— Agora?

— Não, senhor. O jantar é às sete e meia. Não acho que o comandante jantará no salão de jantar esta noite.

— Não creio que tampouco eu vá — disse o senhor Pinfold.

— Agradeça ao comandante. É muito cortês da parte dele. Outra noite. Alguém disse algo sobre o bar não estar aberto. Você pode me providenciar um conhaque?

— Ah, sim, senhor. Acho que sim, senhor. Alguma preferência de marca?

— Conhaque — disse o senhor Pinfold. — Uma boa dose.

O camareiro-chefe trouxe-o ele próprio.

— Boa-noite — disse o senhor Pinfold.

Encontrou por cima de tudo, em sua mala, as coisas de que precisava para a noite. Entre elas suas pílulas e o vidro de remédio. O conhaque animou-o a agir. Precisava telegrafar para sua mãe. Saiu às apalpadelas e percorreu o corredor até a sala do comissário de bordo. Um funcionário estava de plantão, muito ocupado com seus papéis atrás da grade.

— Quero mandar um telegrama.

— Sim, senhor. Com o rapaz no final da passagem.

— Não estou me sentindo muito bem. Será que o senhor poderia ter a bondade de escrevê-lo para mim?

O comissário olhou bem para ele, observou a barba por fazer, sentiu o cheiro de conhaque e se valeu da sua longa experiência com viajantes.

— Desculpe, senhor. Vou ajudá-lo com prazer.

O senhor Pinfold ditou: "Todos no navio muito prestativos. Lembranças. Gilbert", manuseou com nervosismo as moedas que tinha no bolso e então arrastou-se de volta para a cabine. Lá engoliu as grandes pílulas cinzas e tomou uma golada do sonífero. Depois, sem rezar, foi para a cama.

Capítulo 3

Um navio infeliz

O CALIBÃ, COMANDADO PELO COMANDANTE STEERFORTH, era um vapor de meia-idade e de classe média; limpo, confiável e confortável, sem pretensão de ser luxuoso. Não havia banheiros privados. As refeições não eram servidas nas cabines, anunciava-se, a não ser quando autorizadas pelo oficial médico. Suas salas comuns tinham apainelamentos de carvalho escurecido, seguindo a moda de uma geração anterior. Fazia regularmente o percurso entre Liverpool e Rangum, com parada em portos intermediários; transportava uma carga mista e um grupo mais ou menos homogêneo de passageiros, principalmente escoceses e suas mulheres, viajando a trabalho e de licença. A tripulação e os camareiros eram indianos.

Quando o senhor Pinfold voltou a si era dia claro e ele estava balançando suavemente no catre estreito, para lá e para cá, com a voga lenta de alto-mar.

Na noite anterior ele quase não havia observado sua cabine. Agora notava que era grande, com dois leitos. Tinha uma janelinha feita de tiras de vidro opaco, com uma veneziana de correr e cortinas ornamentais de musselina estampada sem franzido. A janela não dava para o mar, e sim para um convés onde de vez em quando passavam pessoas, lançando uma sombra breve mas sem produzir nenhum ruído audível contra o batimento do motor, o estalo regular de placas e peças de madeira e o zumbido contínuo do ventilador. O teto, para onde o senhor Pinfold estava olhando, era atravessado, como a viga de uma cabana, por um tubo de ventilação branco tacheado e por uma quantidade de dutos e fios elétricos.

O senhor Pinfold ficou deitado durante algum tempo, olhando e balançando, sem ter muita certeza de onde se encontrava, mas achando agradável estar ali. Na prateleira ao seu lado, uma xícara de chá, já bem frio, derramava no pires, e ao lado dela, manchada com o chá derramado, estava a lista de passageiros do navio. Ele achou seu nome registrado como "senhor G. Penfold" e se lembrou do senhor Pooter na Mansion House. O erro de grafia era bem-vindo como um disfarce, um acréscimo não solicitado à sua privacidade. Relanceou ociosamente os outros nomes — "doutor Abercrombie, senhor Addison, senhorita Amory, senhor e senhora e senhorita Margaret Angel, senhor e senhora Benson, senhor Blackadder, major e senhora Cockson", ninguém que ele conhecesse, ninguém que provavelmente iria aborrecê-lo. Havia meia dúzia de birmaneses a caminho de Rangum; o resto eram ingleses. Ninguém — ele estava seguro disso — teria lido seus livros ou tentaria atraí-lo para uma conversa literária. Logo que sua saúde melhorasse, poderia ter três semanas de trabalho nesse navio.

 Ele se sentou e pôs os pés no chão. Estava ainda aleijado mas ligeiramente menos dolorido, pensou, do que nos dias anteriores. Caminhou até a bacia. O espelho lhe mostrou um rosto que ainda parecia alarmantemente velho e doente. Depois de se barbear e escovar o cabelo, tomou a pílula cinza, voltou para a cama com um livro e imediatamente começou a cochilar.

O apito do navio acordou-o. Devia ser meio-dia. Uma batida na porta, ouvida a custo sobre os outros ruídos do mar, e surge o rosto moreno do seu camareiro.

— Nada bom hoje — disse o homem. — Muitos passageiros enjoados.

Pegou a xícara de chá e deslizou para fora.

O senhor Pinfold era bom marinheiro. Apenas uma vez, numa guerra que tinha sido em grande parte passada em correrias para lá e para cá em vários tipos de barcos, ele havia ficado nauseado, e nessa ocasião a maior parte da tripulação também ficara prostrada. O senhor Pinfold, que não era nem bonito nem atlético, lembrava com prazer esse único presente da parcimoniosa Natureza. Resolveu se levantar.

O convés principal estava quase deserto quando lá chegou. Duas moças com os cabelos curtos penteados para a frente e usando malhas grossas passeavam de braços dados ao longo das pilhas de cadeiras dobradas. O senhor Pinfold coxeou até o bar, que ficava depois da sala de fumar. Quatro ou cinco homens estavam sentados num canto, formando um grupo. Ele os cumprimentou, achou uma cadeira no fundo e pediu conhaque e *ginger-ale*. Não se sentia ele mesmo. Sabia de um modo longínquo, como sabia, ou achava que sabia, alguns fatos da história, que estava num navio, viajando para melhorar a saúde, mas, como acontecia com grande parte do seu conhecimento histórico, não precisava a data. Não sabia que 24 horas antes estava no trem de Londres para Liverpool. Suas fases de sono e vigília dos últimos dias não tinham relação com a noite e o dia. Ficou sentado quieto na sala de fumar, o olhar fixo e vazio posto à sua frente.

Depois de algum tempo entraram duas mulheres animadas. Os homens as saudaram:

— Bom dia, senhora Cockson. Que bom ver que a senhora está de pé nesta manhã alegre.

— Bom dia, bom dia, bom dia para todos. Vocês conhecem a senhora Benson?

— Acho que não tive o prazer. A senhora gostaria de se juntar a nós, senhora Benson? Eu estou sentado aqui. — E ele virou-se e chamou o camareiro: — Rapaz!

O senhor Pinfold estudou esse grupo com benevolência. Ninguém entre eles seria fã de Pinfold. Então, à uma da tarde, um camareiro surgiu com um gongo e o senhor Pinfold desceu atrás dele, submisso, até a sala de jantar.

A mesa do comandante estava posta para sete pessoas. Os "violinos"* haviam sido erguidos e a toalha de mesa estava úmida; nem um quarto dos lugares do salão estava ocupado.

Apenas um membro do grupo do comandante fora almoçar, um jovem inglês alto, que logo começou a conversar desembaraçadamente com o senhor Pinfold, informando-lhe que seu nome era Glover e que era administrador de uma fazenda produtora de chá no Ceilão; uma vida idílica, segundo a sua descrição: estava sempre cavalgando, com freqüentes licenças longas passadas num clube de golfe. Glover era entusiasta do golfe. A fim de se manter em forma para o jogo, ele trouxera consigo um bastão com um peso cuja extremidade estava presa a uma mola, e o fazia girar, segundo disse, cem vezes pela manhã e cem vezes à tarde. Sua cabine, revelou ele, ficava ao lado da do senhor Pinfold.

---

* "Violino" é uma pequena saliência ou barreira levantada quando o navio está em mar agitado, para impedir que os pratos, travessas etc. caiam da mesa. (N. T.)

— Temos de compartilhar o banheiro. Quando o senhor gosta de tomar banho?

A conversa de Glover não exigia uma atenção penetrante. O senhor Pinfold se pegou chamado de volta para um mundo do qual havia momentaneamente escapado, para responder:

— Bom, na verdade, eu dificilmente tomo banho no mar. Aqui ficamos muito limpos, e eu não gosto de água quente salgada. Tentei reservar para mim um banheiro privado. Não posso imaginar por quê.

— Não há banheiros privados neste navio.

— Foi o que me disseram. Parece um tipo de navio muito satisfatório — disse o senhor Pinfold, fitando tristemente seu molho de *curry*, a oscilante taça de vinho, as mesas desertas à volta, esperando estar sendo agradável com Glover.

— É. Todo mundo conhece todo mundo. Todo ano as mesmas pessoas viajam nele. Às vezes os viajantes se queixam de se sentir muito deslocados se não são habituais.

— Eu não vou me queixar — disse o senhor Pinfold. — Tenho estado bastante doente. Quero sossego.

— Lamento por sua saúde. O senhor vai achar aqui bastante tranqüilo. Algumas pessoas acham tranqüilo demais.

— Para mim, demais não deve ser — disse o senhor Pinfold.

Muito formal, ele se despediu de Glover e imediatamente o esqueceu, até que ao chegar à cabine encontrou, somada aos outros ruídos ali existentes, a música de uma orquestra de *jazz*. O senhor Pinfold parou perplexo. Ele não era musical. Tudo o que sabia era que em algum lugar muito próximo dele uma orquestra estava tocando. Então se lembrou.

"É o jogador de golfe", pensou ele. "Aquele jovem da cabine ao lado. Ele tem um gramofone. E mais", observou subitamente, "tem também um *cachorro*." Ele ouviu com toda a nitidez no linóleo do outro lado da sua porta, entre essa porta e a de Glover, as batidas das patas de um cachorro. "Aposto que ele não pediu permissão para trazê-lo. Nunca estive num navio em que fosse permitido ter cachorros nas cabines. Com certeza ele subornou o camareiro. De qualquer modo, não é sensato reclamar. Não me importo. Ele me pareceu um sujeito muito cordial."

Ele reparou nas pílulas cinzas, deitou-se, abriu o livro e então, ao som de música de dança e das fungadelas do cachoro, adormeceu de novo.

Talvez tenha sonhado. Esqueceu-se imediatamente do que havia acontecido nas horas intermediárias. Estava escuro. Ele ficou acordado, atento a uma cena muito curiosa que estava acontecendo ali por perto; sob seus pés, ao que parecia. Ele ouvia nitidamente um ministro dirigindo uma reunião religiosa. O senhor Pinfold não tinha conhecimento direto da prática evangélica. Seu lar e as escolas que freqüentara professavam um anglicanismo tolerante. Suas idéias de não-conformismo provinham da literatura, do senhor Chadband e de Philip Henry Gosse, de charadas e dos números antigos da *Punch*. O sermão, que estava começando a evoluir para a peroração, era uma expressão clara desse tipo de fé que tem o linguajar das Escrituras e apela para o emocional. Dirigia-se presumivelmente a membros da tripulação. Vozes masculinas cantaram um hino que o senhor Pinfold se lembrou de haver ouvido na infância, quando tinha uma babá — como quase todas as babás — calvinista: "Reme para a praia, marinheiro. Reme para a praia".

— Vocês estão dispensados, mas eu quero conversar sozinho com Billy — disse o ministro.

Seguiu-se uma oração improvisada, bastante superficial, e depois um arrastar de pés e um empurrar de cadeiras; depois, silêncio; então o ministro, muito sério:

— E então, Billy, o que você tem para me dizer? — E o inequívoco som de soluços.

O senhor Pinfold começou a se sentir constrangido. Isso é algo que não devia ser ouvido por terceiros.

— Billy, você mesmo precisa me dizer. Não o estou acusando de nada. Não estou pondo palavras na sua boca.

Silêncio, exceto pelos soluços.

— Billy, você se lembra do que nós falamos da última vez. Você fez aquilo novamente? Você tem sido impuro, Billy?

— Sim, senhor. Não posso evitar, senhor.

— Deus nunca nos tenta além da nossa resistência, Billy. Eu já lhe disse isso, não é? Você acha que eu também não sinto essas tentações, Billy? Às vezes elas são muito fortes. Mas eu resisto, não resisto? Você sabe que eu resisto, não resisto, Billy?

O senhor Pinfold ficou horrorizado. Ele estava sendo levado a ter um papel numa cena de horrível indecência. Suas bengalas estavam ao lado da cama. Ele pegou a de abrunheiro e bateu com força no chão.

— Você ouviu um barulho agora, Billy? Uma batida. É Deus batendo na porta da sua alma. Ele só pode vir ajudá-lo se você for puro, como eu.

Isso era mais do que o senhor Pinfold podia ouvir. Ele se levantou penosamente, vestiu o paletó e escovou o cabelo. As vozes embaixo continuavam:

— Não posso evitar, senhor. Eu quero ser bom. Eu tento. Mas não posso.

— Você tem imagens de moças pregadas no seu beliche, não tem?

— Tenho sim, senhor.

— Imagens sujas.

— É sim, senhor.

— Como é que você pode dizer que está querendo ser bom quando deixa a tentação deliberadamente diante dos seus olhos? Eu preciso ir lá e destruir isso.

— Não, por favor, senhor. Eu quero essas imagens.

O senhor Pinfold saiu coxeando da cabine e subiu até o convés principal. Agora o mar estava mais calmo. Havia mais passageiros no saguão e no bar. Eram seis e meia. Um grupo estava lançando dados para resolver quem pagava os drinques. O senhor Pinfold sentou-se sozinho e pediu um coquetel. Quando o camareiro trouxe a bebida, ele perguntou:

— Este navio tem um capelão?

— Ah, não, senhor. O comandante lê as orações aos domingos.

— Então há um ministro entre os passageiros?

— Não sei de nenhum, senhor. Olhe na lista de passageiros.

O senhor Pinfold estudou a lista de passageiros. Nenhum nome tinha um prefixo que indicasse ordens religiosas. Um navio estranho, pensou o senhor Pinfold, que permitia a leigos evangelizar um membro da tripulação presumivelmente pagão; mania religiosa talvez da parte de um dos oficiais.

Dormindo e acordando ele havia perdido a noção do tempo. Parecia-lhe que já estava há muitos dias no mar, naquele navio estranho. Quando Glover chegou ao bar, o senhor Pinfold disse afavelmente:

— Que bom voltar a vê-lo.

Glover pareceu ligeiramente surpreso com esse comprimento.

— Eu estava embaixo na minha cabine — disse ele.

— Eu tive de subir. Fiquei constrangido com aquela reunião religiosa. Você não ficou?

— Reunião religiosa? — estranhou Glover. — Não.

— Bem debaixo dos nossos pés. Você não ouviu?

— Não ouvi nada — disse Glover. Ele começou a se afastar.

— Aceite uma bebida — ofereceu o senhor Pinfold.

— Não, obrigado. Eu não bebo. É preciso ter cuidado num lugar como o Ceilão.

— Como está o seu cão?

— Meu cão?

— Seu cão secreto. O passageiro clandestino. Por favor, não imagine que eu esteja me queixando. Não me aborreço com o seu cão. Nem com seu gramofone, aliás.

— Mas eu não tenho cachorro. E não tenho gramofone.

— Ah, está certo — disse o senhor Pinfold amuado. — Talvez eu tenha me enganado.

Se Glover não queria confiar nele, ele não iria tentar forçar sua aceitação pelo jovem.

— Vejo-o no jantar — disse Glover de saída.

Assim como vários outros passageiros, ele estava usando um *smoking*, notou o senhor Pinfold. Era hora de trocar de roupa. O senhor Pinfold voltou à cabine. Agora já não vinha nenhum som de debaixo; o pseudo-ministro e o marinheiro impuro haviam saído. Mas a orquestra de *jazz* estava a pleno vapor. Assim, não era o gramofone de Glover. Enquanto trocava de roupa, o senhor Pinfold pensou sobre o assunto. Durante a guerra ele havia viajado em navios de soldados que tinham amplificadores em todos os conveses.

Alarmes e ordens ininteligíveis eram lançados por esses aparelhos, e em horas estabelecidas eles emitiam música popular. O *Calibã*, claramente, estava equipado desse modo. Isso iria perturbá-lo muito quando ele começasse a escrever. Teria de investigar se haveria um modo de isolá-lo.

Ele levou muito tempo se vestindo. Seus dedos estavam incrivelmente desajeitados com os botões e a gravata, e o rosto no espelho ainda estava manchado e com os olhos arregalados. Quando ficou pronto ouviu-se o gongo convocando para o jantar. Ele não tentou usar os sapatos de noite. Em vez disso pôs rapidamente as botas macias, forradas de pele, com as quais havia embarcado. Agarrando o corrimão com uma das mãos e com a outra apoiando-se na bengala, ele venceu penosamente o caminho até o salão. Na escada observou uma placa de bronze registrando que o navio havia sido tripulado pela Armada Real durante a guerra e servira nos desembarques no norte da África e na Normandia.

Foi o primeiro a chegar à sua mesa, um dos mais pontuais no jantar do navio. Observou um homenzinho moreno com roupa diurna que estava sozinho numa das mesas. Então o lugar começou a encher. Levemente aturdido, ele observou seus companheiros do navio. Na mesa do comissário de bordo, como costuma acontecer nos navios desse tipo, estava o grupo mais alegre, as poucas moças e mulheres jovens, os homens mais festivos que vira no bar. Uma terrina de sopa foi posta diante do senhor Pinfold. Dois ou três camareiros negros estavam de pé ao lado de uma mesa de serviço conversando a meia voz. Subitamente, o senhor Pinfold os ouviu, surpreso, pronunciarem em inglês três imprecações obscenas. Ele voltou o olhar para eles e dardejou.

— Sim, senhor; algo para beber, senhor?

A expressão gentil não tinha nenhuma sugestão de zombaria, e no suave sotaque do sul da Índia não havia nenhum eco dos tons grosseiros que acabara de ouvir. Desconcertado, o senhor Pinfold disse:

— Vinho.

— Vinho, senhor?

— Vocês têm champanhe a bordo, suponho?

— Ah, sim, senhor. Três nomes. Mostro lista.

— Não se preocupe com o nome. Traga meia garrafa.

Glover chegou e sentou-se do outro lado.

— Devo-lhe um pedido de desculpas — disse o senhor Pinfold. — Não era o seu gramofone, e sim uma parte do equipamento naval deixado no navio depois da guerra.

— Ah — disse Glover. — Então era isso?

— Parece-me a explicação mais provável.

— Talvez seja.

— Os empregados usam uma linguagem muito estranha.

— Eles são de Travancore.

— Não. Eu me refiro ao modo como blasfemam. Diante de nós. Provavelmente não querem ser insolentes, mas o fato denota má disciplina.

— Nunca observei isso — disse Glover.

Ele não estava à vontade com o senhor Pinfold.

Então a mesa ficou cheia. O comandante Steerforth cumprimentou-os e ocupou seu lugar na ponta. À primeira vista ele não tinha nada de extraordinário. Uma mulher jovem e bonita apresentada como a senhora Scarfield sentou-se ao lado do senhor Pinfold. Ele explicou que estava temporariamente aleijado e não podia se levantar.

— Meu médico me receitou umas pílulas terrivelmente fortes. Elas me fazem sentir-me muito estranho. A senhora deve me perdoar se eu for uma companhia apática.

— Acho que todos nós estamos muito apáticos — disse ela.

— O senhor é o escritor, não é mesmo? Infelizmente, nunca me sobra tempo para ler.

O senhor Pinfold estava habituado a esse tipo de conversa, mas naquela noite era incapaz de enfrentá-lo. Disse então:

— Eu gostaria de não ter. — E virou-se estupidamente para o seu vinho. "Ela por certo acha que eu estou bêbado", pensou e tentou explicar: — São pílulas grandes e cinza. Não sei o que elas contêm. Não acredito que tampouco meu médico saiba. É uma coisa nova.

— Isso é sempre emocionante, não é? — disse a senhora Scarfield.

O senhor Pinfold desanimou e passou em silêncio o resto do jantar; aliás, não comeu quase nada.

O comandante se levantou, e com ele todo o grupo da sua mesa. O senhor Pinfold, com os movimentos lentos, ainda estava na cadeira, procurando a bengala, quando seus acompanhantes passaram por trás dele. Ele se levantou. Teria gostado verdadeiramente de ir para a cabine, mas foi contido, em parte pelo estranho temor de que o julgassem nauseado, mas sobretudo por um sentimento ainda mais estranho, um laço de dever que ele imaginava ligá-lo ao comandante Steerforth. Parecia-lhe que estava de algum modo sob o comando desse homem e que seria uma falha grave deixá-lo antes de ser dispensado. Assim, penosamente, ele os seguiu até o saguão e mergulhou numa poltrona entre os Scarfields. Estavam tomando café. Ele ofereceu conhaque para todos. Eles recusaram, e para si mesmo ele pediu conhaque e licor de menta misturados. En-

A PROVAÇÃO DE GILBERT PINFOLD 109

tão o senhor e a senhora Scarfield trocaram um olhar, que ele interceptou, como se para confirmar um comentário anterior — "Meu bem, aquele homem ao meu lado, o autor, estava completamente embriagado". "Você tem certeza?" "Simplesmente bêbado."

A senhora Scarfield era de fato extremamente bonita, pensou o senhor Pinfold. Em Burma ela não manteria aquela pele por muito tempo.

O senhor Scarfield estava no comércio de madeira, árvores teca. Suas perspectivas dependiam menos da diligência e sagacidade com que ele conduzisse o negócio do que da ação dos políticos. Ele falava ao pequeno círculo sobre esse assunto.

— Numa democracia — disse o senhor Pinfold com mais ênfase do que originalidade —, os homens não buscam a autoridade para poder impor uma política. Elas buscam uma política para poder obter autoridade.

E prosseguiu ilustrando esse tema com exemplos.

Ele já havia estado com a maioria dos líderes do governo. Alguns eram membros do Bellamy, e estes ele conhecia bem. Esquecido de sua audiência, começou a falar deles com familiaridade, como teria feito com seus amigos. Os Scarfields novamente trocaram olhares, e ocorreu-lhe, tarde demais, que as pessoas com quem ele conversava não julgavam um tanto desabonador, de modo geral, conhecer políticos. Seus interlocutores achavam que ele estava se exibindo. Envergonhado, ele parou no meio de uma frase.

— Deve ser muito emocionante transitar nos bastidores — disse a senhora Scarfield. — Nós só sabemos o que lemos nos jornais.

Havia maldade por trás do seu sorriso? No primeiro encontro ela parecera franca e amistosa. O senhor Pinfold julgou ter descoberto agora uma hostilidade dissimulada.

— Ah, eu raramente leio as colunas de política — disse ele.
— O senhor não precisa, não é mesmo? Tem tudo em primeira mão.

Não havia dúvida na cabeça do senhor Pinfold. Ele tinha se portado como um idiota. Indiferente agora à sua reputação de bom marinheiro, ele tentou fazer uma pequena vênia para incluir o comandante e os Scarfields.

— Se os senhores me desculparem, acho que vou para a minha cabine.

Teve dificuldade para se levantar da poltrona funda, teve dificuldade com a bengala, teve dificuldade em manter o equilíbrio. Mal eles disseram "Boa-noite", ele ainda estava a custo se afastando, algo que o comandante disse os fez rir. Três risadas distintas, e todas elas, para os ouvidos do senhor Pinfold, cruelmente escarninhas. Ao sair, ele passou por Glover. Impelido a se explicar, disse:

— Não entendo nada de política.
— Não? — estranhou Glover.
— Diga-lhes que eu não entendo nada.
— Dizer a quem?
— Ao comandante.
— Ele está bem atrás do senhor, ali.
— Ah, tudo bem, não tem importância.

Ele se afastou coxeando; quando atingiu as portas, olhou para trás e viu Glover conversando com os Scarfields. Eles estavam ostensivamente providenciando quatro jogadores para o bridge, mas o senhor Pinfold sabia que havia outro interesse mais obscuro: *ele*.

Ainda não eram nove horas. O senhor Pinfold se despiu. Dependurou suas roupas, lavou-se e tomou a pílula. Ainda havia na garrafa de sonífero três colheres de sopa cheias. Ele resolveu tentar passar a noite sem o medicamento, esperar de algum modo até depois da meia-noite. O mar estava bem mais calmo agora; ele poderia ficar na cama sem virar de um lado para o outro. Deitou-se relaxadamente e começou a ler um dos romances que havia trazido a bordo.

Então, antes que ele tivesse virado a página, a orquestra começou a tocar. Não era um número irradiado. Era um grupo ao vivo bem embaixo dos seus pés, ensaiando. Eles estavam no mesmo lugar, tão inexplicavelmente audíveis quanto a aula de Bíblia da tarde; pessoas jovens, felizes, sem dúvida o grupo da mesa do comissário de bordo. Seus instrumentos eram tambores, chocalhos e um tipo de flauta. Os tambores e chocalhos eram responsáveis pela maior parte da composição. O senhor Pinfold não entendia nada de música. Parecia-lhe que o ritmo que eles tocavam se originava em alguma tribo primitiva e era de interesse antropológico, e não artístico. Essa suposição se confirmou.

— Vamos tentar a *Índio Pocoputa 1* — propôs o jovem que, sem ter grandes ares de autoridade, agia como chefe.

— Ah, *essa* não. É tão *animalesca* — protestou a moça.

— Eu sei — concordou o líder. — É o ritmo três por oito. A Gestapo também o descobriu, sabe? Eles tocavam isso nas celas e os prisioneiros acabavam enlouquecendo.

— É — disse uma outra moça. — Trinta e seis horas era o que bastava para qualquer um. Doze horas davam conta da maioria. Eles podiam agüentar qualquer tortura menos essa.

"A música os deixava completamente loucos." "Furiosamente loucos." "Louquinhos da silva." "Era a pior tortura de todas." "Os russos a usam agora." As vozes, algumas masculinas, outras femininas, todas jovens e ávidas, chegavam se atropelando, como cachorrinhos. "Os húngaros são os melhores." "O bom e velho três por oito." "Os bons e velhos índios *pocoputa*." "Eles enlouqueciam."

— Ninguém está ouvindo a gente, não é? — indagou uma jovem e encantadora voz feminina.

— Você está bêbada, Mimi? Eles estão todos lá em cima, no convés principal.

— Então tudo bem — disse o líder da banda. — O ritmo três por oito.

E eles atacaram.

O som pulsava e fazia estremecer a cabine, que de súbito havia se convertido numa cela de prisão. O senhor Pinfold nunca conseguira pensar ou falar naturalmente com um acompanhamento musical. Até mesmo quando muito jovem procurava sempre as boates onde o bar ficava distante da música. Ele tinha amigos — Roger Stillingfleet era um deles — para quem o *jazz* era uma droga necessária — se estimulante ou narcótica, o senhor Pinfold não sabia. Mas ele preferia o silêncio. O ritmo três por oito era-lhe realmente torturante. Ele não conseguia ler. Tendo entrado na cabine a menos de quinze minutos, ele antevia horas insuportáveis. Assim, esvaziou o vidro de sonífero e, ao som da banda dos jovens animados da mesa do comissário, mergulhou num estado de inconsciência.

Acordou antes da madrugada. Embaixo de sua cabine os jovens animados haviam se dispersado. O ritmo três por oito silenciara. Nenhuma sombra passava entre a luz do convés e a janela da cabine. Mas no alto havia um tumulto. A tripulação, ou uma parte considerável dela, estava empenhada numa operação de arrastar pelo convés o que pelo som poderia ser um enorme rastelo com correntes, e aquele trabalho não a deixava feliz. Eles protestavam revoltosos em sua língua, e o oficial que os comandava vociferava de volta com as inflexões de um velho lobo do mar:

— Vamos com isso, seus negros bastardos. Vamos logo com isso.

Os marinheiros indianos não eram facilmente domináveis. Gritaram uma resposta ininteligível.

— Vou chamar o oficial responsável pela ordem — berrou o oficial.

Uma ameaça vazia, certamente, pensou o senhor Pinfold. Era muito pouco provável que o *Calibã* tivesse um oficial responsável pela ordem.

— Por Deus, vou atirar no primeiro de vocês que se mexer — disse o oficial.

O tumulto aumentou. O senhor Pinfold quase podia ver o drama lá em cima, o convés pouco iluminado, os rostos morenos transtornados, o valentão solitário com a pistola pesada e antiquada do navio. Então ele ouviu um estrondo, não de tiro, mas de uma extraordinária percussão de metal, como se cem atiçadores de brasa e tenazes tivessem caído numa enorme defensa, seguido de um grito de dor e de um momento de silêncio absoluto.

— Pronto — disse o oficial, parecendo mais uma babá que um velho marinheiro —, vejam o que vocês fizeram agora.

Qualquer que fosse a sua natureza, esse incidente violento sujeitou inteiramente as paixões da tripulação. Eles ficaram dóceis, prontos para fazer qualquer coisa a fim de reparar o desastre. Os únicos sons passaram a ser as ordens mais calmas do oficial e a lamúria dos homens feridos.

— Firme aí. É fácil. Você, vá até a enfermaria e peça um cirurgião. Você, suba e comunique à ponte...

Durante muito tempo, talvez duas horas, o senhor Pinfold ficou em sua cama escutando. Podia ouvir nitidamente o que era dito não só em sua vizinhança imediata como mais longe. A luz da cabine estava acesa, e enquanto olhava fixo para o complexo de dutos e fios que corriam pelo teto ele percebeu que aquilo devia constituir um tipo de entroncamento no sistema de comunicação. Por meio de algum artifício ou falha ou resquício da guerra, tudo o que se falava no posto executivo do navio era transmitido para ele. Um resquício parecia a explicação mais provável. Certa vez, durante o ataque-relâmpago em Londres, tinham-lhe providenciado um quarto de hotel que havia sido deixado às pressas por um estadista aliado em visita. Quando tirou o telefone do gancho para pedir o café da manhã, ele se viu falando numa linha particular diretamente com a sala do Conselho de Ministros. Algo desse tipo devia ter acontecido no *Calibã*. Enquanto foi navio de guerra, essa cabine sem dúvida havia sido a sala de alguma sede de operações, e quando a embarcação foi devolvida a seus proprietários e readaptada para o transporte de passageiros, os engenheiros se esqueceram de desligá-la. Só isso podia explicar as vozes que agora o mantinham informado de todas as etapas do incidente.

O homem ferido parecia ter ficado preso em alguma rede de metal. Foram feitas várias tentativas malsucedidas e angustiadas de retirá-lo. Por fim, decidiram cortar o metal em volta dele. Uma vez dada a ordem, ela foi cumprida com uma rapidez surpreendente, mas no processo, a geringonça, o que quer que fosse, se destroçou e foi finalmente arrastada pelo convés e atirada ao mar. A vítima soluçava e gemia continuamente. Levaram-na à enfermaria e a deixaram aos cuidados de uma enfermeira bondosa, mas, ao que parecia, sem grande qualificação.

— Você precisa ser corajoso — disse ela. — Vou rezar o terço para você. Tenha coragem.

Enquanto isso o telegrafista entrava em contato com um hospital em terra e recebia instruções sobre primeiros socorros. O cirurgião do navio não aparecera. Detalhes do tratamento eram ditados de terra e passados para a enfermaria. As últimas palavras vindas da ponte que o senhor Pinfold ouviu foram do comandante Steerforth:

— Não vou me incomodar com um homem doente a bordo. Devemos emitir um sinal para um navio que esteja passando rumo à Inglaterra e transferi-lo.

Parte do tratamento prescrito pelo hospital era uma injeção sedativa, e quando ela agiu aliviando o infeliz indiano, o senhor Pinfold também ficou sonolento até finalmente adormecer ao som da enfermeira que murmurava a Saudação do Anjo.

Foi acordado pelo camareiro negro da cabine, que lhe trazia chá.

— Que caso desagradável na noite passada — disse o senhor Pinfold.

— Sim, senhor.

— Como está o pobre sujeito?

— Oito horas, senhor.

— Eles conseguiram contatar um navio para levá-lo?

— Sim, senhor. Café da manhã oito e meia, senhor.

O senhor Pinfold tomou o chá. Sentia-se pouco disposto a se levantar. O sistema de intercomunicação estava silencioso. Ele pegou um livro e começou a ler. Então, com um estalo, as vozes recomeçaram.

O comandante Steerforth parecia estar se dirigindo a representantes da tripulação.

— Quero que vocês compreendam — dizia ele — que uma grande quantidade de metal valioso foi sacrificada na noite passada pelo bem-estar de um único marinheiro. Esse metal era *cobre* puro. Um dos metais mais valiosos do mundo. Vejam, eu não lamento o sacrifício e estou certo de que a Companhia irá aprovar minha ação. Mas quero que vocês todos avaliem devidamente o fato de que apenas num navio britânico isso pode ocorrer. Num navio de qualquer outra nacionalidade o marinheiro, e não o metal, seria picado. Vocês sabem disso tanto quanto eu. Não se esqueçam disso. E outra coisa: em vez de levar o homem conosco para Port Said, com toda a sujeira dos hospitais daqueles porcalhões, eu fiz com que ele fosse transferido com cuidado, e agora o companheiro de vocês está a caminho da Inglaterra. Ele não poderia ter sido tratado de forma mais generosa se fosse diretor da Companhia. Conheço o hospital para onde ele vai. Terá a melhor atenção lá e viverá, se viver, no maior conforto. Este navio é assim. Nada é bom demais para os homens que servem nele.

A reunião parecia ter terminado. Houve um arrastar de pés e um murmúrio, e depois uma mulher começou a falar. Era uma voz que logo iria se tornar conhecida do senhor Pinfold. Para todos os homens e mulheres há algum som — áspero, talvez, ou farfalhante, estridente ou profundo, ou esganiçado, um tom de inflexão de fala — que causa um incômodo especial; que literalmente "faz o cabelo ficar de pé" ou metaforicamente "dá nos nervos"; algo que o doutor Drake teria chamado de "alergia". A voz daquela mulher era assim. Evidentemente ela não afetou o comandante desse modo, mas para o senhor Pinfold aquilo era torturante.

— Bom — disse a voz. — Isso deve ensiná-los a não resmungar.

— É — disse o comandante Steerforth. — Resolvemos aquele pequeno motim, creio eu. Agora não teremos mais nenhum problema.

— Não até a próxima vez — disse a mulher cínica. — Que exposição desprezível aquele homem fez de si mesmo, chorando como uma criança. Graças a Deus não vamos vê-lo mais. Gostei do seu toque sobre o lindo, encantador hospital.

— É. Eles não sabem que eu o mandei para um inferno. Ora! Estragar o meu cobre! Ele logo vai desejar que tivesse ido para Port Said.

E a mulher riu odiosamente.

— Logo vai desejar que tivesse morrido — disse ela.

Houve um estalo (alguém parecia estar controlando o aparelho, pensou o senhor Pinfold) e dois passageiros estavam falando. Pareciam ser idosos, militares distintos.

— Acho que os passageiros deviam saber — disse um deles.

— É, precisamos convocar uma reunião. É o tipo de coisa que vive acontecendo sem um reconhecimento adequado. Precisamos aprovar um voto de agradecimento.

— Uma tonelada de cobre, você disse?

— Cobre puro, cortado e atirado ao mar. Tudo para salvar um negro. Isso nos torna orgulhosos do serviço britânico.

As vozes cessaram, e o senhor Pinfold ficou pensando nessa reunião; era seu dever participar dela e comunicar o que ele sabia sobre a verdadeira personalidade do comandante e da sua companheira? A dificuldade, claro está, seria provar suas acusações; explicar satisfatoriamente como aconteceu de ele ouvir o segredo do comandante.

Uma música suave encheu a cabine, um oratório cantado por um coro numeroso mas distante.

"Isso *deve* ser um disco de gramofone", pensou o senhor Pinfold. "Ou o rádio. Não pode ser uma apresentação a bordo." Então ele dormiu durante algum tempo, até ser acordado por uma mudança de música. Os jovens animados estavam novamente se dedicando ao seu ritmo três por oito *Índio Pocoputa*. O senhor Pinfold olhou para o relógio. Onze e meia. Hora de se levantar. Enquanto se barbeava com dificuldade e trocava de roupa, refletiu com cuidado sobre a sua situação. Ciente agora do sistema de intercomunicação, concluiu que a sala usada pela banda poderia estar em qualquer lugar do navio. A reunião religiosa também. Tinha-lhe parecido estranho na ocasião que as vozes serenas chegassem com tanta nitidez através do chão; que elas fossem audíveis para ele e não para Glover. Agora isso se explicava. Mas ele estava perplexo com a irregularidade, com as mudanças de lugar, o estalo do ligar e desligar. Era improvável que uma pessoa qualquer no painel de controle estivesse dirigindo aqueles aborrecimentos para a sua cabine. Evidentemente o comandante não iria irradiar de propósito suas conversas particulares e comprometedoras. O senhor Pinfold gostaria de saber mais sobre a mecânica da coisa. Lembrou-se de que em Londres, logo depois da guerra, quando tudo estava deteriorado, os telefones às vezes se comportavam desse modo imprevisível; a linha morria; depois estalava; depois, quando o fio enrolado recebia uma torção e um puxão, a conversa podia ser retomada. Ele supôs que em algum lugar acima de sua cabeça, no poço de ventilação, talvez, houvesse fios desgastados e parcialmente desligados que de quando em quando entravam em contato graças ao movimento do navio e assim estabeleciam comunicação ora com uma parte do navio e ora com outra.

Antes de deixar a cabine olhou para a sua caixa de pílulas. Ele não estava bem. Além da coxeadura outras coisas estavam erradas. O doutor Drake não sabia do sonífero. Podia ser que as pílulas, reconhecidamente novas e muito fortes, guerreassem com o hidrato de cloral e brometo; e também com o gim e o conhaque, talvez.

Bem, o sonífero tinha terminado. Ele tentaria as pílulas mais uma ou duas vezes. Engoliu uma e se arrastou até o convés principal. Ali havia luz e animação, um brilho de sol frio e uma brisa esperta. Os jovens tinham abandonado o concerto durante o curto espaço de tempo que o senhor Pinfold levara para subir as escadas. Eles estavam no jogo de malha que havia no convés de ré, assistindo e jogando alternadamente; riam alto quando o navio balançava e os atirava uns contra os outros. O senhor Pinfold debruçou-se na balaustrada e olhou para baixo, pensando em como era estranho que pessoas de aspecto tão saudável e aparentando boa índole se deleitassem com a música dos índios pocoputa. Glover estava de pé sozinho na popa girando seu taco de golfe. No lado ensolarado do convés principal, os passageiros mais velhos estavam enrolados em cobertores lendo biografias populares ou tricotando. Os jovens de Burma caminhavam aos pares, vestidos uniforme e elegantemente com *blazers* e calças havana, como oficiais a espera de entrar no pelotão para um desfile militar.

    O senhor Pinfold pensou nos militares distintos cujos elogios mal informados do comandante ele havia se julgado no dever de corrigir. Com base nas vozes, idosas, precisas, convencionais, ele havia formado uma idéia clara de sua aparência. Eram majores-generais, agora na reserva. Haviam sido elegantes jovens oficiais do regimento — provavelmente da cavalaria de linha — em 1914 e comandaram brigadas no fim da guerra. Passaram pela Escola do Estado-Maior e esperaram pacientemente outra batalha apenas para descobrir em 1939 que haviam sido preteridos para o comando ativo. Mas tinham servido lealmente em escritórios, cumprido seu turno de combate aos incêndios provocados por bombas, ficado sem uísque e sem lâminas de barbear. Agora podiam arcar apenas com um cruzeiro barato de inverno ano sim ano não; do seu jeito, eram velhos admiráveis. Ele não os encontrou no convés nem em nenhum dos salões públicos.

Com a sirene do meio-dia houve um movimento em direção ao bar para os anúncios da distância percorrida e do resultado do sorteio. Scarfield foi o ganhador de um pequeno prêmio. Ele pediu bebidas para todos os que estavam à vista, inclusive o senhor Pinfold. A senhora Scarfield estava perto dele e o senhor Pinfold desculpou-se:

— Receio ter sido aborrecido demais ontem à noite.
— É mesmo? — admirou-se ela. — Não enquanto o senhor estava conosco.
— Toda aquela tolice que eu falei sobre política. São essas pílulas que eu tenho de tomar. Elas me fazem parecer bastante estranho.
— Sinto muito por isso — disse ela —, mas lhe garanto que o senhor não nos aborreceu, a *nós*, pelo menos. Eu fique fascinada.

O senhor Pinfold olhou fixo para ela, mas não pôde detectar nenhum traço de ironia.

— De qualquer modo, não pretendo voltar a arengar daquele modo.
— Por favor, volte.

As senhoras que tinham sido identificadas como senhora Benson e senhora Cockson estavam nas mesmas cadeiras que ocupavam na véspera. Gostavam de um bom copo, aquelas duas, pensou aprovadoramente o senhor Pinfold; eram simpáticas. Ele as cumprimentou. Cumprimentou a todos que alcançou com o olhar. Estava se sentindo bem melhor.

Apenas uma figura continuava distante do convívio geral: o homenzinho moreno que o senhor Pinfold havia notado jantando só.

Então o camareiro passou, batendo no seu pequeno gongo musical, e o senhor Pinfold seguiu o grupo para o almoço. Sabendo o que ele sabia sobre o caráter do comandante Steerforth, o senhor Pinfold achou muito repulsivo sentar-se à mesa com ele. Assim, cumprimentou-o com negligência e se dirigiu a Glover.

— Noite barulhenta, hem?

— Ah — disse Glover —, eu não ouvi nada.

— Você deve dormir muito bem.

— Para dizer a verdade, não dormi bem. Normalmente durmo, mas não estou fazendo o exercício a que meu corpo se acostumou. Fiquei acordado metade da noite.

— E não ouviu o acidente?

— Não.

— Acidente? — perguntou a senhora Scarfield. — Houve um acidente durante a noite, comandante?

— Ninguém me falou disso — respondeu o comandante Steerforth, com brandura.

"O vilão", pensou o senhor Pinfold. "O vilão sem remorso, traidor, lúbrico, mau", pois embora o comandante Steerforth não tivesse demonstrado nenhum outro sintoma de lascívia, o senhor Pinfold sabia intuitivamente que suas relações com a mulher de voz áspera — camareira, secretária, passageira, o que quer que ela fosse — eram grosseiramente eróticas.

— Que acidente, senhor Pinfold? — perguntou a senhora Scarfield.

— Talvez eu tenha me enganado — disse rigidamente o senhor Pinfold. — Isso me acontece muitas vezes.

Havia outro casal à mesa do comandante. Eles já estavam lá na noite anterior, fazendo parte do grupo para o qual o senhor Pinfold tinha falado de modo tão insensato, mas ele quase não os no-

tara: um casal agradável, numa indefinível meia-idade, parecendo bastante ricos, não ingleses, talvez holandeses ou dos países escandinavos. Então a mulher se inclinou sobre a mesa e disse em tons guturais, muito brejeiros:
— Descobri na biblioteca do navio dois livros do senhor.
— Ah.
— Peguei um. Chama-se *A chave marcada*.
— *A clave marcada* — corrigiu o senhor Pinfold.
— Isso. É um livro engraçado, não é?
— Algumas pessoas são dessa opinião.
— Para mim também pareceu. Não é o que o senhor queria também? Acho que o senhor tem um senso de humor especial, senhor Pinfold.
— Ah.
— O senhor é famoso por isso, por esse senso de humor especial?
— Talvez.
— Você pode me passar o livro quando terminar? — perguntou a senhora Scarfield. — Todos dizem que eu também tenho um senso de humor especial.
— Mas tão especial quanto o do senhor Pinfold?
— Isso precisa ser verificado — disse a senhora Scarfield.
— Acho que vocês estão deixando o autor embaraçado — advertiu o senhor Scarfield.
— Ele deve estar acostumado — observou ela.
— Ele agüenta tudo com o senso de humor especial que ele tem — completou a senhora estrangeira.
— Com sua licença... — disse o senhor Pinfold, lutando para se levantar.
— Eu não disse? Ele ficou constrangido.

— Não — contestou a senhora estrangeira. — É o seu senso de humor. Ele vai tomar notas sobre nós. Vocês vão ver: vamos estar todos num livro de humor.

Ao se levantar, o senhor Pinfold olhou para o homenzinho moreno em sua mesa solitária. "É para lá que eu devia ter ido", pensou ele. O último som que ele ouviu ao sair do salão de jantar foi o de uma risada jovem e alegre vinda da mesa do comissário de bordo.

Durante o tempo em que ele ficara fora, pouco mais de meia hora, a cabine havia sido arrumada e os lençóis estavam bem esticados na cama, como num hospital. Ele despiu o paletó e as botas macias, acendeu um charuto e deitou-se. Quase não havia comido naquele dia, mas não estava faminto. Soprou a fumaça em direção aos fios e dutos do teto e pensou num modo de, sem ofender as pessoas, evitar a mesa do comandante e poder sentar-se sozinho e comer, silencioso e sossegado, como aquele sujeitinho inteligente, moreno, invejável. Como se em resposta a esses pensamentos, o aparelho acima dele estalou e entrou em atividade, e ele ouviu esse mesmo assunto sendo debatido pelos dois velhos militares.

— Meu querido, eu não ligo a mínima.

— Não, você evidentemente não liga. Nem eu. De qualquer modo, acho muito sensato da parte dele mencionar isso.

— Muito sensato. O que ele disse, exatamente?

— Disse que ele lamentava não ter lugar para você e eu e minha patroa. A mesa só tem lugar para seis passageiros. E ele tinha de chamar os Scarfields.

— É claro. Ele tinha de chamar os Scarfields.

— É, ele tinha de chamá-los. Depois, há o casal de norugueses... estrangeiros, você me entende.

— Estrangeiros ilustres.

— É preciso ser educado com eles. Assim, são quatro. Depois, faça-me o favor, ele recebeu uma ordem da Companhia para ter em sua mesa esse camarada, Pinfold. Com isso, havia apenas um lugar. Sabendo que não podia nos separar, eu, você e a minha patroa, ele convidou aquele bom rapaz, aquele que tem o tio em Liverpool.

— Ele tem um tio em Liverpool?

— É, tem. É por isso que ele o convidou.

— Mas por que ele convidou Pinfold?

— Ordens da companhia. Ele não o queria.

— Não, não, claro que não.

— Se você quer saber, Pinfold bebe.

— Eu sei, sempre ouvi falar isso.

— Eu vi quando ele entrou no navio. Estava bêbado. Numa situação deplorável.

— Desde então o estado dele é deplorável.

— Ele diz que são as pílulas.

— Não, não, é a bebida. Já vi homens melhores do que Pinfold ficarem assim.

— Que coisa terrível. Ele não devia ter vindo.

— Se você quer saber, ele foi mandado para esta viagem como um tratamento.

— Alguém devia ter vindo junto para cuidar dele.

— Você observou aquele sujeitinho moreno que fica sozinho numa mesa? Eu não me surpreenderia se ele estivesse vigiando Pinfold.

— Uma babá do sexo masculino?

— Seria mais adequado chamá-lo de guarda.

— Que a patroa dele contratou sem ele saber?

— É assim que eu avalio a situação.
As vozes dos dois velhos mexeriqueiros enfraqueceram e se calaram. O senhor Pinfold ficou fumando, sem ressentimento. Era o tipo de coisa que esperamos que digam por trás de nossas costas — o tipo de coisa que dizemos dos outros. Era levemente desalentador ouvir isso por acaso. A idéia de sua mulher pôr um espião para tomar conta dele era divertida. Contaria isso a ela numa carta. A questão de sua bebedeira o interessava mais. Talvez ele de fato desse essa impressão. Talvez naquela primeira noite no mar — quantos dias atrás? —, quando falou de política depois do jantar, talvez ele *tivesse* bebido demais. Havia ingerido demasiado alguma coisa, certamente, pílulas, sonífero ou bebida forte. O sonífero tinha acabado. Ele resolveu não tomar mais pílulas. Iria se limitar ao vinho e a um ou dois coquetéis e uma taça de conhaque depois do jantar, e logo estaria bem e ativo novamente.

Ele havia chegado à última polegada de seu charuto, um charuto grande que levava uma hora para ser fumado, quando sons vindos da cabine do comandante interromperam seu devaneio.
A amante estava lá. Com aquela voz áspera ela disse:
— Você precisa lhe dar uma lição.
— Vou dar.
— Uma *boa* lição.
— É.
— Uma lição que ele não vai esquecer.
— Traga-o aqui.
Ouviram-se sons de pés se arrastando e de um choro, um som bem parecido com o do homem ferido que o senhor Pinfold ouvira naquela manhã, que manhã? Uma manhã dessa viagem tumul-

tuada. Parecia que um prisioneiro estava sendo arrastado até a presença do comandante.

— Amarre-o na cadeira — disse a amiga, e o senhor Pinfold imediatamente pensou no *Rei Lear*.

— Ate bem apertado os seus braços repugnantes.

Quem disse isso? Goneril? Regan? Talvez nenhuma delas. Cornwall? Era uma voz masculina na peça, não é? Mas era a voz da mulher, ou do que se passava por mulher, aqui. Gostando como ele gostava de apelidos, o senhor Pinfold imediatamente a batizou de "Goneril".

— Tudo bem — disse o comandante Steerforth. — Você pode deixá-lo a meu cargo.

— E ao meu — disse Goneril.

O senhor Pinfold não era anormalmente sensível e nem sua vida fora protegida de modo especial, mas ele não tinha experiência pessoal de crueldade física e nenhum gosto pela representação dela em livros ou filmes. Mas no início da noite, deitado na cabine aprazível desse navio inglês, a poucas jardas de distância de Glover, dos Scarfields e das senhoras Benson e Cockson, estava sendo a testemunha horrorizada de uma cena que poderia ter vindo diretamente do tipo de filme de suspense que ele tanto abominava.

Havia na cabine do comandante três pessoas: Steerforth, Goneril e o prisioneiro deles, que era um dos camareiros negros. Começou o que parecia ser um julgamento. Goneril deu seu depoimento, de modo vingativo mas preciso, acusando o homem de uma tentativa de agredi-la sexualmente. Ao senhor Pinfold aquela acusação pareceu bastante veemente. Sabendo da situação ambígua do acusador no navio, lembrando-se da linguagem grosseira que havia casualmente ouvido no salão de jantar e do discurso opressivo, mórbido, do pregador, o senhor Pinfold refletiu sobre o incidente cuja descrição havia ouvido: era exatamente o tipo de coisa a que ele esperava assistir naquele navio detestável. Culpado, pensou ele.

— Culpado — disse o comandante, e a essa palavra Goneril deu um assobio de satisfação e antegozo. De modo lento e cuidadoso, enquanto o navio avançava para o sul com sua desinteressante carga de passageiros, o comandante e sua amiga, com indisfarçado prazer erótico, se puseram a torturar o prisioneiro.

O senhor Pinfold não podia conjeturar que forma de tortura estava sendo empregada. Apenas ouvia os gemidos e soluços da vítima e os gritos mais tenebrosos, extáticos, orgíacos, de Goneril:

— Mais. Mais. Outra vez. Outra vez. Você ainda não recebeu nada, seu animal. Mais um pouco, mais, mais, mais.

O senhor Pinfold não podia agüentar aquilo. Era preciso parar aquela abominação de imediato. Cambaleante, ele se levantou da cama, mas enquanto tateava à procura das botas fez-se silêncio na cabine do comandante e uma Goneril repentinamente sóbria disse:

— Basta.

Não chegou nenhum som da vítima. Depois de uma longa pausa soou a voz do comandante Steerforth:

— Se você quer saber, já foi demais.

— Ele dá vergonha — disse Goneril sem convicção.

— Está morto — observou o comandante.

— E o que é que nós vamos fazer? — indagou Goneril.

— Desamarrá-lo.

— Eu não vou tocar nele. Nunca toquei nele. Foi tudo com você.

O senhor Pinfold ficou de pé na cabine, exatamente como,

sem dúvida, o comandante estava na sua, sem saber o que fazer, e em meio ao seu horror percebeu, enquanto hesitava, que subitamente as dores nas pernas haviam cessado por completo. Estirou-se na ponta dos pés; arqueou os joelhos. Estava curado. Era assim que esses ataques sempre vinham e se iam, de modo totalmente imprevisível. Apesar de sua agitação, ele tinha espaço mental para pensar se suas dores tinham origem nervosa, se a comoção que acabara de sofrer não teria tido sucesso naquilo que as pílulas haviam malogrado; se ele não teria se curado com o tormento do camareiro. Essa hipótese distraiu-o momentaneamente do assassinato ocorrido lá em cima.

Então ele voltou a ouvi-los.

— Como comandante deste navio, devo fazer um atestado de óbito e lançá-lo ao mar depois que escurecer.

— E o cirurgião?

— Ele também precisa assinar. A primeira coisa a fazer é levar o corpo para a enfermaria. Não queremos mais confusões com os homens. Chame a Margaret.

A situação era aterradora, pensou o senhor Pinfold, mas não exigia intervenção.

O que quer que devesse ser feito, não precisava ser feito imediatamente. Ele não poderia irromper sozinho na cabine do comandante e denunciá-lo. Qual seria o procedimento certo, se é que havia algum, para prender um comandante em seu próprio navio? Ele teria de se aconselhar. Os militares, homens sensatos, peremptórios, eram as pessoas indicadas. Eles deviam saber o que fazer. Seria preciso preparar um comunicado, supôs ele, prestar depoimentos. Onde? No primeiro consulado a que chegassem, em Port Said; ou deveriam esperar chegar a um porto inglês? Aqueles veteranos saberiam.

Enquanto isso, Margaret, a boa enfermeira, uma espécie de Cordélia, parecia ter se encarregado do corpo.

— Pobre rapaz, pobre rapaz — lamentava ela. — Olhe para essas marcas horríveis. Não se pode dizer que foram "causas naturais".

— Foi o que me falou o comandante — disse uma nova voz, presumivelmente do cirurgião do navio. — Recebo ordens dele. Não gosto de muita coisa que está acontecendo neste navio. O melhor que a senhorita pode fazer, minha jovem, é não ver nada, não ouvir nada e não dizer nada.

— Mas o pobre rapaz, que horror. Deve ter sofrido muito.

— Causas naturais — frisou o médico. E depois se fez silêncio.

O senhor Pinfold tirou as botas macias e calçou os sapatos. Enfiou as duas bengalas num canto do guarda-roupa. "Não vou precisar mais disso", refletiu ele, sem saber o que lhe reservavam os dias à sua frente, e andou quase jubilosamente até o convés principal.

Não havia ninguém lá além de dois marinheiros indianos, pintando os turcos do navio. Eram três e meia da tarde, uma hora em que os passageiros ficavam na cabine. Como se numa escapada de um campo de batalha, o humor do senhor Pinfold deu um salto, livre e cantante. Ele estava exultante com seu andar decidido. Caminhou à volta do navio, duas, três vezes, para cima e para baixo. Seria possível, nesse cenário claro e pacífico, acreditar na abominação que se ocultava em cima, logo acima da sua cabeça, atrás da pintura cintilante? Estaria enganado? Nunca vira Goneril. Mal conhecia a voz do comandante. Poderia realmente identificá-la? Não seria possível que o que ele havia ouvido fosse um fragmento de representação — uma charada dos jovens animados? Um programa irradiado de Londres?

Talvez essa nova hipótese fosse um modo de tornar a realidade mais suportável, um produto da alegria do sol, do mar, do vento e da saúde recuperada.

Só o tempo iria mostrar.

Capítulo 4

Os desordeiros

Naquela noite o senhor Pinfold sentiu-se com a saúde, o ânimo e a clareza mental mais restaurados, pareceu-lhe, do que semanas antes. Olhou para suas mãos, manchadas de rubro havia dias; agora elas estavam mais claras e seu rosto no espelho havia perdido a coloração mosqueada. Ele se vestiu mais habilmente, e enquanto se vestia o rádio de sua cabine entrou em ação.

"Este é o Terceiro Programa da BBC. Aqui é o senhor Clutton-Cornforth, que vai lhes falar sobre Aspectos da Ortodoxia na Literatura Contemporânea."

O senhor Pinfold conhecia Clutton-Cornforth havia trinta anos. Agora ele era editor de um revista literária semanal; era um sujeito ambicioso e subserviente. O senhor Pinfold não tinha curiosidade pelas suas opiniões sobre nenhum assunto. Em vez disso, ele tentou ignorar o programa, até, justamente quando estava saindo, ser chamado de volta pelo som de seu nome.

"Gilbert Pinfold", ouviu ele, "propõe um problema exatamente antitético, ou talvez devêssemos dizer: o mesmo problema de forma antitética. As qualidades básicas de um romance de Pinfold quase nunca variam e podem ser assim enumeradas: convencionalidade da trama, falsidade da caracterização, sentimentalidade mórbida, farsa exagerada e trivial alternando com melodrama exagerado e mais trivial; religiosidade exagerada, que será considerada tediosa ou blasfema caso o leitor compartilhe ou repudie suas preconcepções doutrinais; uma sensualidade extrínseca e ofensiva que claramente é introduzida com motivações comerciais. Tudo isso é apresentado num estilo que, quando sai do vulgar, escorrega para um total analfabetismo."

Na verdade, pensou o senhor Pinfold, aquilo não parecia o Terceiro Programa; não parecia absolutamente Algernon Clutton-Cornforth. "Palavra de honra", pensou ele, "da próxima vez que vir esse idiota subir bamboleando a escada da Biblioteca de Londres vou dar um pontapé no traseiro dele."

"Na verdade", prosseguiu Clutton-Cornforth, "se pedirem a alguém — e *sempre* pedem a alguém — para dar um nome que tipifique tudo o que é decadente na literatura contemporânea, essa pessoa poderá responder sem hesitar: Gilber Pinfold. Agora passo dele para o caso de um escritor igualmente deplorável mas mais interessante que costuma ser associado a ele — Roger Stillingfleet."

Nesse ponto, por uma súbita mudança do aparelho, Clutton-Cornforth foi interrompido e sucedido por uma cantora:

Sou Gilbert, o escrevinhador
o almofadinha das letras,
o orgulho de Piccadilly,
o devasso entediado.

O senhor Pinfold saiu da cabine. Encontrou o camareiro em seu percurso com o gongo do jantar e desceu para o convés principal. Saiu para o vento, inclinou-se por pouco tempo na balaustrada, desceu o olhar até uma ondulação da água iluminada. Ali a música voltou para junto dele, emanando de algum lugar bem perto de onde ele estava.

Por Gilbert, o escrevinhador,
o coronel dos almofadinhas.

Outras pessoas no navio estavam prestando atenção à rádio. Outras pessoas, provavelmente, haviam ouvido a invectiva de Clutton-Cornforth. Ele estava acostumado à crítica (embora não de Clutton-Cornforth). Resistiria. Só esperava que ninguém o aborrecesse falando daquilo; sobretudo a mulher norueguesa que jantava com o comandante.

Os sentimentos do senhor Pinfold em relação ao comandante haviam se moderado no decorrer da tarde. Quanto a se o homem era ou não culpado de assassinato, seu julgamento ficou em suspenso, mas o fato de ele ter ficado sob suspeita, de o senhor Pinfold ter um conhecimento secreto que poderia ou não levá-lo à ruína, cortou o vínculo de lealdade que anteriormente os unira. O senhor Pinfold sentia-se inclinado a provocar um pouco o comandante.

Assim, durante o jantar, quando estavam todos sentados e ele havia pedido um pouco de champanhe, o senhor Pinfold desviou a conversa muito abruptamente para o tema do assassinato.

— O senhor já conheceu um assassino?— perguntou ele a Glover.

Glover conhecia. Em seu jardim, um capataz de confiança tinha despedaçado a mulher com uma enxada.

— E imagino que ele era muito sorridente, não era? — indagou o senhor Pinfold.
— Era, de fato era. Um sujeito sempre muito alegre. Ele caminhou para o patíbulo rindo com os irmãos como se aquilo fosse uma piada engraçadíssima.
— *Exatamente.*
O senhor Pinfold olhou bem nos olhos do sorridente comandante. Havia algum sinal de alarme naquele rosto largo, comum?
— E *quanto ao senhor*, o senhor já conheceu um assassino, comandante Steerforth?
Já, quando ainda era marinheiro. Um foguista do navio em que o comandante estava matou o outro com uma pá. Mas eles verificaram que o homem havia enlouquecido com o calor da sala de fornalhas.
— No meu país, nas florestas, durante o longo inverno, muitas vezes os homens se embriagam e matam uns os outros. No meu país, essas coisas não dão em enforcamento. É um caso para o médico, nós achamos.
— Se vocês querem saber, todos os assassinos são loucos — disse Scarfield.
— E sempre sorridentes — completou o senhor Pinfold. — É o único modo pelo qual se pode reconhecê-los: pelo seu indefectível bom humor.
— O foguista não era muito bem-humorado. Lembro-me dele como um sujeito carrancudo.
— Ah, mas ele era louco.
— Meu Deus, que assunto mórbido. Como é que começamos a falar nisso? — perguntou a senhora Scarfield.
— Não tão mórbido como Clutton-Cornforth — disse o senhor Pinfold de um modo um tanto truculento.

— Quem? — indagou a senhora Scarfield.

— Como o quê? — reforçou a mulher norueguesa.

O senhor Pinfold olhou rosto por rosto em volta da mesa. Claramente ninguém havia ouvido o programa.

— Ah, se vocês não o conhecem, quanto menos se falar nele melhor — disse ele.

— Ah, fale! — pediu a senhora Scarfield.

— Não, não mesmo, não é nada.

Ela deu de ombros desapontada e voltou para o comandante o seu lindo rosto.

Mais tarde o senhor Pinfold tentou propor para a conversa o tema do sepultamento no mar, mas a acolhida não foi nada entusiástica. O senhor Pinfold havia dedicado alguma reflexão ao assunto durante o final da tarde. Glover tinha dito que os camareiros vinham de Travancore, o que lhes dava uma grande chance de ser cristãos de algum dos ritos antigos predominantes naquela cultura complexa. Eles insistiriam em alguma observância religiosa para os seus. Se quisesse evitar a suspeita, o comandante não poderia lançar o corpo ao mar secretamente. Certa vez, num navio de guerra, o senhor Pinfold assistira à entrega ao mar do corpo de um soldado que havia se suicidado. A operação, ele se lembrava, levara algum tempo. A corneta tinha executado o toque de despedida. O senhor Pinfold lembrava bem que o navio havia parado. No *Calibã*, o convés de esportes parecia ser o local mais provável para a cerimônia. O senhor Pinfold ficaria vigilante. Se a noite se passasse sem incidente, o comandante Steerforth estaria absolvido.

Naquela noite, como já acontecera na noite anterior, o comandante Steerforth jogou bridge. Ele sorria continuamente, partida após partida. O *Calibã* observava um horário rigoroso: o bar fechava às dez e meia, as luzes começavam a ser desligadas e os cinzeiros esvaziados; os passageiros iam para as cabines. O senhor Pinfold viu o último deles passar e então foi para a popa e se sentou numa cadeira que dava para o convés de esportes. Fazia muito frio. Ele foi até a cabine buscar um sobretudo. Ali estava quente e acolhedor. Ocorreu-lhe que sua vigília poderia perfeitamente ser feita sob o convés. Quando os motores silenciassem, ele saberia que o sepultamento estava acontecendo. Os resquícios de enevoamento mental causado pelo sonífero haviam desaparecido. Ele estava bem desperto. Sem se despir, ficou na cama lendo um romance.

Passou-se o tempo. Nenhum som vinha da intercomunicação; os motores mantinham seu ritmo regular, as placas e os painéis estalavam; o murmúrio baixo do ventilador enchia a cabine.

Não houve exéquias, não houve panegírico; nenhum toque fúnebre a bordo do *Calibã* naquela noite. Em vez disso, representou-se no convés, logo além da janela do senhor Pinfold, um ciclo dramático que durou cinco — seis? — horas. O senhor Pinfold não havia observado as horas no momento em que começou a agitação — da qual ele era a platéia solitária. Se ela tivesse ocorrido atrás da ribalta de um palco verdadeiro, o senhor Pinfold a teria repudiado como grosseiramente exagerada.

Havia dois atores principais, protagonistas juvenis, dos quais um se chamava Fosker; o outro, o líder, não tinha nome. Eles estavam bêbados quando chegaram e aparentemente tinham consigo uma garrafa da qual a todo momento bebiam um trago, pois as longas horas de escuridão não os tornaram mais sóbrios. Faziam provocações cada vez mais violentas, que por fim degeneraram em incoerência. Fosker estava na banda de *jazz*, disso o senhor Pinfold tinha certeza; ele achava que o havia notado no saguão depois do jantar, entretendo as moças, alto, muito jovem, roupas em péssimo estado, de aspecto suspeito, vivaz, boêmio, cabelos longos, bigode e costeletas. Havia nele algo dos dissolutos estudantes de direito e funcionários públicos que figuram na ficção de meados da era vitoriana. Algo também dos jovens que de vez em quando cruzavam seu caminho durante a guerra — o tipo de subalterno de que seu regimento não gostava e que ia para o SOE*. Quando o senhor Pinfold refletiu com vagar sobre o assunto, não pôde explicar para si mesmo como chegara a ter uma impressão tão completa durante um relance breve e desinteressado, ou por que Fosker, caso ele fosse o que parecia, estaria viajando para o Oriente com uma companhia tão inadequada. A imagem dele, contudo, continuava bem delineada como um camafeu.

O segundo jovem predominante era apenas uma voz; uma voz bastante agradável e bem-educada, apesar das torpezas que dizia.

— Ele foi para a cama — declarou Fosker.
— Logo vamos tirá-lo de lá — disse a voz agradável e bem-educada.
— Música.
— Música.

Sou Gilbert, o escrevinhador
o almofadinha das letras,
o orgulho de Piccadilly,
o devasso entediado.

Ah, Hades, as senhoras
deixaram a cabana
por causa de Gilbert, o escrevinhador
o almofadinha das letras.

* *Special Operations Executive*, organização inglesa que entre 1940 e 1946 treinou, implantou e deu o apoio necessário a grupos de resistência isolados atuantes em diversos países da Europa ocupada, África e Ásia. (N. T.)

— Vamos, Gilbert. É hora de deixar a cabana.

Quanta insolência, pensou o senhor Pinfold. Imbecis, cacetes.

— Você acha que ele está gostando disso?

— Ele tem um senso de humor especialíssimo? É um homem especialíssimo. Esquisito, não é, Gilbert? Saia da sua cabana, velhote esquisito.

O senhor Pinfold fechou a veneziana de madeira, mas o barulho externo não diminuiu.

— Ele acha que isso vai nos impedir de entrar. Não vai, Gilbert. Nós não vamos subir pela janela, você sabe disso. Vamos entrar pela porta, e então, por Deus, você vai se haver conosco. Agora ele trancou a porta. — O senhor Pinfold não tinha feito isso. — Nada corajoso, não é mesmo? Trancar-se para ficar a salvo. Gilbert não quer ser chicoteado.

— Mas ele vai ser chicoteado.

— Ah, vai, ele vai ser muito bem chicoteado.

O senhor Pinfold resolveu agir. Vestiu o roupão, pegou a bengala e saiu da cabine. A porta que dava para o convés ficava em algum ponto mais além, no corredor. As vozes dos dois desordeiros o seguiam enquanto ele caminhava. Ele conhecia o tipo de Fosker, o derrotado agressivo, fanfarrão quando bêbado, que pomos no devido lugar com muita facilidade. Determinado, abriu a porta pesada e saiu ao vento. O convés estava vazio. Em toda a extensão do navio as pranchas molhadas brilhavam à luz da lâmpada. Risadas estridentes chegavam de cima.

— Não, não, Gilbert, você não pode nos driblar desse modo. Volte para a sua cabana, Gilbert. Podemos pegá-lo sempre que quisermos. É melhor trancar a porta.

O senhor Pinfold voltou para a cabine. Não trancou a porta. Sentou-se, com a bengala na mão, atento.

Os dois jovens confabularam.

— É melhor esperar até ele dormir.

— Então metemos nossas garras nele.

— Ele não parece muito sonolento.

— Vamos fazer as meninas cantarem para ele dormir. Vamos, Margaret, cante uma música para o Gilbert.

— Você não está sendo cruel demais? — A voz da moça era clara e sóbria.

— Não, claro que não. É tudo brincadeira. Gilbert é um esporte. Ele está gostando disso tanto quanto nós. Fez isso muitas vezes quando tinha a nossa idade, cantar músicas ridículas do lado de fora dos quartos masculinos em Oxford. Ele armou um banzé na porta das dependências do reitor. Foi mandado embora por isso. Ele acusou o reitor das práticas mais asquerosas. Era tudo uma grande brincadeira.

— Está bem, se você tem certeza de que ele não se importa... Duas moças começaram a cantar lindamente.

Na primeira vez que vi Maria, cantaram elas,
Dançando na pradaria
Soube que ela poderia
Dar-me mais a cada dia.
Seu jeito displicente...

Os últimos versos da canção — que o senhor Pinfold conhecia bem — são verbalmente obscenos, mas ao surgirem agora nas vozes desapaixonadas das moças eles estavam purificados e suavizados; flutuavam sobre o mar em perfeita inocência. As moças cantaram essa e outras melodias. Cantaram por muito tempo. Cantaram intermitentemente durante as desordens da noite, mas não conseguiram acalmar o senhor Pinfold. Ele ficou sentado desperto, com a bengala pronta para enfrentar os intrusos.

Então o pai do jovem sem nome reuniu-se a eles. Parecia ser um dos generais.

— Para a cama, vocês dois — disse ele. — Vocês estão sendo infernalmente irritantes.

— Estamos só zombando do senhor Pinfold. Ele é um homem nojento.

— Isso não é razão para acordar todo o navio.

— Ele é judeu.

— É mesmo? Você tem certeza? Nunca ouvi falar isso.

— Claro que é. Ele veio para Lychpole em 1937 com os refugiados alemães. Nessa época ele se chamava Peinfeld.

— Queremos o sangue do Peinfeld — disse a voz agradável.

— Queremos bater nele até o inferno sair.

— O senhor não vai se importar se nós batermos nele até o inferno sair, não é mesmo? — indagou Fosker.

— O que é que há de errado com o sujeito?

— Ele tem uma dezena de pares de sapato na sua cabaninha, todos lindamente engraxados e guardados em prateleiras de madeira.

— Ele janta com o comandante.

— Ele se apropriou do único banheiro próximo da nossa cabine. Tentei usá-lo agora há pouco e o camareiro disse que era particular, reservado para o senhor Pinfold.

— Senhor Peinfeld.

— Eu odeio esse Pinfold. Odeio. Odeio. Odeio — disse Fosker. Tenho minhas contas a ajustar com ele pelo que ele fez com o Hill.

— Aquele fazendeiro que se suicidou?

— Hill era um pequeno proprietário decente, um homem à moda antiga. O sal da terra. Então esse judeu asqueroso chegou e comprou a propriedade. Os Hills tinham cultivado ali por gerações e gerações. Eles foram expulsos. Foi por isso que Hill se enforcou.

— Bom — disse o general. — Vocês não vão conseguir nada gritando do lado de fora para a janela dele.

— Vamos fazer mais do que isso. Vamos dar nele a maior surra que ele já recebeu na vida.

— É, vocês podem fazer isso.

— Deixe conosco.

— Obviamente eu não vou ficar aqui e testemunhar. Ele é o tipo de sujeito que move um processo.

— Ele ficaria envergonhado demais. O senhor não imagina as manchetes? "Romancista chicoteado no navio".

— Não acho que ele se importaria. Sujeitos como ele vivem de publicidade. — Então o general mudou de tom. — De qualquer modo — acrescentou ele ansioso —, eu gostaria de ser jovem bastante para ajudar. Boa sorte para vocês. Que a surra seja bem boa. Mas lembrem-se: se houver qualquer problema, *eu* não sei de nada.

As moças cantaram. Os rapazes beberam. Então chegou a mãe para protestar, numa fala com tons compassivos que lembravam ao senhor Pinfold suas tias anglicanas falecidas.

— Não consigo dormir — disse ela. — Você sabe que eu nunca durmo quando você está nesse estado. Meu filho, eu lhe suplico: vá para a cama. Senhor Fosker, como é que o senhor pode trazê-lo para essa travessura? Margaret, querida, o que você está fazendo aqui a esta hora da noite? *Por favor*, vá para a sua cabine, filha.

— É só uma brincadeira, mamãe.

— Duvido muito que o senhor Pinfold encare isso como uma brincadeira.

— Eu odeio o senhor Pinfold — declarou o filho.
— Odeia? — disse a mãe. — Odeia? Por que todos vocês jovens *odeiam* tanto? O que foi que aconteceu com o mundo? Vocês não nasceram para *odiar*. Por que você odeia o senhor Pinfold?
— Preciso dividir uma cabine com o Fosker. Aquele porco tem uma cabine só para ele.
— Imagino que ele tenha pago para isso.
— É, pagou com o dinheiro que ele roubou do Hill.
— É verdade que ele se comportou mal com o Hill. Mas ele não está a par dos costumes do país. Eu não o conheço, apesar de termos vivido tão perto um do outro todos esses anos. Acho que talvez ele nos despreze, a todos nós. Não somos tão inteligentes quanto ele nem tão ricos. Mas isso não é razão para *odiá-lo*.

Ao ouvir essas palavras o filho começou uma vociferação, durante a qual ele e Fosker foram deixados sozinhos. No início de sua demonstração tinha havido um elemento de jovialidade nos dois. Agora eles estavam dominados pelo ódio, repetindo e detalhando uma denúncia desconexa e cheia de obscenidades. A expulsão de Hill e a responsabilidade por seu suicídio eram as principais acusações recorrentes, mas intercaladas a elas havia outras. O senhor Pinfold, diziam eles, havia deixado a mãe morrer na indigência. Envergonhava-se dela por ela ser uma imigrante analfabeta; tinha se recusado a ajudá-la e a ficar perto dela, deixara-a morrer sozinha, desamparada, não estivera presente ao seu enterro como indigente. O senhor Pinfold havia se esquivado de lutar na guerra. Ele a tinha usado como uma oportunidade de mudar de nome e se fazer passar por inglês, para se tornar amigo de pessoas que não sabiam da sua origem, para entrar no clube Bellamy. O senhor Pinfold tinha de algum modo se envolvido no roubo de uma selenita. Ele havia pago muito dinheiro para se sentar à mesa do comandante.

O senhor Pinfold era um exemplo do declínio da Inglaterra, particularmente da Inglaterra rural. Era uma reencarnação (quem havia feito a analogia era o próprio senhor Pinfold, e não eles) dos "novos homens" da era Tudor que haviam espoliado a Igreja e os camponeses. Sua profissão religiosa era um embuste, assumida para que ele caísse nas graças da aristocracia. O senhor Pinfold era sodomita. O senhor Pinfold precisava ser castigado e purificado.

A noite avançava, as acusações iam ficando cada vez mais enfurecidas e amplas, as ameaças mais sangrentas. Os dois rapazes eram como selvagens excitados, convocando um frenesi ávido de sangue. O senhor Pinfold esperou o ataque e se preparou para ele. Fez um plano operacional. Eles passariam pela porta um de cada vez. A cabine não era ampla, mas havia espaço para agitar uma bengala. Ele desligou a luz e ficou ao lado da porta. Entrando subitamente no escuro vindos do corredor iluminado, os rapazes não saberiam onde se lançar sobre ele. Ele atacaria o primeiro com a bengala de abrunheiro, depois mudaria de arma, passando para a bengala de madeira de Málaca. O segundo rapaz certamente tropeçaria sobre o amigo caído. O senhor Pinfold então acenderia a luz e cuidadosamente acabaria com ele. Eles estavam bêbados demais para serem realmente perigosos. O senhor Pinfold esperou-os com calma, muito confiante no resultado.

Os sortilégios estavam chegando a um clímax.

— É esse o momento. Você está pronto, Fosker?

— Pronto.

— Então vamos lá dentro.

— Você primeiro, Fosker.

O senhor Pinfold pôs-se de pé, à espera. O homem que ele deixaria inconsciente sem causar nenhuma dor seria Fosker, e isso o alegrou; o homem que receberia punição completa seria o instigador. Havia justiça nessa ordem.

Então aconteceu o anticlímax.

— Eu não posso entrar — disse Fosker. — O canalha trancou a porta.

O senhor Pinfold não tinha trancado a porta. Além disso, Fosker não chegou a experimentá-la. Não tinha havido nenhum movimento no trinco. Fosker estava com medo.

— Vá em frente. O que você está esperando?

— Estou lhe dizendo que ele nos deixou de fora.

— Estragou tudo.

Abatidos, eles voltaram para o convés.

— Precisamos pegá-lo. Precisamos pegá-lo esta noite — disse o que não era Fosker. Mas o ímpeto havia passado, e ele acrescentou: — Eu me sinto muito doente.

— Melhor desistir disso por hoje.

— Estou com medo. Ah!

Seguiram-se sons desagradáveis de vômito e então uma lamúria; o mesmo som abjeto que parecia voltar a ecoar pelo *Calibã*, o soluço do marinheiro ferido, do camareiro assassinado.

Então, a mãe estava agora ao seu lado para confortá-lo.

— Não fui para a cama, querido. Não poderia deixá-lo assim. Fiquei esperando e rezando por você. Agora você está pronto para vir, não está?

— Estou, mãe. Todo amor é sofrimento.

Eles ficaram em silêncio. O senhor Pinfold pôs de lado suas armas e abriu a veneziana. Começava a amanhecer. Ele ficou deitado na cama muito desperto, sua raiva bastante aplacada, refletindo calmamente sobre os acontecimentos da noite.

Não tinha havido nenhum funeral. Até aí parecia não haver dúvida. Na verdade, todo o incidente do comandante Steerforth, Goneril e o camareiro assassinado havia perdido sua força sob o impacto da nova investida. A mente ordenada, investigativa, do senhor Pinfold começou a examinar o enorme volume de acusações que haviam sido feitas contra ele. Algumas — que ele era judeu e homossexual, que ele havia roubado uma selenita e deixado a mãe morrer na penúria — eram totalmente absurdas. Outras eram incongruentes. Sendo, por exemplo, imigrante recém-chegado, ele não poderia ter sido estudante arruaceiro em Oxford; sendo tão ansioso para ser considerado inglês, ele não teria menosprezado seus vizinhos. Os rapazes, em sua raiva bêbada, haviam claramente rugido qualquer transgressão que lhes havia ocorrido, mas, na caótica gritaria, emergiram os fatos básicos que de modo geral antipatizavam com ele a bordo do *Calibã*, que pelo menos dois de seus companheiros de viagem estavam dominados pelo ódio fanático e que eles tinham algum tipo de conhecimento pessoal indireto com relação a ele. Do contrário, como eles poderiam ter sabido, mesmo que de forma bastante truncada, das diligências jurídicas de sua mulher com Hill (que estava bem e próspero, segundo as últimas notícias que o senhor Pinfold tivera dele)? Os rapazes eram da mesma região do país que ele. Não era improvável que Hill, alardeando sua astúcia com os companheiros de taberna em alguma outra região, houvesse contado uma história de opressão. Se era esse o tipo de coisa que estava sendo comentado no local, o senhor Pinfold precisaria corrigir a versão. O senhor Pinfold precisava pensar também em seu conforto durante a viagem que tinha pela frente. Sem paz de espírito ele não conseguia trabalhar. Provavelmente esses rapazes medonhos iriam, sempre que se embebedassem, fazer algazarra do lado de fora de sua cabine. Numa outra ocasião, além disso, eles poderiam tentar uma agressão física e eventualmente teriam sucesso. O resultado só poderia ser humilhante; poderia ser doloroso. Os jornalistas pululavam no mundo. Ele imaginava sua mulher lendo no jornal, enquanto tomava o café da manhã, um telegrama de Aden ou de Port Soudan descrevendo o tumulto. Era preciso fazer alguma coisa. Ele poderia expor o problema ao comandante, que é o guardião natural da lei no navio, mas a essa idéia voltou a surgir do esquecimento a questão da culpabilidade do comandante. Na primeira oportunidade que surgisse o senhor Pinfold ia conseguir que o comandante fosse preso por assassinato. Nada serviria melhor àquele coração perverso do que ter sua única testemunha de acusação envolvida numa briga turbulenta — ou simplesmente silenciada. Uma nova suspeita se formou. O senhor Pinfold havia sido imprudente durante o jantar ao revelar seu conhecimento particular. Seria provável que o comandante Steerforth tivesse instigado o ataque? Onde é que os rapazes poderiam ter bebido depois que o bar havia se fechado, a não ser na cabine do comandante?

O senhor Pinfold começou a se barbear. Essa operação prosaica chamou de volta a razão rigorosa. A culpa do comandante não havia sido provada. O que é mais importante deve ficar em primeiro lugar. Era preciso enfrentar os rapazes. Ele estudou a lista de passageiros. Não havia nela nenhum Fosker. O próprio senhor Pinfold, quando atravessava o Atlântico, permanecia incógnito para evitar as entrevistas. Parecia improvável que Fosker tivesse a mesma razão. Talvez a polícia estivesse atrás dele. O outro homem era aparentemente respeitável; quatro pessoas com o mesmo sobrenome seriam fáceis de encontrar. Mas parecia não haver nenhuma família com pai, mãe, filho e filha naquela lista. O senhor Pinfold fez espuma no rosto para um segundo barbear. Ele estava perplexo

Era improvável que um grupo tão grande tivesse entrado no navio na última hora, depois de impressa a lista. Eles não pareciam o tipo de gente dada a irromper impetuosamente a bordo — e de qualquer modo essas pessoas atualmente viajavam de avião. E havia o outro general que estava com eles. O senhor Pinfold olhou para o seu rosto perplexo e cheio de espuma. Então tudo ficou claro. Padrasto, era isso. O padrasto e a mãe tinham um nome, os filhos, outro. O senhor Pinfold ficaria de olhos e ouvidos bem abertos. Não seria difícil identificá-los.

O senhor Pinfold se vestiu com esmero. Escolheu uma gravata da Brigada para usar naquela manhã e um casquete que combinava com o terno de *tweed*. Foi para o convés, onde marinheiros estavam esfregando o chão. Todos os vestígios do clímax repugnante da noite anterior já haviam sido limpos. Ele subiu até o convés principal, onde as pessoas ficavam passeando. Era o tipo de manhã que em qualquer outra ocasião o teria estimulado. Mesmo agora, com tanta coisa atormentando-o, havia lugar para uma ponta de satisfação. Ficou ali sozinho respirando profundamente, tentando ignorar seus aborrecimentos.

Margaret, em algum lugar bem próximo, disse:

— Olhe, ele saiu da cabine. Ele não está elegante hoje? Eis a nossa chance de lhe dar os presentes. Melhor ele do que o camareiro, como havíamos pensado. Agora podemos entregá-los nós mesmas.

— Você acha que ele vai gostar deles? — perguntou a outra moça.

— Tem de gostar. Tivemos bastante trabalho. É o melhor que pudemos conseguir.

— Mas, Meg, ele é tão *nobre*.

— É exatamente por ser nobre que ele vai gostar dos presentes. Pessoas nobres sempre gostam de coisas *pequenas*. Ele *precisa* ganhar os presentes esta manhã. Depois do modo absurdo como os meninos se comportaram na noite passada, essas coisinhas vão mostrar que *nós* não participamos daquilo. Pelo menos não do modo que eles participaram. Ele vai ver que para nós era só diversão e amor.

— E se ele entrar e nos descobrir?

— Você fica de *sentinela*. Se ele começar a descer, você canta.

— *Na primeira vez que vi Maria*?

— Claro. A *nossa* música.

O senhor Pinfold teve vontade de preparar uma armadilha para Margaret. Ele saboreou o simples prazer masculino, muito raro para ele nos últimos anos, de se sentir atraente, e estava curioso por ver sua menina da fala tão doce. Mas ela iria inevitavelmente levá-lo para o irmão e para Fosker, e ele ficaria tolhido pela sua dignidade. Esses presentes, o que quer que fossem, constituíam uma bandeira de trégua. Ele não podia tirar vantagem da generosidade das moças.

Então Margaret reuniu-se à amiga.

— Ele não se mexeu?

— Não, ficou lá o tempo todo. Em que você acha que ele está pensando?

— Naqueles meninos bestiais, imagino.

— Você acha que ele está muito preocupado?

— Ele é muito corajoso.

— Freqüentemente as pessoas corajosas são as mais sensíveis.

— Vai tudo ficar bem quando ele voltar à cabine e encontrar os nossos presentes.

O senhor Pinfold andou pelos conveses durante uma hora. Não havia nenhum passageiro lá.

Quando o gongo soou para o café da manhã o senhor Pinfold desceu. Parou primeiro na sua cabine para ver o que Margaret havia deixado para ele. Só encontrou uma xícara de chá, que já esfriara, levada pelo camareiro. A cama fora arrumada. A cabine estava em perfeita ordem. Não havia presentes.

No momento em que saía encontrou o camareiro da cabine.

— Escute, uma moça deixou alguma coisa para mim na cabine?

— Sim, senhor, café da manhã agora, senhor.

— Não. Preste atenção. Acho que meia hora atrás deixaram alguma coisa para mim aqui.

— Sim, senhor, gongo para café da manhã agora.

— Ah — disse Margaret —, ele não encontrou.

— Ele precisa *procurar*.

— *Procure*, Gilbert, *procure*.

Ele procurou no pequeno guarda-roupa. Espiou sob a cama. Abriu o armarinho sobre a bacia de lavar as mãos. Não havia nada.

— Não há nada aí — disse Margaret. — Ele não consegue encontrar. Não consegue encontrar nada — lamentou ela baixinho, num tom de desespero. — Nosso querido idiota corajoso não consegue encontrar nada.

Assim, ele desceu sozinho para o café da manhã.

Foi o primeiro passageiro a chegar. O senhor Pinfold estava faminto. Pediu café, peixe, ovos e frutas. Ia começar a comer quando do *pin*, o abajurzinho de cúpula cor-de-rosa que havia na mesa diante dele entrou em ação como transmissor. Os jovens delinqüentes tinham acordado e estavam no ar novamente, com uma vitalidade inalterada pelos excessos da noite.

— Atenção-ção-ção-ção-ção! — diziam eles numa imitação dos comandos ouvidos nas caçadas. — À caça! Aí! Desentoca! Pega!

— Acho que o Fosker não conhece muito bem o jargão da caça — comentou o general.

— Atenção-ção-ção-ção! Saia, Peinfeld. Nós sabemos onde você está. Pegamos você. — O estalo de um chicote. — Ai — prosseguiu Fosker —, veja o que você está fazendo com o chicote.

— Corra, Peinfeld, corra. Estamos vendo você. Vamos pegá-lo.

Nesse momento o camareiro estava ao lado do senhor Pinfold servindo-o de *haddock*. Parecia não ouvir os gritos que vinham do abajur; supostamente ele os considerava tão importantes quanto a desarrazoada variedade de facas e garfos e a superabundância de pratos não intragáveis; tudo fazia parte da complexidade do remoto e aversivo modo de vida ocidental.

O senhor Pinfold comeu sem se perturbar. Os rapazes recomeçaram suas invectivas, voltando a repetir em voz clara as acusações deturpadas da noite anterior. Entremeado a elas ouvia-se o desafio:

— Venha nos encontrar, Gilbert. Você está com medo, Peinfeld. Queremos falar com você, Peinfeld. Você está se escondendo, não é? Está com medo de vir conversar.

Em seguida, a voz de Margaret:

— Ah, Gilbert, o que você está fazendo consigo mesmo? Onde está você? Não deixe que eles o encontrem. Venha comigo. Eu vou escondê-lo. Você não encontrou seus presentes e agora os meninos o estão perseguindo novamente. Deixe que *eu* tome conta de você, Gilbert. Sou eu, Mimi. Você não confia em mim?

O senhor Pinfold começou a comer os ovos mexidos. Ele havia se esquecido, quando os pediu, de recomendar que não pusessem sal. Assim, fez sinal para o camareiro levá-los.

— Mandou embora a comida, Gilbert? Você está apavorado, não é? É impossível comer quando se está apavorado, não é? Pobre Gilbert, apavorado demais para comer.

Eles começaram a dar instruções sobre um lugar de encontro:

— ... Convés D, vire à direita. Certo? Você verá alguns paióis. Em seguida o anteparo. Estamos à sua espera. É melhor você vir agora e acabar logo com isso. Qualquer hora você terá mesmo de nos encontrar, você sabe disso. Nós te pegamos, Gilbert. Te pegamos. Você não tem como escapar. É melhor acabar logo com isso...

A paciência do senhor Pinfold tinha se esgotado. Era preciso pôr um fim àquele absurdo. Lembrando-se vagamente dos procedimentos de sinalização no Exército, ele puxou o abajur para perto de si e falou lá dentro brevemente:

— Pinfold para Desordeiros. Encontro Saguão Principal, 9h30. Câmbio.

O abajur não podia ser deslocado. O cabo se soltou. A lâmpada apagou e as vozes cessaram abruptamente. Nesse mesmo momento Glover entrou no salão para tomar café.

— Olá. Algo errado com a luz?

— Queria mudá-la de lugar. Espero que você tenha dormido melhor esta noite.

— Como uma pedra. Não houve mais nenhum incidente, imagino.

O senhor Pinfold pensou se devia ou não confiar em Glover, e imediatamente resolveu que não.

— Não — disse ele e pediu presunto frio.

O salão de jantar já estava cheio. O senhor Pinfold cumprimentou as pessoas. Mantendo-se alerta, foi para o convés esperando ver seus perseguidores, achando possível que Margaret se desse a conhecer a ele. Mas não viu nenhum desordeiro; meia dúzia de moças saudáveis passaram por ele, algumas de calças compridas e casacos de lã grosseira, algumas de saia de *tweed* e malha; uma delas poderia ser Margaret, mas ele não recebeu nenhum sinal. Às nove e meia ele sentou-se numa poltrona num canto do saguão e esperou. Tinha consigo a bengala de abrunheiro; era muito provável que os rapazes estivessem tão exaltados que tentassem cometer violências mesmo ali, à luz do dia.

O senhor Pinfold começou a ensaiar a iminente entrevista. Ele era o juiz. Havia convocado aqueles homens para comparecerem diante dele. Algo como a sala do regimento em sua perfeita arrumação, pensou ele, seria a atmosfera adequada. Ele era o oficial no comando ouvindo uma acusação de briga. Sua autoridade para punir era diminuta. Iria adverti-los severamente e ameaçá-los com penalidades civis.

Ele os lembraria que no *Calibã* eles eram tão sujeitos à lei britânica quanto em terra; que a difamação de caráter e a agressão física eram crimes graves que prejudicariam toda a sua carreira futura. Ele daria a pena máxima prevista para suas infrações. Explicaria com frieza que era totalmente indiferente à boa ou má opinião deles; que considerava sua amizade e sua inimizade como igualmente irrelevantes. Mas iria também ouvir o que eles tinham a dizer em defesa própria. Um bom oficial sabe os enormes males que podem surgir nos homens que ficam remoendo causas imaginárias de ressentimento. Esses infratores estavam claramente sofrendo por causa de uma série de enganos sobre ele. Era melhor que eles tirassem aquilo do peito, ouvissem a verdade e então se calassem durante o resto da viagem. Além disso, se, como parecia certo, esses enganos tinham origem em boatos que estavam circulando entre os vizinhos do senhor Pinfold, ele devia evidentemente investigar e acabar com eles.

Ele estava sozinho no saguão. O resto dos passageiros se alinhavam ao longo do convés em suas cadeiras e cobertores. O zumbido invariável da atividade mecânica do navio era o único som que se ouvia. O relógio sobre o pequeno coreto marcava quinze para as dez. O senhor Pinfold resolveu esperá-los até as dez; depois disso iria à sala do telégrafo e informaria à mulher que estava restabelecido. Ficar ali esperando aqueles homens horríveis era algo incompatível com sua dignidade.

Alguma questão de orgulho semelhante parecia impeli-los. Acima do zumbido ele então os ouviu discutindo sobre ele. As vozes chegavam dos painéis próximos à sua cabeça. Primeiro em sua cabine, depois no salão de jantar, agora ali, os filamentos remanescentes da intercomunicação do tempo da guerra estavam intermitentemente ativos. Toda a fiação do navio precisava de uma minuciosa vistoria, pensou o senhor Pinfold; pelo que ele sabia havia perigo de incêndio.

— Vamos falar com Peinfeld quando for bom para nós, nem um minuto antes disso.

— Quem é que vai conversar?

— Eu, é claro.

— Você sabe o que vocês vão falar?

— Claro que sei.

— Não é lá muito importante eu ir, é?

— Posso precisar de você como testemunha.

— Está certo, então vamos. Vamos ver esse cara agora.

— Quando *eu* achar que é hora, Fosker, não antes.

— O que é que nós estamos esperando?
— Que ele fique totalmente apavorado. Lembra-se de que na escola a gente deixava sempre o cara ficar esperando uma surra? Só para a coisa ser ainda melhor? Bom, Peinfeld pode esperar pela *sua* surra.
— Ele está duro de medo.
— Logo, logo vai começar a chorar.

Às dez horas o senhor Pinfold tirou o relógio, consultou a hora marcada pelos ponteiros e levantou-se do canto onde estava. "Ele está indo embora." "Ele está fugindo." "Apavorado", o som chegava baixinho vindo dos painéis de carvalho escurecido. O senhor Pinfold subiu até a sala do telégrafo no convés dos botes, redigiu uma mensagem e a entregou: "Pinfold. Lychpole. Totalmente curado. Todo amor. Gilbert".

— Esse endereço é suficiente? — perguntou o funcionário.
— É. Só há uma agência de telégrafo com o nome Lychpole no país.

Ele caminhou pelos conveses, viu que sua bengala de abrunheiro era supérflua e voltou para a cabine, da qual a BBC estava ruidosamente de posse. *...no estúdio estamos com Jimmy Lance, que todos os ouvintes conhecem bem, e a senhorita June Cumberleigh, que é nova para os ouvintes. Jimmy vai nos deixar ver o que é provavelmente uma coleção única. Ele guardou todas as cartas que recebeu. É isso mesmo, não é, Jimmy?*

Bom, não há nenhuma carta sobre o meu imposto de renda.
Ha, ha.
Ha, ha.

Uma grande explosão de incontroláveis risadas do público invisível.

Não, nenhum de nós gosta de se lembrar desse tipo de carta, Jimmy. Não é mesmo? Ha, ha. Mas acho que você já recebeu cartas de grandes celebridades.

E também de gente muito burra.

Ha, ha.

Ha, ha, ha.

June vai tirar do seu arquivo, aleatoriamente, algumas cartas e lê-las. Pronto, June? Certo. A primeira carta é de...

O senhor Pinfold conhecia June Cumberleigh e gostava dela. Era uma moça muito respeitável, inteligente, de rosto alegre, que tinha sido atraída para a boemia depois que ficara amiga de James Lance. Não era a sua voz natural que ela estava usando agora. Graças a alguma distorção mecânica, ela estava falando com tons quase idênticos aos de Goneril.

Gilbert Pinfold, disse ela.

E você o classifica entre as celebridades ou entre os burros, Jimmy?

É uma celebridade.

Você acha?, disse June. Acho que ele é um homenzinho terrivelmente burro.

O que é que o homenzinho burro tem para dizer?

Está tão mal escrito que eu não consigo ler.

Enorme diversão do público.

Tente outra.

Quem é, dessa vez?

Não! Isso é demais. Gilbert Pinfold novamente.

Ha, ha, ha, ha, ha, ha.

O senhor Pinfold saiu da cabine batendo a porta a essa deplorável diversão. James, ele sabia, tinha muitos programas no rádio. Era um poeta e artista por natureza que se permitira tornar-se popular; mas essa apresentação era um pouco grossa, até para ele. E o que June estava fazendo? Ela certamente havia perdido toda noção de decência.

O senhor Pinfold caminhou pelos conveses. Continuava perturbado com o problema não superado dos desordeiros. Algo precisaria ser feito com relação a isso. Mas ele se sentiu tranqüilizado quanto ao comandante Steerforth. Agora, tendo ficado claro que muitos dos sons da sua cabine vinham da Casa de Transmissões, ele estava convicto de ter ouvido uma representação. A semelhança das vozes de June e de Goneril parecia confirmar isso. Tinha sido asneira dele imaginar que o comandante Steerforth era assassino; aquilo fora produto da confusão mental provocada pelas pílulas do doutor Drake. E se o comandante Steerforth era inocente, então ele possivelmente seria um aliado natural contra seus inimigos.

Aliviado, o senhor Pinfold voltou ao seu posto de escuta no canto do saguão. Pai e filho estavam confabulando.

— Fosker é um covarde.

— É. Eu nunca dei nada por ele.

— Estou tirando ele disso a partir de agora.

— Faz muito bem. Mas você sabe que vai precisar dar conta disso sozinho. O episódio de ontem à noite não o deixou com a reputação muito boa. Não faço grande objeção a que você dê uma sova no sujeito, se ele merece isso. De qualquer modo, você o ameaçou e precisa fazer alguma coisa. Não é possível abandonar o caso nesse ponto. Mas você quer fazer a coisa do jeito certo. Você está enfrentando algo bem mais perigoso do que imagina.

— Perigoso? Esse veado comunista, covarde...

— Certo, certo. Eu sei como você se sente. Mas conheço o mundo um pouco melhor do que você, meu filho. Acho melhor mostrar-lhe umas coisinhas. Em primeiro lugar, Pinfold é totalmente inescrupuloso. Não tem as atitudes naturais de um cavalheiro. Ele é bem capaz de levá-lo aos tribunais. Você tem alguma prova de suas acusações?

— Todo mundo sabe que elas são verdadeiras.

— Pode ser, mas isso não significa nada num tribunal, a menos que você possa provar. É preciso alguma prova incontestável para que Pinfold desista de processá-lo. E até agora você não tem essa prova. Outra coisa: Pinfold é extremamente rico. É provável, por exemplo, que ele tenha uma ação controladora nesta companhia marítima. O cavalheiro de nariz grande e cabelos encaracolados não paga impostos como nós, pobres cristãos, você sabe disso. Pinfold tem dinheiro guardado em meia dúzia de países. Tem amigos por toda parte.

— *Amigos?*

— Quero dizer, não, não são amigos como *nós* entendemos. Mas ele tem influência, com políticos, com a polícia. Você tem vivido num mundinho muito pequeno, filho. Não tem idéia das ramificações de poder de um homem como Pinfold na época moderna. Ele é atraente para as mulheres, os homossexuais sempre são. Margaret está caidinha por ele. Nem mesmo a sua mãe desgosta realmente dele. Precisamos trabalhar com cuidado e criar um grupo contrário a ele. Vou mandar alguns radiogramas. Acho que uma ou duas pessoas que eu conheço talvez possam nos dar alguns *fatos* sobre Pinfold. Nós precisamos é de fatos. Temos de articular uma acusação absolutamente incontestável. Até então, fique bem quietinho.

— Você acha que eu não devo bater nele?

— Eu não iria tão longe a ponto de dizer isso. Se o encontrar sozinho, você pode dar uma bofetada nele. Sei o que eu teria feito na sua idade. Mas agora estou velho e sábio e meu conselho é: fique bem quietinho, trabalhe em silêncio. Então, daqui a poucos dias poderemos ter algo para surpreender o nosso festejado companheiro de viagem...

Quando soou meio-dia o senhor Pinfold foi até a popa e pediu um coquetel. Era hora do *frisson* diário do sorteio. Ele observou a posição da bandeira no mapa. O *Calibã* havia contornado o cabo de São Vicente e já percorrera uma boa distância na direção de Gibraltar. Naquela noite eles deveriam passar pelo estreito e entrar no Mediterrâneo. Quando ele desceu para almoçar, estava numa disposição de ânimo esperançosa. Os desordeiros haviam se dispersado e sua raiva se moderara. No passado o Mediterrâneo sempre havia acolhido bem o senhor Pinfold. Seus aborrecimentos certamente acabariam logo que ele estivesse naquelas águas santificadas.

No salão de jantar ele viu que o solitário homem moreno estava agora na mesa das senhoras Cockson e Benson. Curiosamente, isso também lhe pareceu um bom presságio.

Capítulo 5

O incidente internacional

Foi pela conversa dos dois generais, ouvida à revelia destes enquanto repousava na cabine depois do almoço, que o senhor Pinfold teve conhecimento da crise internacional que se desenvolvera enquanto ele estava doente. Não havia nenhuma indicação dela nos jornais que ele esquadrinhara sem muita atenção antes de embarcar; ou, se havia, seu estado aturdido não lhe permitira avaliar a importância dela. Agora parecia haver um banzé de primeira ordem em torno da posse de Gibraltar. Alguns dias antes os espanhóis haviam reivindicado formal e peremptoriamente a posse da fortaleza, e agora estavam exercendo o direito bastante duvidoso de deter e inspecionar navios que passavam pelo estreito no que eles definiam como suas águas territoriais. Durante o almoço o *Calibã* havia parado e oficiais espanhóis tinham subido a bordo. Eles pediram que o navio entrasse no porto de Algeciras para uma inspeção da carga e dos passageiros.

Os dois generais estavam enfurecidos com o general Franco e o adjetivavam abundantemente como "ditador barato", "Hitler de meia-tigela", "marionete dos padres" e outros apelidos infamantes. Falavam também com desdém do governo inglês, que tinha se preparado para "curvar-se" a ele.

— Não é nada menos que uma barreira. Se estivesse no comando, eu tiraria a máscara deles: avançaria a todo vapor e lhes diria para atirar e ir para o inferno.

— Isso seria um ato de guerra, evidentemente.

— Bem-feito para eles. Não chegamos tão baixo a ponto de não podermos derrotar os espanhóis. Assim espero.

— Tudo por conta dessa ONU.

— E dos americanos.

— De qualquer modo, disso não se pode culpar a Rússia.

— Isso significa o fim da OTAN.

— É bom poder ver a OTAN pelas costas.

— O comandante precisa receber ordens da Inglaterra, suponho.

— O problema é exatamente esse. Ele não está conseguindo receber essas ordens.

O comandante Steerforth tinha agora recuperado totalmente a confiança do senhor Pinfold, que passara a vê-lo como um marinheiro simples obrigado a tomar uma grave decisão, não só pela segurança do seu navio como também pela paz do mundo. Durante aquela longa noite o senhor Pinfold acompanhou as tentativas frenéticas dos telegrafistas de estabelecer contato com a companhia marítima, o Ministério do Exterior, o governador de Gibraltar, a esquadra mediterrânea. Tudo em vão. O comandante Steerforth estava absolutamente sozinho como representante da justiça internacional e do prestígio britânico. O senhor Pinfold pensou na orelha de Jenkins* e no soldado do Buffs.**

O comandante Steerforth era um homem bom que fora forçado a assumir uma importância muito além da sua capacidade. O senhor Pinfold gostaria de poder ficar ao lado dele na ponte, exortá-lo ao desafio, fazer o navio avançar debaixo das armas espanholas para o amplo mar nacional livre onde todos os antigos heróis históricos e lendários tinham navegado para a glória.

Como sempre acontece quando há um perigo comum, as dissidências desaparecem: o senhor Pinfold se esqueceu da inimizade dos jovens desordeiros. Todos a bordo do *Calibã* eram companheiros de armas contra a agressão estrangeira.

Os oficiais espanhóis eram bastante educados. O senhor Pinfold ouvia-os conversando na cabine do comandante. Num inglês excelente eles explicaram que pessoalmente condenavam as ordens que tinham de cumprir. Era uma questão de política, diziam. Sem dúvida a questão seria resolvida satisfatoriamente pelo diálogo entre as partes. Enquanto isso eles só podiam obedecer. Falaram sobre uma enorme indenização que, se estivesse a caminho vinda de Londres, imediatamente garantiria a livre passagem do *Calibã*. Mencionou-se uma hora, meia-noite, depois da qual, se

* Jenkins era o comandante de um brigue inglês que fazia a rota das Antilhas. Em 1739, corsários espanhóis atacaram sua embarcação e nela descobriram contrabando. Então, depois de mandar prender a tripulação, o chefe dos corsários cortou uma das orelhas do comandante. O fato levou a Inglaterra a declarar guerra à Espanha. (N. T.)

**Buffs era o regimento, atualmente extinto, do leste do condado de Kent. "O soldado do Buffs" é um poema que Francis Hastings Doyle (1810-1888) fez em louvor, supostamente, do soldado raso escocês John Moyse; feito prisioneiro, Moyse foi executado por se recusar a prostar-se diante de um mandarim chinês. A história é resumida nos últimos versos do poema: "Um homem de origem pobre/ morreu firme como o rei de Esparta/ porque tinha a alma nobre". (N. T.)

não se tivesse chegado a um acordo satisfatório, o *Calibã* seria levado escoltado para Algeciras.

— Pirataria — disse o comandante Steerforth. — Chantagem.

— Não podemos permitir essa linguagem aplicada ao chefe do governo.

— Então vocês podem sair da minha ponte, seus miseráveis — disse o comandante.

Eles se retiraram, mas a questão não foi resolvida com o arrufo. Eles permaneciam a bordo e o navio continuava parado.

À noitinha o senhor Pinfold foi para o convés. Não havia nenhum sinal de terra nem do navio espanhol que tinha trazido os oficiais e supostamente estava parado nalgum ponto além do horizonte. O senhor Pinfold debruçou-se na balaustrada e, baixando a cabeça, fixou o olhar no mar corrente. O sol tinha se posto à popa, mergulhando cada vez mais próximo da água. Não fosse o conhecimento que tinha da situação, ele teria suposto que o navio ainda estava avançando, tão rápido e firme era o fluxo da água. Ele se lembrou de que certa vez lhe haviam dito que pelo Canal de Suez o oceano Índico se esvaziava no Atlântico. Ele pensou na abundância das águas que supriam o Mediterrâneo, nos fluxos de gelo do mar Negro que passavam rápido por Constantinopla e Tróia; nos grandes rios da história, o Nilo, Eufrates, o Danúbio, o Ródano. Eram eles que se dividiam na proa do navio e deixavam uma esteira de espuma.

Os passageiros pareciam ignorar totalmente o destino que ameaçava o navio. Acabada a sesta, eles se sentavam por ali naquele fim de tarde exatamente como haviam se sentado antes, lendo, conversando e tricotando. O mesmo grupinho estava no convés de esportes. O senhor Pinfold encontrou Glover.

— Você viu os espanhóis subirem a bordo? — perguntou ele.

— Espanhóis? Subirem a bordo? Como é que eles conseguiram? Quando?

— Eles estão causando um grande aborrecimento ao comandante.

— Sinto muitíssimo — disse Glover. — Eu simplesmente não sei do que o senhor está falando.

— Você vai saber — disse o senhor Pinfold. — Logo, logo, receio.

Glover olhou para ele com o ar penetrante, perplexo, que agora freqüentemente assumia quando o senhor Pinfold lhe falava.

— Não há espanhóis a bordo, que eu saiba.

O senhor Pinfold não tinha o dever de espalhar alarme e abatimento ou de explicar suas fontes exclusivas de informação. O comandante evidentemente gostaria de manter o fato em segredo pelo máximo de tempo possível.

— Certamente eu me enganei — disse o senhor Pinfold lealmente.

— Temos os burmeses e o casal norueguês da nossa mesa. São os únicos estrangeiros que vi.

— É. Sem dúvida houve um engano.

Glover foi para a área na proa onde ele fazia girar seu bastão. Movimentou-o metodicamente, com concentração, sem pensar nos espanhóis.

O senhor Pinfold retirou-se para o seu posto de escuta no canto do saguão, mas não se ouvia nada além dos sinais de morse emitidos pelos telegrafistas que mandavam seus pedidos de ajuda. Um deles dizia:

— Não acontece absolutamente nada. Não acredito que nossos sinais estejam sendo transmitidos.

— É aquele aparelho novo — arriscou seu companheiro. — Ouvi falar que tinham inventado alguma coisa para silenciar a telegrafia. Não foi experimentado antes, pelo que sei. Surgiu tarde demais para ser usado na guerra. Ambos os lados estavam trabalhando nisso, mas em 1945 ele ainda estava em fase de experiência.

— Mais eficaz que o bloqueio.

— É um princípio totalmente diferente. Por enquanto, só é possível usá-lo a curta distância. Daqui a um ou dois anos estará tão desenvolvido que será possível isolar países inteiros.

— E os nossos empregos, o que será deles então?

— Ah, alguém irá encontrar um contra-sistema. É sempre assim.

— De qualquer modo, tudo o que podemos fazer é continuar tentando.

Os sinais de telégrafo recomeçaram. O senhor Pinfold foi para o bar e pediu um copo de gim e bebida amarga. O camareiro inglês chegou vindo do convés, com uma bandeja na mão.

— Esses canalhas desses espanhóis estão pedindo uísque — disse ele.

— Eu que não sirvo — declarou o homem que lidava com as garrafas.

— Ordem do comandante — informou o camareiro.

— O que foi que aconteceu com o velho? Não é próprio dele engolir uma coisa dessas.

— Ele tem um plano. Confie nele. Agora me dê esses quatro uísques, e eu espero que eles os envenenem.

O senhor Pinfold terminou a bebida e voltou ao seu posto de escuta. Estava curioso por saber mais sobre o plano do comandante. Mal acabara de se instalar na poltrona, atento aos painéis, ele ouviu o comandante dirigindo-se aos oficiais, em sua cabine.

— ...deixando de lado toda a questão do direito internacional e da convenção — dizia ele —, há uma razão especial para não permitirmos que este navio seja inspecionado. Vocês todos sabem que temos um homem extra a bordo. Não é passageiro. Não é membro da tripulação. Ele não está em nenhuma lista. Imagino que vocês o tenham observado sentado sozinho no salão de jantar. Tudo o que me disseram é que ele de fato é muito importante no governo. Ele está numa missão especial. É por isso que viaja conosco e não numa das rotas vigiadas. É atrás dele, evidentemente, que os espanhóis estão. Toda essa conversa sobre águas territoriais e direito de inspeção é puro blefe. Precisamos fazer com que esse homem resista.

— Como é que o senhor vai conseguir isso, comandante?

— Ainda não sei. Mas tenho uma idéia. Acho que vou precisar contar para os passageiros, nem todos, evidentemente, e nem tudo. Mas vou escolher uma meia dúzia entre os homens mais responsáveis e informá-los. Vou chamá-los aqui, descontraidamente, depois do jantar. Com a ajuda deles o plano *pode* dar certo.

Os generais receberam o convite cedo e não se deixaram enganar pela forma descontraída como ele foi feito. Eles estavam falando sobre isso enquanto o senhor Pinfold se vestia para o jantar.

— Parece que ele está decidido a lutar com todas as suas forças.

— Vamos ficar todos do lado dele.

— Será que dá para confiar nesses burmeses?

— Essa questão a gente coloca na reunião de hoje.

— Eu não confio neles. São uns poltrões.

— E os noruegueses?

— Eles parecem ótimos, mas esse problema é inglês.

— Sozinhos é sempre melhor, hem?

Não havia ocorrido ao senhor Pinfold que ele poderia ser omitido do grupo do comandante. Mas não lhe havia chegado nenhum convite, embora em várias outras partes do navio ele tivesse ouvido mensagens confidenciais: "Os cumprimentos do comandante, e ele agradeceria se o senhor pudesse ir até sua cabine durante uns poucos minutos depois do jantar...".

À mesa, o comandante Steerforth suportou suas ansiedades com esplêndido autodomínio. A senhora Scarfield até mesmo lhe perguntou:

— Quando vamos passar pelo estreito?

E ele respondeu sem nenhuma nuance perceptível:

— Amanhã bem cedo.

— Daí para a frente a temperatura deve aumentar, não é?

— Não nessa época do ano — respondeu ele descontraidamente. — Vocês só vão poder usar branco quando chegarmos ao mar Vermelho.

Durante seu breve relacionamento, o senhor Pinfold havia considerado esse homem com emoções extremamente variáveis. Ele ficou tomado por uma admiração inquestionável quando, no final do jantar, o senhor Scarfield perguntou: "O senhor vai ficar conosco para jogar a negra?", e ele respondeu: "Esta noite acho que não vou poder. Tenho umas coisas para fazer"; mas embora o senhor Pinfold tivesse saído do salão de jantar junto com o comandante, dando-lhe uma oportunidade para convidá-lo a participar da reunião, eles se separaram no alto da escada sem que nenhuma palavra tivesse sido dita. Num estado de total perplexidade, o senhor Pinfold hesitou e depois resolveu ir para a sua cabine. Era fundamental que ele fosse facilmente encontrado quando desejassem a sua presença.

Logo ficou claro que a presença dele não era em absoluto desejada. O comandante Steerforth conseguiu reunir rapidamente seu grupo e começou a fazer-lhes um resumo da situação, que o senhor Pinfold já conhecia. Não disse nada sobre o agente secreto. Apenas explicou que não tinha logrado obter autorização de sua companhia para pagar a absurda soma pedida. A alternativa proposta pelos espanhóis era que o navio ficasse ancorado em Algeciras até ser resolvida a questão entre Madri e Londres. Isso, disse ele, seria uma traição de todos os padrões da marinha inglesa. O *Calibã* não se renderia. Uma explosão de vozes masculinas sussurradas aplaudiu emocionadamente. Ele explicou seu plano: à meia-noite o navio espanhol se aproximaria. Os oficiais que agora estavam a bordo se baldeariam para ele a fim de comunicar a resposta ao pedido que haviam feito. Eles pretendiam levá-lo preso, fazer de reféns alguns passageiros e pôr um oficial deles na ponte do *Calibã* para conduzi-lo até o porto espanhol. Seria na escuridão, no portaló, que a resistência se mostraria. O inglês dominaria os espanhóis, atirá-los-ia de volta em seu navio — "e se durante o processo um ou dois ficarem bêbados, tanto melhor" — e em seguida o *Calibã* avançaria a todo vapor.

— Não acredito que quando chegar a hora eles abram fogo. De qualquer modo suas armas são muito ruins e eu acho que temos de correr esse risco. Vocês todos concordam?

— Concordo. Concordo. Concordo.

— Eu sabia que podia confiar em vocês — disse o comandante. — Vocês todos são homens com experiência. Estou orgulhoso de tê-los sob meu comando. Os covardes ficarão trancados na cabine.

— E quanto ao Pinfold? — perguntou um dos generais. — Ele não deveria estar aqui?

— Para o comandante Pinfold já há um papel especificado. Não acho que se deva falar nisso agora.

— Ele já recebeu ordens?

— Ainda não — disse o comandante Steerforth. — Temos ainda algumas horas. Sugiro, cavalheiros, que os senhores fiquem por aí no navio como normalmente, recolham-se cedo e voltem aqui para uma reunião às 11h45. Meia-noite é zero hora. General, fique mais alguns minutos. Por enquanto, boa-noite, cavalheiros.

A reunião terminou. Então apenas o general ficou com o primeiro e o segundo oficiais na cabine do comandante.

— O que vocês acharam? — perguntou o comandante Steerforth.

— Achei que foi muito pouco, comandante, já que o senhor está perguntando — respondeu o primeiro oficial.

— Suponho — disse o general —, que o que acabamos de ouvir seja apenas o plano aparente.

— Isso mesmo. Eu não poderia pretender enganar um velho companheiro como o senhor. Sinto muito não poder revelar o segredo a seus companheiros, mas no interesse da segurança tive de limitar a um mínimo absoluto o número dos que iriam saber. O papel da comissão que acabou de ir embora é criar diversão suficiente para nos possibilitar realizar o objetivo real da operação. E este evidentemente é evitar que uma certa pessoa caia nas mãos do inimigo.

— Pinfold?

— Não, não, é bem o contrário. Receio que o comandante Pinfold tenha de ser descartado. Os espanhóis só nos deixarão passar quando acharem que estão com o seu homem. A decisão não foi fácil, posso lhes garantir. Sou responsável pela segurança de todos os meus passageiros, mas numa ocasião como essa os sacrifícios precisam ser aceitos. Resumidamente, o plano é o seguinte: o comandante Pinfold vai se fazer passar pelo agente. Receberá documentos que o identificarão. Os espanhóis o levarão para terra e o navio prosseguirá sem ser molestado.

Houve uma pausa enquanto essa proposta era examinada. Depois de algum tempo, o primeiro oficial disse:

— Pode ser que dê certo, comandante.

— *Vai* dar certo.

— O que o senhor acha que acontecerá com ele?

— Não sei dizer. Suponho que eles o manterão preso enquanto investigam. Não o deixarão se comunicar com a nossa embaixada, evidentemente. Quando descobrirem seu engano, se chegarem a isso, ficarão numa encrenca. Pode ser que o soltem, mas talvez achem mais conveniente fazê-lo desaparecer.

— Entendi.

Então o general verbalizou o pensamento que dominava a mente do senhor Pinfold:

— Por que o Pinfold? — perguntou ele.

— Foi uma escolha penosa — explicou o comandante Steerforth —, mas não difícil. Ele é o homem óbvio, na verdade. Nenhuma outra pessoa a bordo seria capaz de enganá-los durante algum tempo. Ele parece agente secreto. Acho que durante a guerra ele foi agente secreto. É um homem doente, e portanto sacrificável. E, claro, é católico. Isso vai facilitar muito as coisas para ele na Espanha.

— Está certo — disse o general. — Entendo tudo isso. Mas mesmo assim acho que ele precisaria ser muito generoso para concordar. Se estivesse no lugar dele, eu teria de pensar duas vezes antes de aceitar.

— Ah, mas *ele* não sabe de nada disso.

— Meu Deus, ele não sabe?

— Não, isso seria absolutamente fatal para a segurança. Além do mais, ele pode não concordar. Ele é casado, o senhor sabe, e tem uma família grande. Na verdade, não se pode culpar um homem que pensa em suas responsabilidades domésticas antes de se apresentar voluntariamente para um serviço arriscado. Não, o comandante Pinfold não pode ser informado de nada disso. É essa a razão do contraplano, da diversão. É preciso que haja uma grande briga no portaló para que o comandante Pinfold possa ser empurrado para a corveta. Você, número 1, será responsável por tirá-lo da cabine e pôr os papéis nos bolsos dele.

— Sim, senhor.

— Meu filho vai dar boas risadas — disse o general. — Ele encrencou com o Pinfold desde o início. Agora fica sabendo que ele se bandeou para o inimigo...

As vozes silenciaram. Durante muito tempo o senhor Pinfold ficou sentado, paralisado de horror e raiva. Quando por fim olhou para o relógio, viu que já eram quase nove e meia. Então despiu suas roupas de noite e pôs o terno de *tweed*. Qualquer violência que a noite trouxesse o encontraria decentemente vestido. Pôs no bolso o passaporte e os *traveller's cheques*. Então, empunhando a bengala de abrunheiro, sentou-se de novo e, paciente e penosamente, começou a "avaliar a situação", como havia aprendido no Exército. Ele estava sozinho, sem esperança de obter ajuda. Sua única vantagem era que sabia do plano de ação, e eles não sabiam que ele sabia. Examinou o plano do comandante com base na considerável experiência que havia adquirido em operações noturnas de pequena escala, e achou aquilo ridículo. O resultado de um tumulto à noite num portaló era muito imprevisível, mas ele estava confiante de que, advertido do fato, poderia escapar facilmente ou repelir qualquer tentativa de colocá-lo na corveta contra a sua vontade. Mesmo se eles tivessem êxito e o *Calibã* tentasse zarpar, a corveta, evidentemente, abriria fogo e por certo o afundaria ou danificaria bem antes de os espanhóis começarem a examinar os papéis forjados que tinham sido colocados em seus bolsos.

E nesse ponto o senhor Pinfold sentiu escrúpulos. Ele não era o que em geral se entende por homem "filantrópico"; nele estava totalmente ausente o que agora se chamava uma "consciência social". Mas além do amor que nutria pela família e pelos amigos, ele tinha uma certa bondade básica com relação àqueles que não se permitiam ser ativamente enfadonhos. E era patriota, de um jeito antiquado. Esses sentimentos eventualmente supriam o que de modo geral consideramos as elevadas lealdades e afeições. Essa ocasião era exemplo disso. Ele gostava muito da senhora Scarfield, da senhora Cockson, da senhora Benson, de Glover e de todos aqueles passageiros simples que tagarelavam, tricotavam e dormitavam. Pela invisível e enigmática Margaret ele sentia uma terna curiosidade. Seria uma pena se pela inépcia do comandante Steerforth todos eles fossem precipitados num esquife submarino. Consigo mesmo ele pouco se preocupava, mas sabia que seu desaparecimento e possível desgraça mortificariam a mulher e a família. Era intolerável que esse comandante idiota manobrasse tantas vidas de modo tão desajeitado. Mas havia também a questão do agente secreto. Se esse homem, como parecia possível, era realmente de importância vital para seu país, ele precisava ser protegido. O senhor Pinfold se sentiu responsável pela sua proteção. Haviam-no escolhido como vítima. Esse destino era inescapável. Mas ele iria para o sacrifício como um herói coroado. Não seria levado a ele de modo ardiloso.

Ele não podia traçar nenhum plano tático preciso. Qualquer que fosse a sua ação, seria improvisada. Mas a intenção era simples. Se necessário, ele consentiria em se fazer passar pelo agente, mas o comandante Steerforth e seus companheiros precisavam compreender que ele ia de livre e espontânea vontade, como um homem honrado, e a senhora Pinfold precisaria ser inteiramente informada das circunstâncias. Uma vez que isso ficasse claro, ele se deixaria prender.

Enquanto considerava tudo isso, o senhor Pinfold quase não notou as vozes que lhe chegavam. Ele esperou.

Quando faltavam quinze minutos para a meia-noite, houve na ponte uma saudação que foi respondida do mar em espanhol. A corveta estava se aproximando lateralmente e de súbito o navio acordou com uma porção de vozes. Esse, decidiu o senhor Pinfold, era o momento de agir. Era preciso apresentar ao comandante as suas condições antes de os espanhóis subirem a bordo. Agarrando a bengala de abrunheiro, ele saiu da cabine.

Imediatamente suas comunicações foram cortadas. O corredor iluminado estava vazio e em total silêncio. Ele desceu até a escadaria e subiu para o convés principal. O lugar estava deserto. Não havia nenhum navio próximo ou à vista em nenhuma direção; nenhuma luz em algum ponto do horizonte escuro; nenhum som da ponte; apenas a agitação e o bater das ondas ao longo da lateral do navio, e um penetrante vento marítimo. O senhor Pinfold ficou ali confuso, a única coisa perturbada num mundo em paz.

Um minuto antes ele encarara destemido seus inimigos. Agora era atingido por um medo real, algo totalmente diferente dos alarmes superficiais que já conhecera algumas vezes em momentos de perigo; algo sobre o que ele já fizera várias leituras, desprezando-as por julgá-las exageradas. Estava possuído por um pânico atávico. "Ah, não me deixem enlouquecer, doces céus", gritou ele.

E naquele momento de angústia prorromperam, não longe dele, na escuridão, sucessivos e crescentes estrépitos de risada trocista — de Goneril. Não era um som relaxante. Não havia nele hilaridade; era uma obscena cacofonia de puro ódio. Mas naquele momento o senhor Pinfold o ouviu como um acalanto.

— Um embuste — disse ele para si mesmo.

Tudo era um embuste preparado pelos desordeiros. Ele entendeu tudo. Eles tinham ficado sabendo do segredo da fiação defeituosa em sua cabine. De algum modo haviam maquinado um meio de controlá-la, de algum modo tinham encenado toda aquela charada apenas para provocá-lo. Era maldoso e deletério, sem dúvida; não devia voltar a acontecer. Mas o senhor Pinfold sentiu apenas gratidão ao fazer essa descoberta. Ele podia ser impopular; podia ser ridículo; mas não estava louco.

Voltou à sua cabine. Estava acordado havia trinta ou quarenta horas. Deitou-se vestido como estava e caiu no sono, um sono natural. Ficou na mesma posição e inconsciente durante seis horas.

Quando voltou ao convés o sol estava alto, diretamente na proa. A bombordo elevava-se o inequívoco pico de Gibraltar. O *Calibã* estava navegando no calmo Mediterrâneo.

Capítulo 6

O toque de humanidade

Enquanto o senhor Pinfold estava se barbeando, ouviu Margaret dizer:
— Foi uma brincadeira absolutamente abominável e acho ótimo que ela não tenha dado o resultado esperado por vocês.
— Deu, sim — contestou seu irmão. — O velho Peinfeld ficou paralisado de pavor.
— Não ficou, e ele não se chama Peinfeld. Ele foi um herói. Quando eu o vi de pé ali, sozinho no convés, pensei em Nelson.
— Ele estava bêbado.
— Ele diz que não é bebida, querido — comunicou mansamente a mãe, sem tomar partido. — O senhor Pinfold diz que é um remédio que ele precisa tomar.
— Remédio que ele toma de uma garrafa de conhaque.
— Eu sei que você está errado — protestou Margaret. — Acontece simplesmente que eu sei o que ele está pensando e você não.
Então a voz fria de Goneril interveio:

— Eu posso lhe dizer o que ele estava fazendo no convés. Estava reunindo coragem para se jogar no mar. Ele quer se matar, não é, Gilbert? Tudo bem, eu sei que você está ouvindo aí embaixo. Você consegue me ouvir, não consegue, Gilbert? Você gostaria de estar morto, não é, Gilbert? Essa é uma boa idéia. Por que você não faz isso, Gilbert? Por que não? É facílimo. Isso nos pouparia muita preocupação, a todos nós, e a você também, Gilbert.

— Besta-fera — invectivou Margaret e começou a chorar.

— Ah, meu Deus — disse sua mãe —, já está você chorando outra vez.

O senhor Pinfold sentia-se fortalecido pelas seis horas de sono. Ele subiu, trocando as vozes ranzinzas da cabine pelos conveses silenciosos e vazios durante uma hora. O rochedo de Gibraltar tinha descido abaixo do horizonte e não havia terra à vista. O mar podia ser qualquer mar, pelo seu aspecto, mas ele sabia que era o Mediterrâneo, aquele esplêndido espaço cercado que encerrava toda a história do mundo e metade das lembranças mais felizes da sua vida; de trabalho, descanso e batalha, de aventura estética e de amor juvenil.

Depois do café da manhã ele pegou um livro e foi para o saguão, não para o seu posto de escuta no canto dos painéis, mas para uma poltrona isolada no centro, e leu sem ser perturbado. Era preciso deixar aquela cabine assombrada, pensou ele; mas por enquanto não; mais tarde, no momento certo.

Então ele se levantou e começou mais uma vez a andar pelos conveses. Agora eles estavam apinhados. Todos os passageiros pareciam ter ido para lá, ocupados como antes em ler, tricotar, dormitar e passear como ele, mas naquela manhã o senhor Pinfold viu uma espécie de novidade pascal na cena e se deleitou com ela até ser rudemente perturbado em sua benevolência.

Os passageiros, também, pareciam ter notado a mudança. Na última semana, eles todos certamente, num momento ou noutro, haviam visto o senhor Pinfold. Agora, entretanto, era como se ele fosse uma mulher belíssima, desacompanhada, que acabara de surgir no passeio noturno de alguma pacata cidade sul-americana. Ele havia testemunhado cenas como essa em muitas *plazas* empoeiradas; vira os enfermiços rostos masculinos se iluminarem, sua lassidão animar-se subitamente; observara os floreadinhos verbais da afetação andrajosa; ouvira os assobios selvagens e, sem compreendê-las totalmente, as ostensivas avaliações anatômicas; vira a perseguição e abordagem maliciosas feitas à turista incauta. Exatamente dessa forma o senhor Pinfold, onde quer que ele fosse, sentia que estava sendo um centro de atrações; todos falavam dele, alto e desavergonhadamente, mas não de modo elogioso.

— Esse é Gilbert Pinfold, o escritor.

— Esse homenzinho comum? Não pode ser.

— Você leu os livros dele? Ele tem um senso de humor *muito especial*, sabe?

— Ele também é muito especial. Tem um cabelo comprido demais.

— Está usando batom.

— Tem pintura até nos olhos.

— Mas é muito mal-ajambrado. Achei que gente como ele fosse sempre elegante.

— Há muitos tipos diferentes de homossexual, sabe? Os que são chamados de "bicha fina" e "delicado", esses são do tipo bem vestido. Os outros são os chamados "veados". Li um livro sobre isso. Esse Pinfold é um "veado".

Essa foi a primeira conversa que o senhor Pinfold ouviu por acaso. Ele parou, virou-se e, desconsertado, tentou olhar o grupinho de mulheres de meia-idade que estavam conversando. Uma delas sorriu para ele e então, virando-se, disse:

— Acho que ele está tentando se aproximar de nós.

— Que desagradável.

O senhor Pinfold continuou andando, mas aonde quer que ele fosse o assunto era ele.

— ...Senhor da Herdade Nobre de Lychpole.

— Qualquer um pode ser isso. Hoje, esse título quase sempre cabe ao dono de uma sede de fazenda arruinada.

— Ah, Pinfold vive em grande estilo, garanto a você. Tem criados uniformizados.

— Posso imaginar o que ele faz com os criados.

— Não faz mais. Ele está impotente há anos, sabe? É por isso que fica pensando em morte o tempo todo.

— Ele fica pensando sempre em morte?

— Fica. Qualquer dia destes ele vai cometer suicídio, você vai ver.

— Eu achei que ele era católico. Os católicos não podem cometer suicídio, podem?

— Isso não impediria Pinfold. Ele não acredita *de verdade* nessa religião, sabe? Só faz de conta que acredita, porque acha isso aristocrático. É a mesma coisa que ser Senhor da Herdade Nobre.

— Em todo o mundo existe apenas uma Lychpole, ele falou para o rapaz do telégrafo.

— Só uma Lychpole, e Pinfold é o Senhor dela...

— ...Lá vai ele, bêbado outra vez.

— Ele tem um aspecto horrível.

— Um homem à beira da morte, estou vendo um agora.

— Por que ele não se mata?

— É só uma questão de tempo. Ele está se empenhando bastante. Álcool e remédios. Ir a um médico é uma coisa que ele não ousa fazer, de medo de ser mandado para um asilo.

— Seria o melhor lugar para ele.

— O melhor lugar para ele seria a sete palmos do chão.

— Ele é um grande aborrecimento para o comandante Steerforth.

— O comandante Steerforth acha um enorme aborrecimento a sua presença a bordo.

— E na mesa dele.

— Mas isso está sendo corrigido. Você não ouviu falar? Vai haver um abaixo-assinado.

— ...É, eu assinei. Todo mundo assinou, acho.

— Com exceção dos que fazem parte da mesa. Os Scarfields não assinariam, nem Glover.

— Imagino que seja meio constrangedor para eles.

— É um abaixo-assinado muito bem redigido.

— É. Foi escrito pelo general. Não faz nenhuma acusação específica, porque isso seria calunioso. Diz simplesmente: *"Nós, abaixo-assinados, por razões que estamos prontos a declarar confidencialmente, consideramos um insulto a nós, como passageiros do* Calibã, *que o senhor Gilbert Pinfold se sente à mesa do comandante, uma posição de honra à qual ele não não faz jus".* Elegante, não é?

— ...o comandante devia prendê-lo. Ele tem toda a autoridade para isso.

— Mas na verdade ele até agora não fez nada de errado a bordo.

Eram dois empresários cordiais com quem uma noite o senhor Pinfold havia passado meia hora, junto com os Scarfields.

— Para a própria proteção dele. Naquela noite os dois rapazes quase lhe deram uma surra.

— Eles estavam bêbados.

— Eles podem ficar bêbados novamente. Seria muito desagradável para todo mundo se houvesse um processo no tribunal de polícia.

— Não seria possível pôr alguma coisa a esse respeito no abaixo-assinado?

— Isso foi discutido. Os generais acharam melhor deixar para a entrevista. O comandante certamente vai lhes pedir para expor suas razões.

— Não por escrito.

— Exatamente. Eles não sugerem que ele seja preso. Querem apenas que ele fique confinado na cabine.

— Ele provavelmente tem alguns direitos legais à cabine e às refeições, uma vez que pagou a passagem.

— Mas *não* às refeições na companhia do comandante.

— Esse é o x do problema.

— ...Não — dizia a norueguesa. — Não assinei nada. É um problema inglês. Tudo o que sei é que ele é fascista. Percebi isso quando ele falou sobre democracia. Tivemos alguns homens desse tipo na época de Quiling. Sabíamos o que fazer com eles. Mas não vou me meter nessas questões inglesas.

— Tenho uma foto dele de camisa preta, tirada numa dessas reuniões no Albert Hall durante a guerra.

— Isso seria útil.

— Ele estava comprometido até o pescoço. Havia base legal para pegá-lo, mas ele escapou entrando no Exército.

— E se saiu muito mal lá?

— *Muito* mal. Houve um escândalo em Cairo que precisou ser abafado quando o seu major-de-brigada se suicidou.
— Chantagem?
— Quase a mesma coisa.
— Ele está usando a gravata da Guarda.
— Ele usa qualquer tipo de gravata, normalmente as antigas de Eton.
— Será que ele esteve mesmo em Eton?
— Ele diz que sim — afirmou Golver.
— Não acredite nisso. Escola pública, do começo ao fim.
— Ou em Oxford?
— Não, não. Tudo o que ele fala sobre a sua vida passada é mentira. Ninguém jamais havia ouvido falar dele até um ou dois anos atrás. Ele é desses sujeitos deploráveis que conseguiram projeção durante a guerra...

— ...Não digo que ele seja membro de carteirinha do partido comunista, mas certamente está metido com os comunistas.
— A maioria dos judeus está.
— Exatamente. E aqueles "diplomatas desaparecidos". Eram amigos dele.
— O que ele sabe não é o bastante para os russos o levarem para Moscou.
— Nem mesmo os russos querem o Pinfold.

A conversa mais curiosa daquela manhã foi com as senhoras Cockson e Benson. Elas estavam sentadas como sempre na varanda do bar do convés, cada uma com a sua taça, e conversavam em francês com o que pareceu ao senhor Pinfold, que falava mal a língua, uma pronúncia e expressões idiomáticas impecáveis. A senhora Cockson disse:

— Ce Monsieur Pinfold essaye toujours de pénétrer chez moi, et il a essayé de se faire présenter à moi par plusieurs de mes amis. Naturellement j'ai refusé.

— Connaissez-vou un seul de ses amis? Il me semble qu'il a des relations très ordinaires.

— On peut toujours se tromper dans le premier temps sur une relation étrangère. On a fini par s'apercevoir à Paris qu'il n'est pas de notre société ...

Foi uma coisa planejada, concluiu o senhor Pinfold. Normalmente as pessoas não se comportavam daquele modo.

Quando o senhor Pinfold entrou para o Bellamy havia um velho conde que se sentava sozinho o dia inteiro, e todos os dias ficava no canto da escada envergando um estranho chapéu duro e falando alto e bom som consigo mesmo. Seu tema era apenas um: os colegas de clube que passavam por ele. Às vezes ele cochilava, mas nas longas horas de vigília ficava comentando o que via — "A bochecha daquele sujeito é grande demais; que aspecto horroroso, o dele. Nunca o vi antes. Quem deixou que ele entrasse?... Levante mais os pés. Assim você gasta o tapete. ... O jovem Crambo está ficando gordo demais. Não come, não bebe; é que ele está duro. Nada engorda tanto um sujeito quanto ficar duro. ... Coitado do velho Nailsworth, sua mãe era puta e a mulher também é. Dizem que sua filha vai ser a mesma coisa"... e assim por diante.

Esse excêntrico tinha sido aceito muito afetuosamente no Bellamy, onde havia uma generosa tolerância. Já havia morrido há muitos anos. Não era concebível, achava o senhor Pinfold, que todos os passageiros do *Calibã* tivessem subitamente sido acometidos de um mal semelhante ao do velhote. Essa tagarelice era destinada a ser ouvida por ele. Era uma coisa planejada. Na verdade era o plano sutil do general, que substituía a violência adolescente do filho.

Vinte e cinco anos antes o senhor Pinfold freqüentara uma casa cheia de moças alegres e cruéis — por uma das quais estava apaixonado — que falavam em seu próprio jargão de ladras e tinham brincadeiras próprias. Uma dessas brincadeiras era um truque do tempo da escola que elas haviam adaptado para o uso em salão. Quando chegava um estranho, todas elas — se lhes desse vontade — lhe mostravam a língua; ou melhor: todas menos aquelas que estavam na linha de visão imediata do estranho. Quando ele virava a cabeça, um grupo encolhia a língua e outro a punha para fora. Essas moças eram competentes nesse diálogo. Tinham um rigoroso autocontrole. Nunca davam risadinhas. As que falavam com o estranho assumiam uma doçura artificial. O objetivo era fazê-lo pegar uma de suas colegas com a língua de fora. Era um desempenho cômico — a cabeça virando de um lado para outro, a agitação das lingüinhas, os ternos sorrisos transformando-se subitamente em caretas, a artificialidade da conversa que logo gerava um constrangimento não identificável nos visitantes mais insensíveis, o levavam a sentir que de certo modo ele estava se fazendo de bobo, a checar os botões da braguilha, a olhar-se no espelho para ver se havia alguma coisa estranha em sua aparência.

Algum jogo desse tipo, extremamente grosseiro, devia, supôs o senhor Pinfold, ter sido imaginado pelos passageiros do *Calibã* para a sua diversão e o constrangimento dele. Mas ele não iria lhes dar a satisfação de notar esse constrangimento. Não olhou mais para ver quem estava falando.

— ...Sua mãe vendeu as poucas jóias que tinha para pagar dívidas...

— ...Algum dos livros dele prestou?
— Nenhum. Os primeiros não eram tão maus quanto o último. Ele está acabado.
— Ele tentou tapear o público. Agora sua carreira está encerrada.
— Imagino que ele tenha ganho muito dinheiro.
— Não tanto quanto ele faz pensar. E gastou tudo. Está muito endividado.
— E evidentemente vão pegá-lo por sonegação.
— Ah, sim. Há anos ele vem declarando menos do que ganha. Agora estão investigando isso. Eles não têm pressa. No final sempre acabam pegando os sonegadores.
— Eles vão pegar o Pinfold.
— Ele terá de vender Lychpole.
— Seus filhos terão de ir para a escola pública.
— Exatamente como ele.
— E nada de champanhe para Pinfold.
— Nada de charutos.
— Será que a mulher dele vai pedir o divórcio?
— Naturalmente. Ela não terá mais casa. A família dela a acolherá.
— Mas o Pinfold fica de fora.
— O Pinfold fica de fora.

O senhor Pinfold não cederia. Não daria nenhum sinal de derrota. Mas na hora que julgou própria, quando já havia perambulado bastante, ele se retirou para a cabine.

— Gilbert — disse Margaret. — Gilbert. Por que você não fala comigo? Você passou muito perto de mim no convés e não olhou para mim. *Eu* não o magoei, não é mesmo? Você sabe que não sou eu que estou dizendo todas aquelas coisas infames, não sabe? Responda, Gilbert. Eu estou ouvindo.

Então o senhor Pinfold, sem pronunciar as palavras mas pensando nelas, disse:

"Onde está você? Eu nem mesmo cheguei a vê-la. Por que nós não nos encontramos agora? Venha tomar um coquetel comigo".

— Ah, Gilbert, querido, você sabe que isso não é possível. *As Regras*.

"Que regras? De quem? Você quer dizer que o seu pai não permitirá?"

— Não, Gilbert, não são as regras *dele*, são *as Regras*. Você não compreende? É contra *as Regras* nos encontrarmos. Eu posso falar com você de vez em quando, mas nós não devemos nunca nos encontrar.

"Como é que você é?"

— Não posso lhe dizer. Você precisa descobrir sozinho. Essa é uma das Regras.

"Você fala como se estivéssemos em algum tipo de jogo."

— E é o que estamos fazendo: jogando um tipo de jogo. Agora tenho de ir. Mas queria lhe dizer uma coisa.

"O quê?"

— Você não vai se ofender?

"Acho que não."

— Tem certeza, querido?

"O que é?"

— Será que eu devo lhe dizer? Você não vai se ofender? É...

— Margaret fez uma pausa e depois, num sussurro emocionante, disse: — *Corte o cabelo*.

"Mas eu vou me arruinar", disse o senhor Pinfold. No entanto, Margaret já havia ido embora e não o ouviu. Ele se olhou no espelho. Era verdade, seu cabelo estava muito comprido. Iria cortá-lo. Então ele pensou num novo problema: como Margaret havia ouvido suas palavras silenciosas? Isso não podia ser explicado por nenhuma teoria sobre fios desgastados e cruzados. Enquanto ele pensava na questão, Margaret voltou brevemente para dizer:

— Não são *fios*, querido. *Sem fios* — e foi-se embora novamente.

Isso talvez lhe tivesse dado a pista que ele buscava; talvez tivesse desfeito o mistério que o envolvia. Ele teria sabido em tempo hábil; naquele momento o senhor Pinfold ficou desconcertado, quase estupidificado, com os acontecimentos da manhã, e ao chamado do gongo foi para baixo almoçar, pensando vagamente em telepatia, um assunto sobre o qual era desinformado.

Na mesa ele foi direto com Glover a uma questão que o havia aborrecido.

— Eu não estudei em Eton — atacou ele subitamente, num tom de desafio.

— Nem eu — disse Glover. — Marlborough.

— Eu nunca disse que estudei em Eton — insistiu o senhor Pinfold.

— Não. Por que o senhor diria isso, se não é verdade?

— É uma escola pela qual tenho muito respeito, mas eu não estudei lá. — Então ele se voltou para o outro lado da mesa, para os noruegueses: — Eu nunca usei uma camisa preta no Albert Hall.

— Não? — estranhou a norueguesa, interessada mas sem entender.

— Eu tinha muita simpatia por Franco durante a Guerra Civil.

— É? Já faz tanto tempo que eu me esqueci do que se tratava. No meu país nós não seguimos isso com tanta atenção quanto os franceses e outros povos.

— Nunca tive a menor simpatia por Hitler.

— Imagino que não.

— Cheguei a ter esperança em Mussolini. Mas nunca me liguei a Mosley.*

— Mosley, quem é esse?

— Ah, por favor — gritou a linda senhora Scarfield —, não vamos falar de política.

Durante todo o resto do almoço o senhor Pinfold ficou em silêncio.

Mais tarde ele foi ao barbeiro e de lá rumou para seu posto de escuta no saguão deserto. Viu o cirurgião do navio passar pelas janelas. Ele estava a caminho da cabine do comandante, pois quase imediatamente o senhor Pinfold o ouviu dizer:

— ...Achei que precisava lhe comunicar, comandante.

— Quando ele foi visto pela última vez?

— No barbeiro. Depois disso desapareceu completamente. Não está na cabine.

— Por que ele teria se jogado no mar?

— Tenho estado de olho nele desde o início da viagem. O senhor não notou nada estranho nele?

— Notei que ele bebe.

— É, ele é um alcoólatra típico. Muitos passageiros me pediram para tomar conta dele, mas eu não posso, a menos que ele me

---

* Oswald Mosley (1896-1980). Político inglês. Fundou em 1932 a União dos Fascistas Ingleses. (N. T.)

peça ou a menos que ele faça algo violento. Agora estão todos dizendo que ele pulou no mar.

— Eu não vou parar o navio e pôr um barco no mar simplesmente porque um passageiro não está na cabine. Provavelmente ele está na cabine de alguma das minhas passageiras fazendo você sabe o quê.

— É, essa é a explicação mais provável.

— Há algo errado com ele além da bebida?

— Nada que um dia de trabalho não cure. A melhor coisa para ele seria que o fizessem esfregar os conveses durante uma semana...

E depois disso o navio ficou cheio do alarido de pios e chilros, como um aviário.

— ...Ele não foi encontrado.

— ...Ao mar.

— ...Ninguém o viu desde que ele saiu do barbeiro.

— ...O comandante acha que ele está com uma mulher em algum lugar.

Exausto, o senhor Pinfold tentou fechar sua mente para essas distrações e ler o livro. Então os pios mudaram de tom.

— Está tudo bem. Ele foi encontrado.

— ...Alarme falso.

— ...Pinfold foi encontrado.

— Que bom — disse o general com um ar sério. — Eu já estava receando que nós tivéssemos ido longe demais.

E o resto foi silêncio.

O corte de cabelo do senhor Pinfold fomentou as relações dele com Margaret. Ela tagarelou durante toda a tarde e a noite, com um ar de triunfante satisfação por causa da mudança na aparência do senhor Pinfold. Ele parecia mais jovem, dizia ela, mais vivo, mais adorável. Olhando longa e seriamente no espelho da cabine, virando a cabeça para um lado e para o outro, o senhor Pinfold não via nada diferente do que já estava acostumado a ver, nada que justificasse esse entusiasmo. A satisfação de Margaret, concluiu ele, derivava menos do aumento da sua beleza do que da prova de confiança que ele lhe havia dado.

Entremeada com os elogios dela havia de vez em quando a sugestão de um significado mais profundo:

— ...Pense, Gilbert. *Barbeiro*. Isso não lhe diz nada?

"Não. Deveria dizer?"

— É a *chave*, Gilbert. É o que você mais quer saber, o que você *precisa* saber.

"Então me diga."

— Não posso fazer isso, querido. É contra as *Regras*. Mas posso sugerir. *Barbeiro*, Gilbert. O que os barbeiros fazem, além de cortar o cabelo?

"Eles lavam o cabelo."

— Não. Não.

"Ele conversam. Massageiam o couro cabeludo. Frisam o bigode. Às vezes, me parece, tiram calos.

— Ah, Gilbert, algo muito mais simples. Pense, querido. Começa com "bar"... Bar...

"Barba?"

— Adivinhou.

"Mas eu fiz a barba hoje de manhã. Você está querendo que eu me barbeie novamente?"

—Ah, Gilbert, acho você um doce. Sua bochecha está um pouquinho peluda, querido. Quanto tempo depois da barba ela torna a ficar peluda? Acho que eu *preciso* gostar dela peluda... — E Margaret começou a fazer outra galopante declaração de amor.

Mais de uma vez o senhor Pinfold — ou então uma imagem fantasiosa dele tirada de seus livros — tinha sido objeto de paixão adolescente. Os tons fervorosos, ingênuos, de Margaret o faziam lembrar as cartas que ele costumava receber, duas por dia, quase sempre durante uma semana ou pouco mais, provavelmente escritas na cama. Elas continham confidências e confissões de amor, sem endereço no envelope; não pediam reciprocidade nem sinal de reconhecimento; a série terminava tão abruptamente quanto havia começado. Como norma, depois da primeira ele não lia nenhuma outra, mas no hostil *Calibã* essas palavras sinceras pronunciadas com os tons doces, arfantes, de Margaret soavam ternas aos ouvidos do senhor Pinfold e ele as ouvia complacentemente. Na verdade, ele começou a sentir prazer no bálsamo desses momentos que compensavam com vantagem as ofensas rudes. Naquela manhã ele havia se resolvido a mudar de cabine. No fim da tarde estava pouco inclinado a se separar daquela cálida primavera.

Mas a noite produziu uma mudança.

O senhor Pinfold não se vestiu nem jantou. Estava exausto e sentou-se sozinho no convés até os passageiros começarem a subir, vindos do jantar. Então foi para a cabine e pela primeira vez em três noites vestiu o pijama, rezou, foi para a cama, desligou a luz, ficou bem quieto, à espera do sono, e dormiu.

Foi acordado pela mãe de Margaret.

— Senhor Pinfold. Senhor Pinfold. O senhor ainda não foi dormir, não é mesmo? Todo mundo já está na cama agora. O senhor se esqueceu da promessa que fez para Margaret?

— Mamãe, ele não me fez nenhuma promessa. — Margaret estava com uma voz chorosa e forçada, quase histérica. — É verdade. Não me fez o que a senhora chama de *promessa*. A senhora não vê que *para mim* é uma coisa horrível a senhora ficar perturbando o Gilbert agora? Ele *nunca* me prometeu nada.

— Quando eu era jovem, querida, qualquer homem ficaria orgulhoso se uma jovem bonita o notasse. Não tentaria fugir dela fingindo estar dormindo.

— Eu provoquei isso. Acho que o aborreci. Ele é um homem do mundo. Tem centenas de outras moças, todos os tipos de bruxas horríveis, más, que andam na última moda, em Londres, Paris, Roma e Nova York. Por que ele iria prestar atenção *em mim*? Mas eu gosto *mesmo* dele, muito. — E em sua angústia ela repetiu a lamúria que o senhor Pinfold havia ouvido antes no navio, vinda de outros lábios.

— Não chore, querida. A mamãe vai conversar com ele.

— Não, por favor, *por favor*, mamãe. Eu proíbo a senhora de se intrometer.

— "Proíbo" não é uma palavra bonita, não é mesmo, querida? Deixe isso comigo. Vou conversar com ele. Senhor Pinfold. *Gilbert*. Acorde. A Margaret tem uma coisa para lhe dizer. Ele acordou, querida, eu sei. Diga para ela que você acordou e está ouvindo, Gilbert.

"Estou acordado e ouvindo", disse o senhor Pinfold.

— Isso! Aguarde um minuto. — Ela parecia uma telefonista, pensou o senhor Pinfold. — A Margaret vai conversar com você. Vamos, Margaret, fale.

— Não posso, mãe, não posso.

— Você vê, Gilbert, você a deixou transtornada. Diga-lhe que você a ama. Você a ama, não é mesmo?

"Mas eu nunca a vi", disse o senhor Pinfold desesperado. "Tenho certeza de que ela é uma garota encantadora, mas eu nunca pus os olhos nela."

— Ah, Gilbert, Gilbert, não, isso não é uma coisa muito amorosa para se dizer, não é mesmo? Não se parece com você, com o *verdadeiro* você. Você só faz de conta que é duro e mundano, não é mesmo?, e você não pode culpar as pessoas se elas o percebem do modo como você se julga. Todo mundo no navio, você sabe disso, está dizendo as coisas mais odiosas sobre você. Mas quem sabe melhor é você. A Margaret quer entrar para lhe dizer boa-noite, Gilbert, mas não tem certeza de que você a ama de fato. Diga para a Mimi que você a ama, Gilbert.

"Não posso, não a amo", disse o senhor Pinfold. "Tenho certeza de que a sua filha é uma garota encantadora. Mas acontece que eu nunca a vi. Acontece também que eu sou casado. E amo a minha mulher."

— Ah, Gilbert, que coisa mais classe média você disse!

— Ele não me ama — gemeu Margaret. — Ele já não me ama.

— Gilbert, Gilbert, você está partindo o coração da minha filhinha.

O senhor Pinfold ficou exasperado.

"Agora eu vou dormir", disse ele. "Boa-noite."

— Margaret vai entrar para vê-lo.

"Ah, cale a boca, sua vaca velha", disse o senhor Pinfold.

Ele não devia ter dito aquilo. No momento em que as palavras atravessaram seus lábios — ou melhor, sua mente — ele soube que aquilo não era coisa certa para dizer. Todo o sólido navio parecia tremer, de tão chocado. Ouviu-se um único gemido lastimável de Margaret, de sua mãe um muxoxo de indignação, de seu irmão uma tentativa de ameaça:

— Meu Deus! Peinfeld, você vai pagar por isso. Se acha que pode falar com a minha mãe como... — E então, de um modo absolutamente inesperado, ouviu-se uma risada do general.

— Meu Deus, ele chamou você de vaca, minha querida! Que bom, Peinfeld. Isso é uma coisa que eu estou querendo dizer para você há trinta anos. Você é uma vaca velha, sabe? Uma perfeita vaca velha. Pode ser que agora você deixe que *eu* tome conta da situação. Saiam, vocês, eu quero falar com a minha filha. Vamos, Meg, minha querida Mimi, Peg, meu bem. — As vozes se tornaram abafadas e a pronúncia do militar foi ficando estranhamente céltica à medida que o sentimento o dominava. — Depois desta noite você nunca mais será a minha pequena Mimi, e eu não vou esquecer isso. Você é uma mulher, agora, e deu o seu coração para um homem, como uma mulher deve fazer. A escolha é sua, não minha. Ele é velho para você, mas isso pode ser bom. Muitos casais jovens passam juntos duas semanas miseráveis porque não sabem como fazer o que precisa ser feito. E um velho pode lhe mostrar melhor do que um jovem. Ele será mais meigo, mais bondoso, mais hábil; e depois, quando chegar a hora certa, você, por sua vez, poderá ensinar um jovem, e é assim que se aprende a arte do amor e a raça humana sobrevive. Eu gostaria imensamente de eu mesmo ensinar-lhe, mas você fez a sua escolha e quem é que vai contestá-la?

— Mas, pai, ele não me ama. Ele disse que não.

— Bobagem. Ele não vai encontrar uma moça bonita como você nos próximos doze meses. Neste navio nenhuma mulher se equipara a você, e se ele é o homem que eu acho que ele é, agora seus braços devem estar querendo um corpo de mulher para abraçar. Como é que você acha que a sua mãe me fisgou? Não foi esperando ser convidada, posso lhe garantir. Ela era filha de um soldado. Sempre pulava as cercas que tinha diante de si. Pulou para me fisgar, estou lhe dizendo. Não se esqueça de que você também é filha de um soldado. Se você quer esse sujeito, esse Pinfold, entre na cabine dele e trate de fisgá-lo. Mas, pelo amor de Deus, vá para o desfile parecendo um soldado. Arrume-se. Lave o rosto, penteie o cabelo, troque de roupa.

Obediente, Margaret foi para a sua cabine. Uma amiga dela, várias amigas, parece, foram ter com ela, todo um coro de damas de honra que cantavam um epitalâmio enquanto a despiam e prendiam-lhe o cabelo.

O senhor Pinfold ouvia com sentimentos conflitantes de ressentimento e fascinação. Ele era um homem acostumado a ter as suas próprias preferências e a tomar decisões. Parecia-lhe que os pais de Margaret estavam sendo intrometidos e atrevidos, estavam tomando excessiva liberdade com as paixões dele. Ele nunca fora, nem mesmo nos tempos de solteiro, um grande namorador. Quando em viagem ao estrangeiro, especialmente em lugares distantes, ele havia freqüentado bordéis com a curiosidade de um viajante que procurava experimentar todos os sabores do exótico. Na Inglaterra era constante e muito romântico em suas afeições. Desde o casamento fora fiel à mulher. Tinha, desde que aceitara as leis da Igreja, desenvolvido o que se aproximava de uma disposição virtuosa; uma relutância em cometer deliberadamente pecados graves que nada tinha a ver com o medo do inferno. Ele havia assumido uma personalidade para a qual esses atos especificamente proibidos eram inadequados. E, no entanto, as expectativas amorosas começaram a se agitar no senhor Pinfold. Aquela sua moderação adquirida e a dignidade tinham sofrido nos últimos dias um duro golpe. A visita de Margaret era instigante. Ele começou a pensar em sua recepção.

A cabine com camas muito estreitas não se coadunava bem com essas intenções. Ele começou por arrumá-la, guardando as roupas e esticando os lençóis. O máximo que conseguiu foi fazê-la parecer desocupada. Ela entraria por aquela porta. Não deveria encontrá-lo deitado como um paxá. Ele precisaria estar de pé. Havia apenas uma poltrona. Ele a convidaria a sentar-se? Era preciso colocá-la, inerte, na cama. Mas como levá-la para a cama silenciosamente e com elegância? Como ele iria mudá-la de lugar? Ela seria portátil? Ele gostaria de saber quais eram as suas dimensões.

Ele tirou o pijama e pendurou-o no armário, pôs o roupão e sentou-se na cadeira diante da porta, esperando, enquanto o ritual folclórico dos preparativos de Margaret enchia de música a cabine. Durante a espera o seu humor mudou. Suas fantasias amorosas foram penetradas pela dúvida e pelo desânimo. Que diabo estava ele tramando? Em que confusão estava se metendo? Pensou repugnado em Clutton-Cornforth e sua tediosa sucessão de seduções sem prazer, premeditadas. Pensou no seu estado debilitado. "Seus braços devem estar querendo um corpo de mulher para abraçar." Estavam mesmo? Seria capaz de se conservar interessante durante toda a paciente exploração exigida? Então, enquanto olhava para a cama arrumada, ele a ocupou com uma nudez delicada, trêmula, submissa, ansiosa, com uma ninfa de Boucher ou Fragonard, e sua disposição de espírito mudou novamente. Que ela venha. Que venha logo. Ele estava solidamente preparado para o encontro.

Mas Margaret não estava apressada. As virgens acompanhantes terminaram seus serviços. Ela foi examinada pelo pai e pela mãe.

— Ah, minha querida, meu bem. Você é tão jovem. Tem certeza de que é isso que você quer? Está bem certa de que o ama? Sempre se pode voltar atrás. Ainda não é tarde demais. Nunca mais vou voltar a vê-la como a vejo agora, minha filha inocente.

— Tenho certeza, mamãe, eu o amo.

— Seja bom para ela, Gilbert. Você não foi bom comigo. Usou uma expressão para mim que eu nunca esperei ouvir dos lábios de um homem. Pensei em nunca mais falar como você. Mas agora não é hora de orgulho. A felicidade da minha filha está nas suas mãos. Trate-a *como esposa*. Estou lhe entregando uma coisa muito preciosa...

E o general:

— Essa é a minha bela. Vá e receba o que está à sua espera. Ouça, minha Peg, você sabe no que está se metendo, não sabe?

— Sei, pai, acho que sim.

— É sempre uma surpresa. Você pode achar que está tudo no papel, mas, como tudo o mais na vida, na hora H nunca é exatamente como se espera. Agora não dá mais para voltar atrás. Venha me ver quando acabar. Vou estar à espera para ouvir o seu relato. Entre lá, e boa sorte.

Mas a moça continuava demorando.

— Gilbert, Gilbert. Você me quer? — perguntou ela. — Você me quer realmente?

"Quero, claro, venha."

— Diga alguma coisa doce para mim.

"Eu serei bastante doce quando você entrar."

— Venha me buscar.

"Onde você está?"

— Aqui. Do lado de fora da sua cabine.

"Então venha para dentro. Eu deixei a porta aberta."

— Não posso. Não posso. Você tem de vir me buscar.

"Ah, não seja tão idiota. Eu estou aqui sentado sabe-se lá há quanto tempo. Entre, se quiser. Se não quiser, vou voltar para a cama."

Ao ouvir essas palavras Margaret desatou a chorar e sua mãe disse:

— Gilbert, isso não foi amável. Você não é assim. Você a ama. Ela o ama. Você não compreende? Ela é muito jovem; é a sua pri-

meira vez; insista com ela, Gilbert, convença-a com amabilidades. Ela é uma coisinha arredia, um bichinho do mato.
— O que é que está acontecendo? — perguntou o general. — Você devia estar a postos agora. Não me mandou nenhum informativo. A menina não está na linha de largada?
— Ah, papai, eu não posso. *Não posso.* Achei que podia, mas não posso.
— Alguma coisa deu errada, Pinfold. Descubra. Mande suas patrulhas.
— Vá encontrá-la, Gilbert. Atraia Margaret para dentro, ternamente, *como um marido.* Ela está lá esperando por você.

Muito zangado, o senhor Pinfold saiu pisando forte no corredor vazio. Ouviu Glover assoando o nariz. Ouviu Margaret chorando bem perto dele. Olhou no banheiro; ela não estava lá. Olhou em todos os cantos, nas escadas para cima e para baixo; ela não estava lá. Olhou até nos sanitários, o masculino e o feminino; não estava lá. E os soluços continuavam lamentavelmente. Ele voltou para a sua cabine, deixou a porta aberta e fechou a cortina. Foi vencido pela exaustão e pelo aborrecimento.

"Sinto muito, Margaret, vou me deitar", disse ele. "Estou velho demais para começar a brincar de esconde-esconde com menininhas. Se você quiser dormir comigo, terá de entrar e ir para a minha cama."

Ele pôs o pijama e se deitou, puxando os cobertores até as faces. Depois esticou o braço e apagou a luz. Então a luz do corredor o incomodou. Ele fechou a porta. Virou de lado e ficou entre o sono e a vigília. Exatamente quando estava entrando na inconsciência ele ouviu a porta se abrir e rapidamente se fechar. Abriu os olhos tarde demais para ver o breve clarão vindo do corredor. Ouviu pés deslizantes se afastarem em disparada e o gemido desesperado de Margaret.

— Eu entrei lá. Eu entrei. Entrei, sim. Entrei. E quando entrei lá ele estava deitado, roncando no escuro.

— Ah, minha Margaret, minha filha. Você nunca deveria ter ido. Tudo isso foi por culpa do seu pai.

— Sinto muito, Peg — disse o general. — Foi uma avaliação equivocada.

A última voz que o senhor Pinfold ouviu antes de cair no sono foi a de Goneril:

— Roncando? Que vergonha! Gilbert sabia que não estava à altura da empreitada. Ele é impotente, não é mesmo, Gilbert? Não é?

"Quem estava roncando era o Glover", disse o senhor Pinfold, mas aparentemente ninguém ouviu.

Capítulo 7

Os vilões desmascarados — mas não derrotados

O SENHOR PINFOLD NÃO DORMIU muito tempo. Acordou, como sempre, quando os homens começaram a lavar o convés em cima dele, e sua primeira decisão ao acordar foi mudar de cabine naquele dia. Sua ligação com Margaret estava rompida. Ele desejou se livrar de todo aquele grupo e dormir em paz numa cabine livre de anormalidades elétricas. Decidiu também não jantar mais na mesa do comandante. Nunca havia gostado dessa idéia. Qualquer um que ambicionasse aquele lugar seria bem vindo a ele. O senhor Pinfold faria o resto da viagem em absoluta privacidade. Essa decisão foi confirmada pelo último dos muitos comunicados que lhe chegaram naquela cabine.

Logo antes do café da manhã o aparelho o pôs em contato com o que ele teria suposto ser a sua fonte mais natural, a sala do telégrafo; ele ouviu não a movimentação normal do navio, mas a conversa do operador do telégrafo, e esse homem estava divertindo um grupo de madrugadores, os jovens animados, lendo para eles o texto das mensagens do senhor Pinfold.

— "Todos no navio muito prestativos. Lembranças. Gilbert".
— Essa é boa.
— Todos?
— Fico imaginando se o pobre Gilbert ainda acha isso.
— Lembranças. Será que o Gilbert se lembra de alguém além dele mesmo? Isso é divertido.
— Não tem mais aí?
— Na verdade eu não devia fazer isso, sabe? Os telegramas são considerados confidenciais.
— Ah, deixa disso, Sparks.
— Gente, este é mesmo incrível: "Totalmente curado. Todo amor".
— Curado? Ha. Ha.
— *Totalmente* curado.
— O nosso Gilbert *totalmente curado*! Ah, mas isso é delicioso. Ah, Sparks, leia mais uns para nós.
— Não conheço nenhum sujeito que gaste tanto com telegramas. Quase sempre eles tratam de dinheiro, e muitas vezes ele chegava aqui tão bêbado que eu não conseguia ler o texto. Uma enorme quantidade foi apenas para recusar convites. Ah, esta série é boa. "Favor providenciar banheiro privado luxuoso. Favor investigar ineficiência vergonhosa sua agência." Ele mandou dezenas desses.
— Louvemos a Deus pelo nosso Gilbert. O que nós faríamos sem ele?
— O seu banheiro privado luxuoso era ineficiente?
— "Vergonhosa" é bom, vindo do Gilbert. Ele faz coisas vergonhosas no seu banheiro?

Para o senhor Pinfold essa ceninha era de um tipo diferente em relação aos aborrecimentos anteriores. Os jovens animados tinham ido longe demais. Uma coisa era fazer brincadeiras de mau gosto com ele; outra muito diferente era ler mensagens confidenciais. Eles tinham se colocado fora da lei. O senhor Pinfold saiu da cabine e foi para o salão de jantar com um objetivo em mente. Ele iria fazer uma acusação contra eles.

Encontrou o comandante na sua ronda matinal.

— Comandante Steerforth, posso falar com o senhor um momento?

— Claro. — O comandante ficou parado.

— Na sua cabine?

— Ah, sim, se o senhor prefere. Vou terminar isso em dez minutos. Suba lá então. Ou é muito urgente?

— Posso esperar dez minutos.

O senhor Pinfold subiu até a cabine atrás da ponte. Poucos acréscimos pessoais embelezavam a sólida mobília do navio. Havia fotos familiares com moldura de couro; uma gravura de uma catedral inglesa na parede dos painéis, que tanto poderia ser propriedade do comandante quanto da companhia; alguns cachimbos numa prateleira. O senhor Pinfold não podia imaginar aquele lugar como cenário para orgias, abominações ou tramas.

O comandante voltou.

— Então, senhor Pinfold, posso fazer alguma coisa pelo senhor?

— Primeiro eu quero saber se os telegramas mandados do seu navio são documentos confidenciais.

— Desculpe. Acho que não entendi.

— Comandante Steerforth, desde que estou a bordo mandei muitas mensagens de caráter inteiramente privado. Esta manhã, bem cedo, um grupo de passageiros estava lendo essas mensagens em voz alta na sala do telégrafo.

— Isso pode ser facilmente verificado. Quantos telegramas foram?

— Não sei exatamente. Uma dezena, mais ou menos.

— E quando o senhor os mandou?

— Em várias ocasiões durante os primeiros dias da viagem.

O comandante Steerforth parecia perplexo.

— Mas este é apenas o nosso quinto dia de viagem, senhor — disse ele.

— Ah, o senhor tem certeza? — indagou o senhor Pinfold, desconsertado.

— Claro, tenho certeza.

— Parece mais tempo.

— Venha comigo até a sala do telégrafo para examinarmos isso.

A sala do telégrafo ficava a apenas duas portas da cabine do comandante.

— Esse é o senhor Pinfold, um passageiro.

— Sim, senhor. Nós já o vimos antes.

— Ele quer lhe perguntar sobre telegramas mandados.

— Podemos verificar isso facilmente, senhor. Quase não tivemos tráfego privado. — Ele abriu um arquivo ao seu lado e disse: — É este. De anteontem. Foi mandado uma hora depois de ter sido entregue.

Ele mostrou o texto do senhor Pinfold: "Totalmente curado. Todo amor".

— Mas e os outros? — perguntou o senhor Pinfold.

— Não há outros, senhor.
— Há mais uns dez.
— Apenas esse. Eu saberia, posso lhe garantir.
— Mandei um de Liverpool, na noite em que embarquei.
— Esse foi pelo telégrafo do posto do correio, senhor.
— E o senhor não tem uma cópia aqui?
— Não, senhor.
— Então como é que ele pôde ser lido em voz alta por um grupo de passageiros nesta sala às oito da manhã? — perguntou o senhor Pinfold.
— Impossível — respondeu o operador do telégrafo. — Eu estava de plantão nessa hora. Não havia passageiros aqui.

Ele e o comandante trocaram olhares.

— Isso responde a todas as suas perguntas, senhor Pinfold? — indagou o comandante.
— Não totalmente. Posso voltar à sua cabine?
— Se quiser.

Quando eles se sentaram, o senhor Pinfold disse:

— Comandante Steerforth, sou vítima de uma brincadeira de mau gosto.
— Realmente parece — disse o comandante.
— Não é a primeira vez. Desde que eu embarquei neste navio... o senhor diz que foi há apenas cinco dias?
— Na verdade quatro.
— Desde que embarquei estou sendo vítima de brincadeiras e ameaças. Não estou fazendo nenhuma acusação. Não sei o nome dessas pessoas. Nem mesmo sei como são elas. Eu não estou pedindo uma investigação oficial... por enquanto. O que sei é que os líderes são uma família de quatro pessoas.

— Não acho que tenhamos alguma família a bordo — disse o comandante, pegando na escrivaninha a lista de passageiros —, com exceção dos Angels. E não posso imaginar que eles sejam o tipo de pessoas que faz brincadeiras de mau gosto com ninguém. São uma família muito discreta.

— Muitas pessoas que estão viajando não constam nessa lista.

— Ninguém ficou de fora, eu lhe garanto.

— Fosker, por exemplo.

O comandante Steerforth virou as páginas.

— Não — disse ele. — Não há nenhum Fosker.

— E o homenzinho moreno que se senta sozinho no salão de jantar?

— Aquele? Eu o conheço bem. Viaja conosco com freqüência. É o senhor Murdoch, está aqui na lista.

Desconsertado, o senhor Pinfold mudou de assunto, tomando um rumo sugerido pelas refeições solitárias do senhor Murdoch.

— Outra coisa, comandante. Aprecio muito a honra de ser convidado a fazer parte da sua mesa no salão de jantar. Mas a verdade é que eu não me enquadro na sociedade humana, neste exato momento. Tenho tomado umas pílulas cinzas, coisa muito forte, para reumatismo, sabe? Eu de fato fico melhor sozinho. Assim, se o senhor não me achar rude...

— Fique onde o senhor quiser, senhor Pinfold. Só precisa avisar o chefe dos camareiros.

— Por favor, compreenda que eu não vou por causa de alguma pressão externa. Apenas não estou bem.

— Entendo perfeitamente, senhor Pinfold.

— Eu me reservo o direito de voltar, se me sentir melhor.

— Por favor, fique exatamente onde o senhor quiser, senhor Pinfold. Era só isso que o senhor queria dizer?

— Não. Há mais uma coisa. A cabine onde estou. O senhor precisa mandar examinar a fiação. Não sei se o senhor tem conhecimento disso, mas freqüentemente eu ouço coisas que estão sendo ditas aqui, na ponte e em outras partes do navio.

— Eu não sabia — disse o comandante Steerforth. — Isso é absolutamente incrível.

— Eles usaram esse defeito nas suas brincadeiras de mau gosto. Incomoda muito. Eu gostaria de mudar de cabine.

— Isso é muito fácil. Temos duas ou três cabines desocupadas. Se o senhor falar com o comissário de bordo... Isso é tudo, senhor Pinfold?

— É — respondeu o senhor Pinfold. — Muito obrigado. Fico-lhe muito agradecido. E o senhor compreendeu mesmo o meu desejo de mudar de mesa? Não acha que é rude?

— Sem nenhum ressentimento, senhor Pinfold. Bom-dia.

O senhor Pinfold saiu da cabine nada contente com a entrevista. Parecia-lhe que ele havia falado demais ou de menos. Mas tinha atingido alguns objetivos limitados e, animado, foi tratar de seus assuntos com o comissário de bordo e com o chefe dos camareiros. Deram-lhe a mesa que fora do senhor Murdoch. Das várias cabines, ele escolheu uma pequena, próxima do bar de varanda que dava acesso imediato ao convés de passeio. Ali ele certamente estaria a salvo de ataque físico.

Ele voltou à cabine para supervisionar a retirada de seus pertences. As vozes começaram imediatamente, mas ele estava muito ocupado com o camareiro que falava inglês e não as ouviu enquanto via suas roupas e pertences serem acomodados e levados. Então ele examinou brevemente aquele cenário do seu sofrimento e prestou atenção a elas. Estava contente por ver que, por mais incom-

pleto que lhe parecesse, o esforço que fizera pela manhã havia desanimado seus inimigos.
— Sua cobrinha imunda. — Naquela manhã havia um quê de medo no ódio de Goneril. — O que foi que você andou dizendo para o comandante? Vamos acertar as contas. Você esqueceu o ritmo três por oito? Você deu a ele os nossos nomes? Deu?
O irmão de Margaret estava positivamente conciliador:
— Veja, Gilbert, meu velho, nós não queremos outras pessoas metidas nessa questão, não é mesmo? Podemos resolver tudo entre nós, não podemos, Gilbert?
Margaret tinha um tom acusador; não por causa do drama daquela noite; toda a tempestade de emoção parecia ter passado sem deixar sinais mais sérios do que nuvens de trovoada no azul do verão. Na verdade, em todo o seu relacionamento posterior ela nunca mencionou o fiasco. Ela o repreendeu pela visita ao comandante.
— É *contra as Regras*, querido, você não percebe? Nós todos precisamos jogar de acordo com as Regras.
"Mas eu não estou jogando."
— Ah, está, querido, está. Todos nós estamos. Não podemos evitar isso. E uma Regra diz que ninguém mais pode saber. Se você não entende alguma coisa, pergunte para mim.
Pobre criança abandonada, pensou o senhor Pinfold, as más companhias a haviam estragado. Depois dos constrangimentos da noite Margaret havia perdido a sua confiança, mas ele a amava um pouco e achava desumano abandoná-la por completo, como havia pensado em fazer. Fora muito fácil sair do alcance deles. Eles haviam confiado demais, esses jovens agressivos, em seu brinquedo mecânico. E agora ele o estava quebrando.
"Margaret", disse ele. "Não sei nada sobre as suas normas e não estou jogando nenhum jogo com nenhum de vocês. Mas gos-

taria de me encontrar com você. Venha ter comigo no convés qualquer hora que você quiser."

— Querido, você sabe que eu anseio por isso. Mas não posso. Você sabe, não sabe?

"Não", disse o senhor Pinfold. "Francamente eu não sei. Deixo a seu critério. Para mim chega", e ele saiu pela última vez da cabine assombrada.

Era meio-dia, a hora social em que se pagava o sorteio e pediam-se os coquetéis. De sua nova cabine, onde o novo camareiro estava arrumando suas coisas, o senhor Pinfold ouvia a tagarelice no bar. Ele ficou ali sozinho, pensando na facilidade com que a mudança fora feita.

Repetia para si mesmo tudo o que havia sido falado na cabine do comandante: "Não acho que tenhamos alguma família a bordo, com exceção dos Angels". Angel. E subitamente o senhor Pinfold compreendeu, não tudo, mas o fulcro daquele mistério. Angel, o homem irônico da BBC. "Não são fios, querido. *Sem fios.*" Angel, o homem com os conhecimentos técnicos para usar os defeitos das comunicações do *Calibã*, talvez para provocá-los. Angel, o homem barbudo — "O que os barbeiros fazem, além de cortar o cabelo?" —, Angel, que tinha uma tia perto de Lychpole e podia tê-la ouvido comentar os boatos deturpados daquele ambiente rural. Angel, que "até certo ponto" havia esperado que Cedric Thorne se suicidaria; Angel, que tinha má vontade com a pobre figura que ele esculpiu em Lychpole e que tivera a sorte de encontrar o senhor Pinfold sozinho, doente e inerme, pronto para a desforra. Angel era o vilão, ele e sua sinistra sócia — amante? colega? —, a quem o senhor Pinfold havia apelidado de "Goneril". E Angel tinha ido longe demais. Ele agora estava receoso de que seus superiores em Londres tivessem se inteirado de sua extravagância. E eles iriam saber; o senhor Pinfold ia cuidar disso quando voltasse à Inglaterra. Podia ser até que escrevesse do navio. Se, como parecia provável, ele estava viajando a trabalho, a BBC teria algo a dizer para o jovem Angel, barbudo ou barbeado.

Muitas passagens da história dos últimos dias permaneciam obscuras tendo em vista esse dado novo. O senhor Pinfold sentia-se como se tivesse chegado ao fim de um ingênuo e antiquado romance de detetive lido com muita desatenção. Agora ele sabia quem era o vilão e começou a voltar as páginas para observar as pistas que deixara passar despercebidas.

Não era a primeira vez que no *Calibã* o meio-dia trazia uma ilusão de normalidade sem pontos obscuros.

A mudança de cabine não foi o triunfo tático que o senhor Pinfold supôs por um curto período de tempo. Ele era como um comandante cujo ataque "golpeava o ar". O posto que havia tomado, que lhe parecera a chave da posição do inimigo, se mostrou vazio, um simples componente do logro que mascarava um sistema meticuloso e solidamente mantido; a força que ele supôs ter liqüidado estava ainda maior e pronta para o contra-ataque.

O senhor Pinfold descobriu, antes de descer para o seu primeiro almoço solitário, que o raio de ação de Angel não se limitava à primeira cabine e ao canto do saguão. De algum ponto de controle móvel ele falava e ouvia em qualquer parte do navio, e nos dias seguintes o senhor Pinfold, onde quer que estivesse, ouvia, não podia evitar ouvir, tudo o que era dito no QG de Angel. Vivendo, andando e comendo totalmente sozinho agora, mal cumprimentando Glover ou a senhora Scarfield, o senhor Pinfold ouvia e falava apenas com seus inimigos, e hora após hora, dia após dia, noite após noite, juntava cuidadosamente as peças intrincadas de uma trama mais moderna e terrível do que tudo o que havia nos livros clássicos de ficção policial.

A mudança de cabine do senhor Pinfold tinha aturdido momentaneamente Angel e sua equipe (havia cerca de uma dezena de homens e mulheres, todos eles jovens, basicamente os mesmos da orquestra); além disso parecia provável que o sobressalto do dia anterior, quando circulou pelo navio o boato de que ele havia se atirado no mar, era muito legítimo. De qualquer modo, a primeira preocupação de Angel era de que o senhor Pinfold devia ser mantido em observação contínua. Comunicações imediatas sobre todos os seus movimentos eram mandados para o QG. Essas comunicações eram concisas e concretas.

"Gilbert sentou-se para almoçar... Está lendo o cardápio... Está pedindo vinho... Pediu um prato de presunto frio."

Quando se deslocava, ele passava a ser observado por outras pessoas, que estavam sempre se revezando.

"Gilbert está indo para o convés principal. Assuma, B."

"OK, A. Gilbert agora está se aproximando da porta de bombordo. Assuma, C."

"OK, B. Gilbert está andando pelo convés no sentido anti-horário. Está se aproximando da porta principal, do lado de estibordo. Para você, B."

"Ele está se sentando com um livro."

"OK, B. Fique a postos no saguão. Comunique qualquer movimento. Vou dispensá-lo às três."

O senhor Pinfold, olhando um a um os ocupantes do saguão, se pôs a imaginar qual deles seria B. Mais tarde ficou claro que cerca da metade dos passageiros havia sido recrutada por Angel para tarefas de observação. Eles consideravam aquilo um inócuo jogo de salão.

Do restante, alguns nada sabiam sobre o que estava acontecendo — entre eles, Glover e os Scarfields —, outros achavam aquilo tudo uma tolice. O grupo que estava no controle da situação ocupava a sala da equipe, onde os comunicados eram organizados e surgiam investigações. De poucas em poucas horas fazia-se uma reunião, quando Angel coletava e discutia notas dos seus observadores, rascunhava-as num relatório coerente e as entregava para uma garota que as datilografaria. Ele se mantinha sempre de bom humor e muito animado.

"Isto é ótimo. Esplêndido... Palavra de honra, aqui o Gilbert se traiu... Importantíssimo... Sobre isso nós teríamos de conseguir mais detalhes..."

Qualquer coisa que o senhor Pinfold tivesse dito ou feito ou pensado naquele dia ou em sua vida pregressa parecia importante. Angel zombava, mas dava o devido valor. A intervalos, dois homens mais velhos — não os generais, embora aqueles homens tivessem mais afinidade com eles do que com os jovens turbulentos — submetiam o senhor Pinfold a um questionário direto. A inquisição parecia ser a essência da empresa. Procedia-se a ela sempre que o senhor Pinfold se sentava no saguão ou ficava na cabine, e ele estava tão curioso quanto às motivações e à mecânica da coisa que até certo ponto colaborou, durante as primeiras 24 horas. Os inquisidores pareciam ter um dossiê enorme mas incompleto e grosseiramente inexato que cobria toda a vida privada do senhor Pinfold. Eles tinham a incumbência de preencher os vazios. Eram meio advogados e meio burocratas.

— Onde você estava em janeiro de 1929, Pinfold?

"Não sei, realmente."

— Talvez eu possa refrescar a sua memória. Tenho aqui uma carta sua escrita no Mena House Hotel, no Cairo. Você estava no Egito em 1929?

"Sim, acho que sim."
— O que você estava fazendo lá?
"Nada."
— Nada? Assim não é possível, Pinfold. Quero uma resposta melhor.
"Eu estava apenas viajando."
— Claro que você estava viajando. Seria impossível ir até o Egito sem viajar, imagino. Quero a verdade, Pinfold. *O que você estava fazendo* no Egito em 1929?
Numa outra ocasião:
— Quantos pares de sapatos você tem?
"Não sei, realmente."
— Você *tem* de saber. Mais ou menos uma dúzia?
"Sim, imagino."
— Aqui está escrito que você tem dez.
"Pode ser."
— Então por que você me disse que era uma dúzia, Pinfold? Ele disse uma dúzia, não foi?
"Muito claramente."
— Eu não gosto disso, Pinfold. Você tem de dizer a verdade. Apenas a verdade pode ajudá-lo.
Às vezes eles se voltavam para assuntos mais próximos.
— Mais de uma vez você se queixou de sofrer com os efeitos de umas pílulas cinzas. De onde elas vieram?
"Do meu médico."
— Você acha que ele mesmo as fabricou?
"Não, acho que não."
— Então responda direito à minha pergunta. De onde vieram as pílulas?
"Eu realmente não sei. Suponho que de algum farmacêutico."

— Exatamente. Você ficaria surpreso se eu lhe dissesse que elas vieram da Wilcox e Bredworth?
"Não particularmente."
— *Não particularmente*, Pinfold? Devo adverti-lo de que você precisa ter cuidado. Você não sabe que Wilcox e Bredworth é um dos laboratórios mais respeitados do país?
"Sim."
— E você o acusa de estar fabricando medicamentos perigosos?
"Imagino que eles manipulem grandes quantidades de veneno."
— Você quer dizer que está acusando a Wilcox and Bredworth de conspirar com o seu médico para envenená-lo?
"Claro que não."
— Então o que você está querendo dizer?

Às vezes suas acusações eram tão fantásticas, com aquelas vozes duras, precisas, quanto as que os desordeiros e os mexeriqueiros lhe haviam feito. Eles o pressionavam para obter informações sobre o suicídio de um oficial no Oriente Médio — um homem que, até onde o senhor Pinfold sabia, estava saudável e próspero quando a guerra acabou — que eles atribuíam à maldade do senhor Pinfold. Desenterraram as velhas acusações da expulsão de Hill e do enterro como indigente do pai da mulher dele. Eles o interrogaram sobre uma reivindicação que ele nunca fizera, de ser sobrinho de um bispo anglicano.

Uma ou duas vezes durante esses dias Angel organizou um *ragtime*, mas como o senhor Pinfold ouviu os preparativos ele não ficou tão aterrorizado quanto acontecera nos exercícios anteriores.

Certa manhã, bem cedo, ele ouviu Angel anunciar:

— Hoje vamos montar a Operação Tempestade. — E logo que a vida voltou ao navio e os passageiros começaram o seu dia, todas as conversas, quando eles passavam pelo senhor Pinfold ou o senhor Pinfold passava por eles, eram sobre um aviso de vendaval. "...O comandante diz que vamos entrar exatamente dentro dele."

"Uma das piores tempestades de que ele já ouviu falar no Mediterrâneo..."

O dia estava luminoso e calmo. O senhor Pinfold não se amedrontava — na verdade, ele até se encantava — com o tempo tempestuoso. Depois de uma hora dessa simulação Angel mandou cancelá-la.

— Não funcionou — disse ele. — Operação encerrada. Gilbert não está com medo.

— Ele é um bom marinheiro — comentou Margaret.

— Ele não se importa de perder o almoço — disse Goneril.

— A comida não é boa o suficiente para ele.

— Operação Bolsa de Valores — ordenou Angel.

Esse desempenho era ainda mais tolo que o anterior. O método era o mesmo, uma série de conversas destinadas aos seus ouvidos. O tema era um colapso financeiro que havia subitamente atirado ao caos as bolsas de todo o mundo. Ao passarem por ele ou se debruçarem sobre o tricô, os passageiros conscienciosamente comentavam sobre enormes quedas nos preços das ações nas principais cidades do mundo, o suicídio de financistas, o fechamento de bancos e corporações. Eles citavam dados. Referiam-se às empresas que tinham falido. Tudo isso, mesmo na hipótese de ele acreditar, teria sido de interesse muito remoto para o senhor Pinfold.

— Ouvi falar que a fortuna do senhor Pinfold está totalmente aniquilada — disse a senhora Benson para a senhora Cockson (elas haviam voltado à língua materna).

O senhor Pinfold não tinha fortuna. Era dono de uns poucos campos, uns poucos quadros, uns poucos livros valiosos e de seus direitos autorais. No banco ele tinha uma pequena quantia sacada a descoberto. Nunca em sua vida havia posto um único tostão a juros. Os conhecimentos técnicos financeiros mais rudimentares eram grego para ele. Era muito estranho, pensou ele, que essas pessoas pudessem se manter tão ocupadas investigando seus negócios e soubessem tão pouco deles.

— Operação cancelada — anunciou Angel depois de algum tempo.

— O que é que deu errado?

— Eu gostaria de saber. Gilbert não está mais reagindo ao tratamento. Nos primeiros dias nós o mantínhamos num corre-corre. Agora parece que ele está tonto.

— Ele está numa espécie de pasmaceira.

— Ele não está dormindo o suficiente.

Isso de fato era verdade. Desde que seu sonífero terminara o senhor Pinfold poucas vezes tinha tido mais de uma hora ininterrupta de sono leve e agitado. As noites eram um período difícil para ele. Sentado sozinho no saguão, envergando seu *smoking*, ele observava os outros passageiros, aquela atividade distraindo-o um pouquinho das vozes dos seus inimigos, tentando resolver quais eram os seus amigos, quais eram neutros, até que o último deles fosse para baixo e as luzes se apagassem. Então, sabendo o que o esperava, ia para a cabine e se despia. Ele havia desistido de tentar rezar; as conhecidas palavras santificadas levavam Goneril a apresentar uma ruidosa paródia blasfema.

Ele ficava deitado sem esperar um grande repouso. Angel tinha em seu QG um instrumento elétrico que mostrava com precisão o estado de consciência do senhor Pinfold. Ele se compunha, segundo supunha o senhor Pinfold, de um tubo de vidro contendo duas linhas paralelas de luz vermelha que continuamente se aproximavam ou se afastavam, como fios de telégrafo vistos de um trem. Elas se aproximavam uma da outra quando ele ficava sonolento e se cruzavam quando ele dormia. Um encarregado de plantão seguia as suas flutuações.

— ... Muito desperto... agora adormecendo... elas estão quase se tocando... só uma linha... elas vão se cruzar... não, bem acordado novamente... — E quando ele acordava, depois dos breves turnos de insensibilidade, sua primeira sensação era sempre a voz do observador: — Gilbert está acordado outra vez. Cinqüenta e um minutos.

— Melhor que da vez anterior.

— Mas não é suficiente.

Certa noite eles tentaram tranqüilizá-lo tocando um disco feito especialmente para esse fim por cientistas suíços. Esses sábios tinham concluído, a partir de experiências feitas num sanatório para trabalhadores industriais neuróticos, que os ruídos mais soníferos eram os das fábricas. Na cabine do senhor Pinfold repercutia o ronco e o clangor da maquinaria.

— Seus malditos idiotas — gritou ele exasperado —, *eu* não sou operário. Vocês estão me deixando louco.

— Não, não, Gilbert, você *já* está louco — disse o encarregado de plantão. — Nós estamos cuidando de lhe devolver a sanidade.

O rebuliço continuou até Angel iniciar seu turno de inspeção.

— Gilbert ainda não dormiu? Vejamos o seu registro. "*0312 horas. Seus malditos idiotas, eu não sou operário. Vocês estão me deixando louco.*" Acho que estamos. Tire esse disco. Ele precisa de alguma coisa rural.

A partir de então e durante muito tempo rouxinóis cantaram para o senhor Pinfold, que no entanto continuou desperto. Ele saiu para o convés e se inclinou sobre a balaustrada.

— Vamos, Gilbert, pule. Vamos lá — disse Goneril. O senhor Pinfold não sentia a menor tentação de obedecer. — Tem medo da água.

"Sei tudo sobre aquele ator", disse o senhor Pinfold. "Aquele que era amigo do Angel e se enforcou no quarto dele."

Essa era a primeira vez que ele revelava conhecer a identidade de Angel. O efeito foi imediato. Todo o pretenso bom humor de Angel desapareceu.

— Por que você me chama de Angel? — perguntou ele ferozmente. — Que diabo você quer dizer com isso?

"É o seu nome. Eu sei exatamente o que você está fazendo para a BBC" — isso era um blefe —, "sei exatamente o que você fez com o Cedric Thorne. Sei exatamente o que você está tentando fazer comigo."

— Mentiroso. Você não sabe nada.

— Mentiroso — disse Goneril.

— Eu avisei vocês — disse Margaret — que Gilbert não é nenhum bobo.

O QG foi tomado pelo silêncio. O senhor Pinfold voltou para a cama, deitou-se e dormiu até o camareiro chegar com o chá. Angel falou imediatamente com ele. Sua disposição de espírito havia se moderado.

— Olhe, Gilbert, você se enganou conosco. O que nós estamos fazendo não tem nada a ver com a BBC. É uma coisa totalmente particular. E quanto ao Cedric, não foi culpa nossa. Ele nos procurou tarde demais. Fizemos tudo o que podíamos por ele. Era um caso perdido. Por que você não responde? Você não está me ouvindo, Gilbert? Por que você não responde?

O senhor Pinfold ficou em silêncio. Estava chegando a uma explicação completa.

*

O senhor Pinfold nunca foi capaz de fazer um relato totalmente coerente, para si mesmo ou para qualquer outra pessoa, de como afinal conseguiu desvendar o mistério. Ele ouviu muito, direta e indiretamente; raciocinou com muito rigor; seguiu muitas pistas falsas e chegou a muitas conclusões absurdas; mas, afinal, ficou satisfeito por conhecer a verdade. Então ele se sentou e detalhadamente escreveu sobre isso à sua mulher:

Querida,
    Como disse no meu telegrama, estou totalmente curado das dores. Por esse aspecto a viagem foi um sucesso, mas constatei que este não é um navio feliz e resolvi desembarcar em Port Said e continuar a viagem por avião.
    Você se lembra daquele sujeito barbudo que foi a Lychpole pela BBC? Ele está a bordo com uma equipe, com destino a Aden. Vão fazer gravações de música árabe de dança. O sujeito se chama Angel. Ele raspou a barba. Por isso eu não o identifiquei a princípio. Ele está com algumas pessoas da sua família — uma irmã muito simpática —, que viajam a passeio. Eles parecem ser primos de muitos vizinhos nossos. Talvez você pudesse investigar isso. Esse pessoal da BBC tem sido um enorme aborrecimento para mim a bordo. Eles trouxeram uma grande quantidade de aparelhos, a maioria deles inovações e experiência. Eles têm uma coisa que é na verdade uma forma glorificada da Caixa de Reggie Upton. Nunca mais rio do pobre Caixeta. Tem muita coisa nessa caixa. Até mais do que ele imagina. A Caixa de Angel fala e ouve. Na verdade, eu passo a maior parte dos dias e noites conversando com pessoas que nunca vejo. Elas estão tentando me psicanalisar. Sei que isso parece absurdo. No final da guerra os alemães estavam desenvolvendo essa Caixa para interro-

gar os prisioneiros. Os russos a aperfeiçoaram. Eles não precisam de nenhum dos antigos meios físicos de persuasão. Os existencialistas em Paris começaram usando-a para psicanalisar pessoas que não se apresentavam voluntariamente para tratamento. Primeiro eles quebram a resistência do paciente representando todo tipo de cenas violentas que ele acredita estarem realmente acontecendo. Eles o confundem até ele não conseguir distinguir entre os sons naturais e os provocados por eles. Fazem todo tipo de acusações absurdas contra ele. Então, quando conseguem dele uma disposição receptiva, começam a sua psicanálise. Como você pode imaginar, é uma invenção diabólica se cai em mãos erradas. As de Angel são totalmente erradas. Ele é um amador e um idiota presunçoso. Aquele jovem que me entregou as passagens no hotel foi lá para medir minhas "Ondas da Vida". Acho que eles poderiam perfeitamente registrá-las no navio. Talvez haja em Londres algum aparelho que eles precisem pegar para examinar cada pessoa. Não sei. Ainda há muita coisa nesse negócio que eu não entendi. Quando voltar vou fazer umas investigações. Não sou a primeira pessoa em quem eles testaram o método. Eles já levaram um ator ao suicídio. Tenho grandes suspeitas de que eles trabalharam com o pobre Roger Stillingfleet. Na verdade, acho que ainda descobriremos que alguns amigos nossos que ultimamente se comportaram de modo estranho conosco sofreram nas mãos do Angel.

    De qualquer maneira, eles não foram bem-sucedidos comigo. Eu adivinhei o que eles queriam. Tudo o que eles fizeram foi me impedir de trabalhar. Por isso eu os estou deixando. Vou direto para a Galleface de Colombo procurar nas vizinhanças um lugar tranqüilo nas montanhas. Telegrafarei quando chegar, o que deverá acontecer mais ou menos no dia em que você receber esta carta.

Todo o meu amor.
G.

— Gilbert — disse Angel —, você não pode mandar essa carta.
"Claro que vou mandá-la. Por avião, de Port Said."
— Isso vai complicar as coisas.
"Assim espero."
— Você não percebe a importância do trabalho que estamos fazendo. Você assistiu à peça *Cocktail Party*? Lembra-se do segundo ato? Nós somos como aquelas pessoas, um grupinho que faz o bem, que jurou segredo e trabalha nos bastidores por toda a parte...
"Você é um intrometido pretensioso."
— Olha aqui, Gilbert...
"E quem foi que o autorizou a usar o meu nome de batismo?"
— Gilbert.
"Senhor Pinfold, para você."
— Senhor Pinfold, admito que não tratamos adequadamente o seu caso. Vamos deixá-lo em paz se o senhor destruir essa carta.
"*Eu* estou deixando *vocês*, meu bom Angel. Essa questão não se coloca."
Goneril se intrometeu:
— Vamos mandar você para o inferno por causa disso, Gilbert. Nós ainda acertamos as contas com você, você sabe disso. Nunca vamos deixá-lo escapar. Você está nas nossas mãos.
"Ah, cale a boca", disse o senhor Pinfold.

Ele se sentiu dominando o campo: pego desprevenido, com armas primitivas, traiçoeiramente emboscado quando, de certo modo, estava sob a cobertura da Cruz Vermelha, ele havia atraído e derrotado o inimigo. A magnífica estratégia que eles haviam traçado tinha se frustrado totalmente. Tudo o que agora eles podiam fazer era atacar à distância.

Eles fizeram isso continuamente durante as últimas 24 horas de sua viagem. O senhor Pinfold tomou suas providências em meio a um rumor de vozes que zombavam, ameaçavam e adulavam. E informou ao comissário de bordo sua intenção de deixar o navio e mandar uma mensagem pelo telégrafo reservando uma passagem aérea para Colombo.

"Você não pode ir, Gilbert. Eles não vão deixá-lo sair do navio. O médico tem estado de olho em você. Ele vai mandá-lo para um hospício porque você está louco, Gilbert... Você não tem dinheiro. Não pode alugar um carro... Seu passaporte expirou na semana passada... No Egito eles não aceitam *traveller's cheques*... "Ele tem dólares, o animal." "Mas isso é contravenção. Ele deveria ter declarado esse dinheiro. Vão pegá-lo por isso." "Não vão permitir que você atravesse a zona militar, Gilbert" (isso foi em 1954). "O Exército o mandará de volta. Terroristas egípcios estão bombardeando carros particulares na estrada do canal."

O senhor Pinfold devolveu o ataque com as armas dos inimigos. Ele era obrigado a ouvir tudo o que eles diziam. Eles eram obrigados a ouvi-lo. Eles não podiam medir suas emoções, mas todos os pensamentos que assumiam forma verbal em sua mente eram audíveis no QG de Angel e eles eram incapazes, aparentemente, de desligar sua caixa. O senhor Pinfold se preparou para vencê-los pelo puro tédio. Pegou na biblioteca do navio um exemplar de *Westward Ho!* e leu o livro muito lentamente, hora após hora. A princípio Goneril tentou corrigir sua pronúncia. A princípio Angel fingiu detectar significados psicológicos nas diferentes ênfases que ele dava às palavras. Mas depois de mais ou menos uma hora eles desistiram dessas simulações e gritaram em claro desespero: "Gilbert, pelo amor de Deus, pare!"

Então o senhor Pinfold passou a atormentá-los fazendo uma algaravia com o texto, lendo linhas alternadas, palavras alternadas, lendo de trás para a frente, até eles pedirem uma pausa. Hora após hora o senhor Pinfold prosseguia lendo, sem remorso.

Na sua última noite no navio ele se sentiu magnânimo em relação a todos, menos Angel e Goneril. Corria no navio a notícia de que ele os estava deixando, e enquanto passeava entre os passageiros ele observou um pesar genuíno nos fragmentos de conversa que ouvia.

— É mesmo por causa daquele jogo do senhor Angel? — ele ouviu a senhora Benson perguntar.

— Ele está muito aborrecido com todos nós.

— Não se pode culpá-lo por isso. Agora lamento ter participado daquilo.

— Na verdade não foi nem tão divertido. Eu realmente não percebi qual era o objetivo.

— E isso lhe custou muito dinheiro, além do mais. Ele com certeza pode pagar, mas de qualquer modo é injusto.

— Eu nunca acreditei em metade do que se falava dele.

— Gostaria de tê-lo conhecido. Ele deve ser realmente muito agradável.

— É um homem muito distinto e nós nos comportamos com ele como um bando de crianças mal-educadas.

Não havia agora nem ódio nem zombaria em nenhuma das conversas. Naquela tarde ele foi ao encontro dos Scarfields antes do jantar.

— Dentro de dois dias começará a esquentar — disse ela.

— Eu não estarei aqui.

— Não estará aqui? Achei que o senhor estava indo para Colombo.

Ele explicou a mudança de plano.

— Ah, que pena — lamentou ela com uma inocência inequívoca. — É só depois de Port Said que realmente começamos a conhecer as pessoas.

— Acho que vou jantar na mesa de vocês esta noite.

— Vá mesmo. Temos sentido a sua falta.

Assim, o senhor Pinfold voltou à mesa do comandante e pediu champanhe para todos. Ninguém, com exceção do comandante, soubera até então que ele estava abandonando o cruzeiro. Durante todo o tumulto da viagem esse pequeno grupo tinha ficado isolado e ignorava o que havia acontecido. O senhor Pinfold ainda não tinha certeza quanto ao comandante. Aquele marinheiro tranqüilo tinha examinado os acontecimentos com um olho de Nelson que ficava muito além do âmbito da sua imaginação.

— Lamento não tê-lo mais conosco, sobretudo agora que o senhor está se sentindo muito melhor — disse ele erguendo sua taça. — Espero que o senhor tenha um vôo confortável.

— Negócios urgentes, suponho — arriscou Glover.

— Só impaciência — respondeu o senhor Pinfold.

Ele continuou com o grupo. Glover lhe deu nomes de alfaiates competentes em Colombo e de bons hotéis nas montanhas, favoráveis ao trabalho literário. Terminado o jantar, o senhor Pinfold se despediu, pois o *Calibã* deveria chegar no porto cedo e todos estariam ocupados na manhã seguinte.

No trajeto até a cabine ele encontrou a figura morena do senhor Murdoch, que parou e lhe dirigiu a palavra. Tinha modos afáveis e uma fala condimentada com os sabores do Norte industrial.

— O comissário de bordo disse que amanhã o senhor desembarca — disse ele. — Eu também. Como o senhor pretende ir para o Cairo?

— Na verdade eu não pensei nisso. De trem, imagino.

— Já esteve num trem de amarelos? É imundo e lento. Vou lhe propor uma coisa: minha empresa vai mandar um carro para mim. Eu o levaria com prazer.

Assim, ficou combinado que eles viajariam juntos.

A noite ainda pertenceu a Angel e Goneril.

"Não confie no Murdoch", sussurraram eles. "Ele é seu inimigo." Não havia paz na cabine, e o senhor Pinfold continuou no convés, vigiando os débeis faróis de Port Said, reconheceu sua luz, viu o piloto aproximar-se do navio numa lancha com oficiais envergando barretes turcos, viu a zona portuária tornar-se nítida, cheia de gente até nessa hora matinal, com biscateiros e vendedores de escaravelhos.

Na agitação do início da manhã e das sucessivas entrevistas com os oficiais do porto, o senhor Pinfold de vez em quando tinha consciência de que Goneril e Angel ainda estavam matraqueando, continuando a tentar em vão impedi-lo de prosseguir. Só quando finalmente desceu pelo portaló eles se calaram. O senhor Pinfold já havia estado várias vezes em Port Said. Nunca esperara ter afeição por aquele lugar. Naquele dia ele sentiu. Observou pacientemente enquanto oficiais de barba por fazer, cigarro na boca, examinavam seu passaporte e sua bagagem. Pagou animadamente uma série de imposições absurdas. Um agente inglês da empresa do senhor Murdoch advertiu-os:

— ...Muita vigilância agora. Na semana passada um sujeito contratou um carro com motorista para ir para o Cairo. O amarelo saiu da estrada logo depois de Ismaília e entrou numa aldeia. Ele foi agredido e roubaram toda a sua bagagem. Levaram até a roupa que ele vestia. Quando a polícia o pegou, ele estava nu em pêlo. E tudo o que lhe disseram é que ele devia se dar por muito satisfeito porque não lhe tinham cortado o pescoço.

O senhor Pinfold não se preocupou. Pôs no correio a carta para a sua mulher. Ele e o senhor Murdoch beberam uma garrafa de cerveja e um café, e precisaram mandar limpar as botas duas ou três vezes. De onde ele estava sentado podia-se ver claramente as chaminés do *Calibã*, mas não lhe chegava nenhuma voz. Então ele e Murdoch afastaram-se de carro, ficando fora do campo de visão do infeliz navio.

A estrada para Cairo estava mais inamistosa do que quando a conhecera, dez anos antes, com Rommel às portas da cidade. Eles transpuseram linhas de arame farpado, pararam e mostraram o passaporte em várias barreiras, arrastaram-se na poeira atrás de comboios de caminhões do Exército, cada um com uma sentinela agachada na carroceria com uma metralhadora de prontidão. Houve uma longa parada e um exame mais rigoroso na entrada da Zona do Canal, onde soldados ingleses morenos e carrancudos foram substituídos por egípcios morenos e carrancudos que usavam uniformes quase idênticos. Murdoch era um homem de poucas palavras, e o senhor Pinfold ficou sentado fechado em seu próprio espaço impenetrável.

Certa vez durante a guerra ele havia freqüentado um curso de pára-quedismo, que terminara de forma vergonhosa com ele caindo na primeira descida e fraturando uma perna, mas ele conservava na memória essa experiência como sendo a mais serena e mais sublime de sua vida, o momento de libertação em que ele voltou à consciência depois do choque do turbilhão da hélice. Um quarto de minuto antes ele havia se agachado sobre a entrada aberta do teto do avião, no lusco-fusco e sob um barulho ensurdecedor, o corpo envolvido pelos arneses, rodeado por preocupados colegas aprendizes. Então o oficial que dava a ordem de partida sinalizou; ele mergulhou num momento de noite, para voltar a si num céu silencioso e banhado de sol, suavemente sustido pelo que lhe pareceram tiras irritantes, em absoluto isolamento. Em volta dele havia outros pára-quedas segurando outros corpos oscilantes; no solo, um instrutor berrava orientações por um megafone; mas o senhor Pinfold sentiu-se liberto de toda a comunicação humana, o único habitante de um universo particular, delicioso. O enlevo foi breve. Quase imediatamente ele soube que não estava flutuando, e sim caindo; o campo se precipitava na sua direção; poucos segundos depois ele estava deitado na grama embaraçado nas cordas, rodeado por pessoas que gritavam com ele; estava arquejante, machucado, com uma dor aguda na canela. Mas naquele momento de solidão prosaica, o senhor Pinfold, rumando para a terra, sentira o mesmo que os consumidores de haxixe, os coribantes e os gurus californianos, bem no alto da escada dos fundos do misticismo. Sua disposição de espírito na estrada para o Cairo dificilmente era menos extática.

Cairo ainda estava machucada e estripada pelos recentes tumultos. Em suas ruas uma quantidade de vendedores de selos ofereciam a coleção real. O senhor Pinfold teve dificuldade em achar um quarto. Murdoch lhe arranjou um. Houve dificuldade com sua passagem aérea, e também nisso Murdoch ajudou. Finalmente, no segundo dia, quando o porteiro do hotel providenciou todos os documentos necessários — inclusive um atestado médico e uma declaração juramentada de que ele era cristão, para uma parada na Arábia — e sua partida foi marcada para a meia-noite, Murdoch o convidou para jantar com seus sócios em Ghezira.

— Eles gostarão muito. Atualmente eles não vêem muitos ingleses. E para falar a verdade eu também estou contente por ter companhia. Não gosto muito de dirigir sozinho depois que escurece.

Assim, eles foram jantar num bloco de edifícios modernos e caros. O elevador estava estragado. Enquanto subiam a escada passaram por um soldado egípcio acocorado na porta de um apartamento, mascando castanha, com o rifle encostado atrás de si.

— Uma das princesas velhas — disse Murdoch — em prisão domiciliar.

O anfitrião e a anfitriã o cumprimentaram gentilmente. O senhor Pinfold olhou à sua volta. A sala de estar era mobiliada com os troféus de uma longa residência no Oriente. Na lareira havia a foto emoldurada de um lorde em roupas de coroação. O senhor Pinfold estudou-a.

— Esse é Simon Dumbleton?

— É sim, ele é um grande amigo. O senhor o conhece?

Antes que ele pudesse responder, outra voz irrompeu naquele cenário aconchegante.

— Não, você não conhece o velhote, Gilbert — disse Goneril. — Mentiroso. Esnobe. Você só finge que o conhece porque ele é lorde.

Capítulo 8

Pinfold se recupera

O SENHOR PINFOLD ATERRISSOU EM COLOMBO três dias depois. Tinha passado quase toda uma noite insone no avião, onde uma pársi pálida se esparramou e roncava e gemia ao lado dele; e uma segunda noite igualmente insone sozinho num hotel enorme e sem uma gota de álcool em Bombaim. De dia e à noite Angel, Goneril e Margaret tagarelavam para ele em seus vários idiomas. Ele estava se transformando na mãe de filhos rebeldes que aprende a fazer tudo o que tem de fazer com a mente ignorando o que eles falam; com a diferença de que ele não tinha de fazer nada. Poderia ficar sentado horas a fio esperando em qualquer lugar pela refeição que ele não queria. Às vezes falava com Margaret, por puro tédio, e então ficava sabendo mais detalhes da conspiração.

"Você ainda está no navio?"

— Não. Desembarcamos em Aden.

"Todos?"

— Todos os três.

"Mas e os outros?"

— Nunca houve nenhum outro, Gilbert. Só meu irmão, minha cunhada e eu. Você viu nossos nomes na lista de passageiros: senhor, senhora e senhorita Angel. Achei que você tinha entendido tudo isso.

"Mas e sua mãe e seu pai?"

— Eles estão na Inglaterra, em casa, bem perto de Lychpole.

"Nunca estiveram no navio?"

— Querido, você é lento para compreender as coisas. O que você ouvia era o meu irmão. Ele é realmente incrível nas imitações. Foi por isso que ele ganhou o emprego na BBC.

"E Goneril é casada com o seu irmão? Nunca houve nada entre ela e o comandante?"

— Não, claro que não. Ela é infame, mas não a esse ponto. Tudo aquilo fazia parte do Plano.

"Acho que estou começando a entender. Você precisa admitir que é tudo muito complicado."

O senhor Pinfold revirou o problema em sua cabeça cansada; depois desistiu e perguntou:

"O que vocês estão fazendo em Aden?"

— Eu não estou fazendo nada. Os outros têm seu trabalho. É terrivelmente aborrecido para mim. Posso falar com você de vez em quando? Sei que não sou nem um pouco inteligente, mas vou tentar não ser aborrecida. Quero muito ter companhia.

"Por que você não vai ver a sereia?"

— Não estou entendendo.

"Em Aden havia uma sereia numa caixa, num hotel — empalhada."

— Não seja provocador, Gilbert.

"Não estou sendo provocador. E de qualquer modo isso não é para ser dito por um membro da sua família. *Provocador*, ora!"

— Ah, Gilbert, você não entende. Estávamos apenas tentando ajudá-lo.

"E quem foi que disse que eu precisava de ajuda?"

— Não fique bravo, Gilbert; não comigo. E você de fato precisava de ajuda, você sabe disso. Os planos deles freqüentemente dão muito certo.

"A essa altura vocês devem ter percebido que comigo não deu certo."

— Ah, não — disse Margaret, com tristeza. — Não deu certo de modo algum.

"Então por que vocês não me deixam só?"

— Agora eles nunca deixarão, porque têm ódio de você. E eu nunca o deixarei, nunca. Você sabe que eu te amo muito. Tente não me odiar, querido.

De Cairo a Colombo ele falava intermitentemente com Margaret. Aos Angels, marido e mulher, ele não respondia.

Ceilão era um país novo para o senhor Pinfold, mas ele não sentiu nenhuma satisfação ao chegar. Estava cansado e suado. Vestia roupas inadequadas. A primeira coisa que fez depois de deixar a bagagem no hotel foi procurar o alfaiate que Glover havia lhe recomendado. O homem prometeu trabalhar a noite inteira e ter na manhã seguinte três ternos no ponto de experimentar.

— Você está gordo demais. Vai parecer ridículo com eles. Os ternos não servirão... Você não vai poder pagá-los... O alfaiate está mentindo. Ele não vai fazer roupas para você — dizia Goneril num tom monótono.

O senhor Pinfold voltou para o hotel e escreveu à mulher:

Cheguei são e salvo. Em Colombo parece não haver muita coisa para fazer. Vou seguir viagem logo que tiver algumas roupas. Duvido muito que vá conseguir trabalhar; sofri um desapontamento com o abandono do navio. Achei que ficaria fora do alcance daqueles psicanalistas e da sua Caixa infernal. Mas isso definitivamente não aconteceu. Eles ainda me aborrecem, com todo o território indiano entre nós. Enquanto escrevo esta carta eles ficam me interrompendo. Será absolutamente impossível trabalhar no meu livro. Deve haver algum modo de cortar as "Ondas Vitais". Acho que seria útil consultar o padre Westmacott quando eu voltar. Ele sabe tudo sobre existencialismo, psicologia, fantasmas e possessão pelo diabo. Às vezes fico imaginando se quem está me molestando não é literalmente o diabo.

Ele postou a carta via aérea. Depois se sentou no terraço observando os carros novos e baratos que subiam e desapareciam. Ali, ao contrário de em Bombaim, ele podia beber. Tomou cerveja inglesa engarrafada. O céu escureceu e uma tempestade de trovões desabou. Ele saiu do terraço e foi para o majestoso saguão. Para um homem na fase de vida do senhor Pinfold, poucos agrupamentos têm apenas estranhos. No movimentado saguão um conhecido de Nova York o cumprimentou, um colecionador que trabalhava para uma das galerias de arte, em trânsito rumo a uma cidade arruinada do outro lado da ilha. Ele convidou o senhor Pinfold à sua mesa.

Nesse momento, um empregado muito cortês surgiu ao seu lado:

— Senhor Peenfold, telegrama, senhor.

Era de sua mulher, e dizia: "Imploro volte imediatamente".

A senhora Pinfold não tinha o costume de fazer apelos desse tipo. Estaria doente? Ou uma das crianças? A casa teria pegado fogo? Ela devia, evidentemente, ter lhe dado alguma explicação.

Ocorreu ao senhor Pinfold que ela poderia estar preocupada com ele. Será que na carta que ele lhe enviara de Port Said havia alguma coisa alarmante? Ele respondeu: "Tudo bem. Volto logo. Escrevi hoje. Vou ver umas ruínas" e retornou à sua nova companhia. Eles jantaram juntos animadamente, descobrindo muitos gostos, amigos e lembranças em comum. Durante toda aquela tarde, embora houvesse em seus ouvidos um murmúrio, o senhor Pinfold tinha se esquecido dos Angels. Só à noite, quando ficou sozinho no quarto, as vozes irromperam.

— Ouvimos tudo o que você disse, Gilbert. Você estava mentindo para aquele americano. Você nunca esteve em Rhinebeck. Nunca ouviu falar de Magnasco. Não conhece Osbert Sitwell.

"Ah, meu Deus", disse o senhor Pinfold, "como vocês me aborrecem!"

Entre as ruínas não estava tão quente. Eram refrescantes as ruas muito arborizadas, o espetáculo dos elefantes cinzas e dos monges de veste laranja e cabeça raspada caminhando meditativamente na poeira. Parando em pousadas, eles eram saudados e zelosamente servidos por velhos funcionários do governo inglês. O senhor Pinfold se divertiu. Na viagem de volta eles visitaram o santuário de Kandy e viram o dente de Buddha exposto de forma cerimoniosa. Com isso esgotavam-se os recursos artísticos da ilha. O americano ia prosseguir para o Extremo Oriente. Eles se separaram quatro dias depois no hotel de Colombo onde haviam se encontrado. O senhor Pinfold estava de novo sozinho e sem ter o que fazer. Estavam à sua espera um pacote de roupas entregue pelo alfaiate e outro telegrama de sua mulher: "Recebi ambas cartas. Vou encontrá-lo".

Tinha sido expedido em Lychpole naquela manhã.
— Ele odeia a mulher — disse Goneril. — Ela o aborrece, não é mesmo, Gilbert? Você não quer ir para casa, quer? Tem horror a voltar a se encontrar com a sua mulher.

Isso o fez decidir-se. Ele telegrafou: "Voltando imediatamente", e começou os preparativos.

Os três ternos eram claros, havana meio rosada ("Como você está elegante", gritou Margaret); não foram totalmente inúteis. Ele os usou em dias sucessivos; primeiro em Colombo.

Era domingo e ele foi à missa pela primeira vez desde que adoecera. As vozes o perseguiram. O táxi levou-o primeiro à igreja anglicana. "...Que diferença faz, Gilbert? De qualquer maneira é tudo bobagem. Você não acredita em Deus. Aqui não há ninguém para você se mostrar. Ninguém irá ouvir suas preces — fora nós. Nós vamos ouvi-las. Você vai rezar pedindo para ficar sozinho, não vai, Gilbert? Não vai? Mas só nós vamos ouvi-lo, e nós não vamos deixá-lo sozinho. Nunca, Gilbert, nunca..." Mas quando chegou à igrejinha católica que, ironicamente, ele constatou ser dedicada a São Miguel e os Anjos, apenas Margaret o acompanhou no interior sombrio e apinhado. Ela conhecia a missa e respondia em latim em tons cristalinos, suaves. A Epístola e o Evangelho foram lidos no vernáculo. Houve um sermão breve, durante o qual o senhor Pinfold perguntou:

"Margaret, você é católica?"

— De certo modo.

"De que modo?"

— Você não deve perguntar isso.

Então ela se levantou junto com ele para rezar o Credo e mais tarde, ao soar da campainha na Consagração, instou:

— Reze por eles, Gilbert. Eles precisam de orações.

Mas o senhor Pinfold não podia rezar por Angel e Goneril. Na segunda-feira ele providenciou a passagem. Na terça-feira passou outra noite inefavelmente tediosa em Bombaim. Na noite da quarta-feira em Karachi voltou a vestir suas roupas de inverno. Em algum ponto do mar ele deve ter passado pelo *Calibã*. Eles rumavam para bem longe de Aden. Atravessando o mundo muçulmano, as vozes de ódio perseguiam o senhor Pinfold. Foi quando eles atingiram a cristandade que Angel mudou de tom. No café da manhã em Roma, o senhor Pinfold dirigiu-se ao garçom — que falava muito bem inglês — num italiano muito ruim. Foi uma afetação que Goneril rapidamente explorou.

— *No spikka da Inglish* — zombou ela. — *Kissa da monk. Dolce far niente.*

— Cale a boca — cortou Angel. — Já chega. Preciso falar seriamente com Gilbert. Ouça, Gilbert, tenho uma proposta a lhe fazer.

Mas o senhor Pinfold não respondeu.

Durante o vôo para Paris, Angel tentou intermitentemente começar uma discussão.

— Gilbert, preste atenção. Precisamos entrar num acordo. O tempo está se esgotando. Gilbert, meu velho, seja razoável.

Seu tom passou de amistoso a adulador, e por fim era um queixume; a voz que parecera tão vigorosa era agora a voz submissa que o senhor Pinfold se lembrava de ter ouvido em seu breve encontro em Lychpole.

— Fale com ele, Gilbert — pediu Margaret. — Ele está de fato muito preocupado.

"E não é para menos. Se o seu irmão miserável quer que eu responda, ele precisa dirigir-se a mim do modo certo, como 'senhor Pinfold' ou 'Senhor'."

— Muito bem, senhor Pinfold, senhor — disse Angel.

"Assim é melhor. Mas o que você tem para me dizer?"

— Quero pedir desculpas. Fiz uma confusão com o Plano.

"É claro."

— Era uma experiência científica séria. Mas eu deixei a minha maldade pessoal prejudicá-la. Sinto muito, senhor Pinfold.

"Tudo bem, fique tranqüilo."

— Era exatamente o que eu ia sugerir. Olhe, Gil... senhor Pinfold, senhor, vamos fazer um acordo. Vou desligar o aparelho. Prometo, em nome da minha honra, que nenhum de nós jamais irá aborrecê-lo novamente. Em troca, só lhe pedimos para não falar nada sobre nós a ninguém na Inglaterra. Todo o nosso trabalho poderia ir por água abaixo se isso fosse comentado. Não fale nada e o senhor nunca mais ouvirá uma palavra nossa. Diga à sua mulher que o senhor estava com barulhos na cabeça porque tomou aquelas pílulas cinza. Diga a ela qualquer coisa que quiser, mas diga-lhe que acabou. Ela vai acreditar no senhor. Ela vai achar ótimo ouvir isso.

"Vou pensar", respondeu o senhor Pinfold.

Ele considerou a questão. Havia atrativos muito grandes na barganha. Ele poderia confiar em Angel? O rapaz estava em pânico agora, com a perspectiva de ter problemas com a BBC.

— Não é a BBC, querido — disse Margaret. — Não é com eles que ele se preocupa. Eles sabem tudo sobre as suas experiências. É Reggie Graves-Upton. *Ele* não pode jamais saber. Ele é mais ou menos primo, e falaria para a nossa tia, o pai e a mãe, e todo o mundo. Isso causaria as complicações mais tenebrosas. Gilbert, você não deve nunca falar com *ninguém*, prometa, sobretudo com o primo Reggie.

"E você, Meg?", disse o senhor Pinfold, em tom trocista mas afetuoso. "Você também vai me deixar em paz?"

— Ah, Gilbert, querido, não se brinca com isso. Eu gostei muito de estar com você. Vou sentir saudade suas mais do que de qualquer outra pessoa que já conheci na vida. Não vou esquecê-lo nunca. Se meu irmão desligar o aparelho, isso para mim será como a morte. Mas eu sei que tenho de sofrer. Serei corajosa. Você *precisa* aceitar a oferta, Gilbert.

"Vou lhe dar a resposta antes de chegarmos a Londres", disse o senhor Pinfold.

Eles já estavam sobre a Inglaterra.

— Então — disse Angel —, qual é a sua resposta?

"Eu disse 'Londres'."

Pouco depois eles estavam sobre o aeroporto de Londres. *Apertem os cintos, por favor. Não fumem.*

— Chegamos — disse Angel. — Fale. Fazemos o acordo?

"Não chamo isso de Londres", disse o senhor Pinfold.

Ele havia telegrafado de Roma à mulher dizendo que iria diretamente para o hotel que o casal sempre usava. Não esperou pelos outros passageiros para ir de ônibus. Chamou um táxi. Só depois que estavam no bairro de Acton foi que respondeu a Angel. Então ele disse:

"A resposta é não."

— Você não fala sério. — Angel estava verdadeiramente aterrorizado. — Por quê, senhor Pinfold, senhor. Por quê?

"Em primeiro lugar, porque eu não acredito na sua palavra de honra. Você não sabe o que é honra. Em segundo lugar, eu não gosto de você e de sua mulher revoltante. Vocês foram extremamente ofensivos comigo e eu pretendo fazê-los sofrer por isso. Em terceiro lugar, acho seus planos, seu trabalho, como você se refere a ele, altamente perigosos. Você levou um homem ao suicídio, talvez outros também, de que eu não tenho conhecimento. Você tentou fazer a mesma coisa comigo. Sabe-se lá o que você fez com Roger Stillingfleet. Sabe-se lá quem você pode atacar agora. Deixando de lado qualquer ressentimento particular que eu sinta, acho que você é uma ameaça pública que precisa ser silenciada."

— Está bem, Gilbert, se é isso que você quer...

"Não me chame de 'Gilbert' e não fale como num filme de gângster."

— Está bem, Gilbert. Você vai pagar por isso.

Mas não havia confiança em suas ameaças. Angel era um homem derrotado e sabia disso.

— A senhora Pinfold chegou uma hora atrás — disse-lhe o porteiro. — Ela está esperando o senhor em seu quarto.

O senhor Pinfold pegou o elevador, andou pelo corredor e abriu a porta, com Goneril e Angel ladeando-o estridentes. Ele estava envergonhado de sua mulher, quando eles se encontraram.

— Você parece bem — disse ela.

— Eu *estou* bem. Tive esse problema de que lhe falei na carta, mas espero me livrar dele. Sinto não ser mais afetuoso, mas é constrangedor ter três pessoas ouvindo tudo que dizemos.

— É — disse a senhora Pinfold. — Deve ser. Posso imaginar. Você já almoçou?

— Algumas horas atrás, em Paris. É claro que há a diferença de uma hora.

— Eu não almocei. Vou pedir alguma coisa.
— Como você a odeia, Gilbert! Como ela o aborrece! — disse Goneril.
— Não acredite numa única palavra dela — disse Angel.
— Ela é muito bonita — admitiu Margaret —, e muito boazinha. Mas não é boa o suficiente para você. Suponho que você me ache ciumenta. E eu sou.
— Sinto muito ser tão lacônico — disse o senhor Pinfold.
— Você vê, essas pessoas abomináveis continuam falando comigo.
— Que coisa desagradável — disse a senhora Pinfold.
— Muito.
O garçom trouxe uma bandeja. Quando ele saiu, a senhora Pinfold disse:
— Gilbert, você se enganou com o senhor Angel. Logo que recebi sua carta, telefonei para o Arthur, da BBC, e perguntei. Angel não saiu da Inglaterra.
— *Não dê ouvidos a ela. É mentira.*
O senhor Pinfold estava atônito.
— Você tem certeza absoluta?
— Pergunte você mesmo.
O senhor Pinfold foi até o telefone. Ele tinha um amigo chamado Arthur no departamento de entrevistas.
— Arthur, aquele sujeito que foi me entrevistar no verão passado, Angel, você não o mandou para Aden... não? Ele está na Inglaterra agora?... Não, eu não quero falar com ele... É que eu vi alguém muito parecido com ele no navio... Até logo... Bom — disse ele à sua mulher —, eu simplesmente não sei o que fazer quanto a essa história.

— Eu posso lhe contar a verdade — disse Angel. — Nós nunca estivemos naquele navio. Nós comandamos toda a coisa a partir do estúdio na Inglaterra.

— Eles devem ter comandado toda a coisa a partir do estúdio na Inglaterra — disse o senhor Pinfold.

— Meu pobre querido — disse a senhor Pinfold —, ninguém "comandou" nada. É tudo imaginação sua. Para me certificar, perguntei ao padre Westmacott, como você sugeriu. Ele disse que tudo aquilo era absolutamente impossível. Não há nenhum tipo de invenção da Gestapo ou da BBC ou dos existencialistas ou dos psicanalistas, nada, enfim, que se aproxime um pouquinho só do que você pensa.

— Não há nenhuma Caixa?

— Nenhuma Caixa.

— Não acredite nela. Ela está mentindo. Ela está mentindo — disse Goneril, mas a cada palavra, sua voz baixava, como se fosse se interpondo entre eles uma grande distância. Sua última palavra foi pouco mais do que o ruído abafado do atrito de um lápis de ardósia.

— Você quer dizer que tudo o que ouvi dizerem eu estava dizendo para mim mesmo? É difícil de imaginar.

— É a pura verdade, querido — disse Margaret. — Eu nunca tive irmão ou cunhada, pai, mãe, nada ... Eu não existo, Gilbert. Não há nenhum eu, em nenhum lugar... mas eu o amo, Gilbert. Eu não existo mas o amo... Adeus... Amor... — e sua voz também foi se afastando, reduziu-se a um sussurro, um suspiro, o farfalhar de um travesseiro; depois se fez silêncio.

O senhor Pinfold sentou-se no silêncio. Antes tinha havido outras ocasiões de aparente libertação que se demonstraram ilusórias. Essa ele sabia que era a verdade final. Ele estava sozinho com sua mulher.

— Eles se foram — disse ele finalmente. — Neste minuto. Foram-se para sempre.

— Espero que seja verdade. O que nós vamos fazer agora? Eu não poderia fazer nenhum plano antes de saber em que estado iria encontrá-lo. O padre Westmacott me deu o nome de um homem em quem ele diz que podemos confiar.

— Um médico de malucos?

— Um psicólogo. Mas é católico, e por isso deve ser mesmo confiável.

— Não — disse o senhor Pinfold. — Já estou farto de psicologia. O que você acha de pegarmos o trem das cinco para casa?

A senhora Pinfold hesitou. Ela havia ido a Londres preparada para ver o marido num sanatório.

— Você tem certeza de que não deve ver alguém? — perguntou ela.

— Drake, talvez — disse o senhor Pinfold.

Assim, eles foram para Paddington e se instalaram no vagão-restaurante, que estava cheio de vizinhos voltando de um dia de compras. Eles comeram torradas; na escuridão e com os vidros das janelas cobertos de névoa, a conhecida paisagem passava invisível.

— Soubemos que você tinha ido para os trópicos, Gilbert.

— Acabo de voltar.

— Você não demorou muito. Estava aborrecido?

— Não — disse o senhor Pinfold —, nem um pouco aborrecido. Estava muito emocionante. Mas já era suficiente.

Os vizinhos do senhor Pinfold sempre o haviam achado bastante estranho.

— Mas foi de fato emocionante — disse o senhor Pinfold, quando ele e a mulher estavam sozinhos no carro, a caminho de casa. — Na verdade, foi a coisa mais emocionante que já me aconteceu. — E nos dias seguintes ele relatou todos os detalhes da sua longa provação.

A forte geada tinha dado lugar ao nevoeiro e a intermitentes saraivadas de granizo. A casa estava fria como sempre, mas o senhor Pinfold comprazia-se em se sentar ao pé da lareira e, como um guerreiro que volta de uma vitória obtida depois de duras batalhas, reviver seus sofrimentos, sua resistência e seus feitos. Nenhum som lhe chegava da outra metade do mundo com que ele tinha tropeçado, mas não havia nada de irreal em suas lembranças. Elas continuavam com o mesmo tamanho e com a mesma nitidez, tão claras e vigorosas quanto qualquer acontecimento de sua vida desperta.

— O que eu não compreendo é isto — disse ele: — Se eu estava fornecendo todas as informações para os Angels, por que eu lhes disse todas aquelas besteiras? Quer dizer, se eu pretendia formular uma acusação sobre mim mesmo, poderia fazer uma acusação bem mais negra e mais plausível do que eles fizeram. Não posso entender isso.

O senhor Pinfold jamais compreendeu isso; e ninguém jamais foi capaz de sugerir uma explicação satisfatória.

— Sabe — disse ele algumas tardes depois. — Eu estive bem perto de aceitar a oferta de Angel. Supondo que se a tivesse aceito e as vozes tivessem cessado exatamente como cessaram, agora eu teria acreditado que aquela Caixa infernal existia. Toda a minha vida eu passaria temendo que a qualquer momento a coisa começasse a funcionar novamente. Ou então que por causa de tudo o que eu sabia eles poderiam estar ouvindo durante todo o tempo sem dizer nada. Teria sido uma situação terrível.

— Você agiu de modo muito corajoso ao recusar a proposta — disse a senhora Pinfold.

— Foi por puro mau humor — disse o senhor Pinfold, com toda a sinceridade.

— De qualquer modo, acho que você devia ir a um médico. Deve ter acontecido alguma coisa com você.

— Foram só aquelas pílulas — disse o senhor Pinfold.

Elas foram a sua última ilusão. Quando finalmente o doutor Drake foi vê-lo, o senhor Pinfold disse:

— Aquelas pílulas cinzas que o senhor me deu. Elas eram muito fortes.

— Parece que elas deram resultado — disse o doutor Drake.

— Elas poderiam me ter feito ouvir vozes?

— Céus! Não.

— Nem se tivessem sido misturadas com brometo e hidrato de cloral?

— Não havia hidrato de cloral na fórmula que eu lhe prescrevi.

— Não. Mas para lhe falar a verdade eu tinha um vidro, por conta própria.

O doutor Drake não pareceu ter se chocado com essa revelação.

— Esse é sempre o problema com os pacientes — disse ele. — Nunca sabemos o que mais eles estão tomando em segredo. Sei de gente que ficou realmente mal.

— *Eu fiquei* realmente mal. Ouvia vozes durante quase duas semanas.

— E agora elas pararam?

— Pararam.

— E você parou de tomar o brometo e o hidrato de cloral?
— Parei.
— Então acho que não precisamos investigar. Se eu fosse você, evitaria essa mistura. Não pode lhe fazer bem. Vou lhe mandar outro medicamento. Essas vozes eram muito desagradáveis?
— Abominavelmente. Como é que o senhor sabe?
— Sempre são. Muita gente ouve vozes de vez em quando; quase sempre elas são desagradáveis.
— O senhor não acha que ele devia consultar um psicólogo? — perguntou a senhora Pinfold.
— Se ele quiser, pode fazer isso, mas me parece um caso muito simples de envenenamento.
— Que alívio — disse a senhora Pinfold.

Mas o senhor Pinfold não recebeu esse diagnóstico com a mesma animação. Ele sabia e os outros não sabiam — nem mesmo sua mulher, quanto menos o seu médico aconselhador — que havia resistido a uma difícil provação e, sem ajuda, saíra vitorioso. Havia um triunfo a ser celebrado, mesmo com um escravo zombador sempre do lado dele em sua carruagem, lembrando-lhe da mortalidade.

No dia seguinte, domingo, depois da missa, o senhor Pinfold disse:

— Você sabe que eu não posso encarar o Caixeta. Vou precisar de muitas semanas para poder conversar com ele sobre a sua Caixa. Peça para acenderem a lareira na biblioteca. Vou escrever um pouco.

Enquanto a madeira estalava e um calor quase imperceptível começava a se espalhar entre as estantes geladas, o senhor Pinfold sentou-se para escrever pela primeira vez desde o seu aniversário de 50 anos. Tirou da gaveta a pilha do manuscrito, seu romance inacabado, e olhou para ela. A história ainda estava clara em sua mente. Ele sabia o que precisava fazer. Mas primeiro havia uma tarefa mais urgente, uma cesta a ser aberta, com experiências frescas e condimentadas — bens perecíveis.

Ele devolveu o manuscrito à gaveta, separou diante de si as folhas de um novo bloco de papel almaço e escreveu com sua letra bonita e firme:

A provação de Gilbert Pinfold
Um fragmento de conversa
Capítulo Um
Retrato do artista na meia-idade

Apêndice

O APÊNDICE QUE SE SEGUE IRÁ, espero, cumprir duas funções interligadas. Em primeiro lugar, substanciar o argumento exposto na Introdução, de que *A provação de Gilbert Pinfold* é um notável e brilhante romance do pós-guerra, que merece o tipo de aparato de apoio aqui impresso; e em segundo lugar, oferecer uma série de indícios contextuais quanto aos modos específicos e especiais como o romance e a biografia de Waugh se imbricam. Embora plenamente capaz de se sustentar sozinho (como Waugh pretendia), o romance ganha em ressonância e contundência quando é lido tendo-se em mente a evolução dos contextos social e crítico nos quais ele se encontrava e para os quais (como Waugh também pretendia) foi uma forma de resposta.

Por razões de espaço, todos os sete itens (que estão dispostos em ordem cronológica de contexto; assim, o testemunho de Frances Donaldson é colocado onde sua história corresponde cronologicamente) foram abreviados; das três entrevistas com Waugh, apresento apenas trechos.

Mais do que tentar reproduzir as duas entrevistas para o rádio (itens 1 e 2) por uma amostra adequadamente examinada de todo o seu material (ambas repetem a conhecida narrativa familiar; ambas têm passagens sem importância), tomei a decisão de selecionar trechos delas de modo a dar pelo menos alguma plausibilidade à convicção de Waugh (fundamental para o início de sua loucura) de que elas, sobretudo a primeira, podiam ser lidas como interrogatórios hostis.

Os trechos da entrevista de Stephen Black (item 1) são publicados, acredito, pela primeira vez. Black foi um dos três entrevistadores que participaram de *Frankly Speaking* (item 2). Essa troca, acredito, até agora só era disponível na forma de citações curtas na biografia de Martin Stannard. Como a origem do Angel de Pinfold, Black era quem tinha mais direito de encabeçar uma coleção de documentos sobre *Pinfold*.

SUMÁRIO

Os itens foram dispostos cronologicamente por contexto. Por uma questão de espaço, os itens 3 a 6 foram ligeiramente abreviados. No caso de todos os sete itens, os colchetes [...] indicam cortes feitos pelo organizador.

1. Trechos da entrevista concedida à rádio da BBC (com o entrevistador Stephen Black), que foi ao ar na série *Personal Call* do Serviço Internacional, no dia 29 de setembro de 1953.

2. Trechos da entrevista concedida à rádio da BBC (com três entrevistadores), que foi ao ar na série *Frankly Speaking* do Serviço Nacional, no dia 16 de novembro de 1953.

3. Frances Donaldson, "The Real Mr. Pinfold" [O verdadeiro senhor Pinfold], capítulo 4 de *Evelyn Waugh: Portrait of a Country Neighbour* (Londres, 1967; edição de 1985, com um novo prefácio), pp. 54-70.

4. Waugh, "Awake My Soul! It Is a Lord" [Desperte, minha alma! É um lorde], *Spectator*, 8 de julho de 1955 (em *Articles and Reviews*, de Waugh, pp. 468-92).

5. J. B. Priestley, "What Was Wrong with Pinfold" [O que havia de errado com Pinfold], *New Statesman*, 31 de agosto de 1957 (em Waugh, *Critical Heritage*, pp. 387-92).

6. Waugh, "Anything Wrong with Priestley?" [Alguma coisa errada com Priestley?], *Spectator*, 13 de setembro de 1957 (em *Essays*, pp. 527-9).

7. Trechos da entrevista à televisão da BBC (com o entrevistador John Freeman), transmitida na série *Face to Face*, no dia 26 de junho de 1960.

1. Trecho de *Personal Call*

A ENTREVISTA DO SERVIÇO INTERNACIONAL da BBC entre Waugh e Stephen Black, à qual pertencem os trechos abaixo, foi o encontro que, segundo Auberon Waugh, "enlouqueceu meu pai". A entrevista foi feita na residência de Waugh. Assemelha-se à entrevista de Angel em Pinfold.

BLACK: Gostaria de saber se o senhor poderia nos falar sobre por quê, de onde o senhor tira esse senso de sátira, essa causticidade com relação aos acontecimentos atuais — ao mundo em que vivemos atualmente.

WAUGH: Bem, o senhor falou de duas coisas bem diferentes. A causticidade com relação ao mundo em que vivemos é certamente comum a toda a humanidade. Ninguém duvida de que toda a civilização esteja rumando muito rapidamente para o caos. Se alguém é cáustico ou resignado com relação a isso, é algo que depende apenas do bom ou mau humor dessa pessoa.

BLACK: Mas para algumas pessoas a civilização está avançando e se elevando cada vez mais, como já se falou.

WAUGH: Acho que agora quem disser isso deve ser trancado num manicômio.

BLACK: E o senhor está convencido de que ela está em decadência?

WAUGH: Claro.

BLACK: E o senhor tem alguma grande missão em dizer isso ao mundo por meio de seus livros ou simplesmente quando escreve o senhor exprime o que sente?

WAUGH: Esse é o material que me é fornecido para eu fazer o meu trabalho. Se me dão uma tábua de mogno, é isso que eu tenho como material para trabalhar. E um mundo decadente é o material que me é dado.

BLACK: Então o senhor vê todos os aspectos do mundo moderno como decadentes?
WAUGH: Alguns são mais decadentes que outros. Algumas coisas, como a Igreja Católica Romana, não podem, por natureza, ser decadentes. Embora possam diminuir em número ou em alguns lugares apresentar uma aparência superficial de decadência.
BLACK: O senhor é católico apostólico romano, senhor Waugh?
WAUGH: Sou.
BLACK: Sempre foi?
WAUGH: Não; desde os últimos vinte e cinco ou trinta anos.
BLACK: O senhor se converteu à fé católica?
WAUGH: Sim.
BLACK: O senhor gostaria de falar sobre as razões da sua conversão?
WAUGH: Acho que não. Porque elas não são interessantes. Não há nelas uma história humana. É simplesmente uma questão do reconhecimento de um sistema racional plausível, de seguir os argumentos com a prova da verdade histórica da cristandade.

[...]

BLACK: Senhor Waugh, podemos [...] saber quais são as suas opiniões sobre alguns dos movimentos modernos que estão influenciando vigorosamente o pensamento do homem atual? Deixando de lado o comunismo, com relação ao qual todos nós provavelmente estamos de acordo, eu gostaria de lhe perguntar quais são as suas opiniões sobre as idéias do psicólogo Freud.
WAUGH: Nunca li nada dele. Nem uma única palavra do que ele escreveu.
BLACK: Então o senhor afirma, de fato, que realmente não conhece nada da obra de Freud?
WAUGH: Absolutamente nada.
BLACK: E isso, devo dizer, me deixa no ar em relação a como o senhor chega a essa abordagem extremamente satírica do mundo, na qual as idéias de Freud estão o tempo todo desempenhando um papel na vida dos homens e nas atitudes dos homens hoje em dia, e...
WAUGH: Não nos personagens sobre os quais eu escrevo. Eles nunca ouviram falar de Freud, os meus personagens. Com exceção dos palhaços puramente cômicos.

[...]

BLACK: O que o senhor estudou em Oxford?
WAUGH: O assunto que eu devia estudar era história.

BLACK: E o senhor na verdade não estudou história?
WAUGH: Não com um sucesso admirável; obtive um medíocre terceiro lugar.
BLACK: E quando o senhor saiu de Oxford, o que o senhor fez?
WAUGH: Ah, eu fui diretamente para uma escola de arte, onde fiquei bastante ocioso, e de qualquer modo percebi que não desenhava suficientemente bem, e nunca fui aplicado o bastante para algum dia me tornar um pintor sério.
BLACK: Nessa época o senhor estava morando em casa e freqüentando a escola de arte em Londres.
WAUGH: Isso mesmo.
BLACK: E quais eram as suas atividades, se o senhor não estava ocupado com a arte durante essa fase?
WAUGH: Sobretudo beber.
BLACK: E nessa época o senhor tinha algum interesse pelas mulheres?
WAUGH: Não especialmente. Preferia beber.
BLACK: E o senhor estava escrevendo, naturalmente.
WAUGH: Não, nem uma única palavra.
BLACK: Que idade o senhor tinha quando começou a ganhar a vida?
WAUGH: Vou ter de pensar... 25.
BLACK: E o seu primeiro sucesso aconteceu quando?
Waugh: Meu segundo romance foi o primeiro sucesso de público — um livro chamado *Vile Bodies*.

[...]

BLACK: Onde o senhor estava quando o livro foi publicado?
WAUGH: Sinto muitíssimo, mas não sei.
BLACK: Na França? Na Itália, talvez?
WAUGH: Acho que na França. Em Paris, tenho certeza, mas não poderia dizer nada mais preciso.
BLACK: E o senhor não tem em sua mente uma imagem clara desse momento de sucesso? Porque esse foi o seu verdadeiro momento de sucesso.
WAUGH: Nunca fui particularmente ambicioso quanto a esse tipo de coisa.
BLACK: Então o senhor não se importava realmente com o fato de ter ou não sucesso?
WAUGH: Obviamente é mais interessante ter dinheiro do que não ter.

[...]

BLACK: Diga-me, senhor Waugh, para onde o senhor foi quando voltou do exterior e teve sucesso com *Vile Bodies* aos... que idade o senhor tinha mesmo?
WAUGH: 25, 26, 28, devia ter isso, acho.

BLACK: O senhor tinha 28 anos, estava no exterior e teve um grande sucesso como escritor. O que o senhor fez em seguida?
WAUGH: Em seguida, fui para o exterior novamente.
BLACK: E onde o senhor morou? O senhor se fixou em algum lugar?
WAUGH: Não. Fui para a Abissínia pela primeira vez, para a Coroação. Isso deve ter sido em 1930, quando eu tinha 27 anos.
[...]
BLACK: O senhor diz pela primeira vez. Então o senhor foi à Abissínia outra vez?
WAUGH: Ah, sim, depois dessa vez eu fui mais duas vezes.
BLACK: E quando foi a segunda vez?
WAUGH: A segunda vez foi quando a guerra estava sendo tramada. E então eu fui como correspondente habilitado. E falhei redondamente como tal.
BLACK: A guerra? O senhor se refere à guerra entre a Abissínia e a Itália?
WAUGH: Sim.
[...]
BLACK: E quando a Segunda Guerra Mundial começou, o que o senhor estava fazendo? O senhor estava morando aqui na época?
WAUGH: Eu estava escrevendo um livro.
BLACK: Que livro, senhor Waugh?
WAUGH: Ele nunca foi terminado e... por causa da guerra. Teria sido um livro bastante bom, me parece. Foi publicado como conto, com o título "Work Suspended". Isto é, os dois primeiros capítulos.
[...]
BLACK: Diga-me, senhor Waugh, quando a guerra terminou e o senhor voltou do Exército, o senhor tinha uma idéia: voltar para esta casa solitária e novamente se dedicar à literatura, ou a guerra de certo modo perturbou a sua visão do mundo como o senhor o queria para si mesmo?
WAUGH: Ah, nem por sombra. Eu só queria voltar para cá.

2. Trecho de Frankly Speaking

DOIS ENCONTROS SEPARADOS *ocorridos em Londres foram editados juntos, formando a entrevista irradiada no Serviço Nacional, cujos trechos apresento. Waugh solicitou a segunda por estar insatisfeito com a primeira. Houve três entrevistadores em cada ocasião: Stephen Black foi um deles.*

ENTREVISTADOR: O senhor acha que escrever é algo que lhe acontece com facilidade ou é um trabalho árduo?
WAUGH: Fica mais difícil com a idade. É um trabalho desagradável.
ENTREVISTADOR: É um trabalho desagradável?
WAUGH: Eu acho.
ENTREVISTADOR: Desagradável em que sentido? Escrever, no sentido físico?
WAUGH: Bom, isso não nos dá nenhum alívio muscular, que muitas formas de trabalho dão. É uma posição que dá cãibra, por exemplo. Mas é claro que a parte desagradável de fato é a de pensar muito intensamente.
ENTREVISTADOR: O senhor é um escritor fluente? Quer dizer, o senhor trabalha rapidamente e não tem de ficar examinando suas idéias e reescrevendo-as?
WAUGH: Escrevo tudo umas duas vezes, acho.
ENTREVISTADOR: O senhor escreve duas vezes no mesmo papel?
WAUGH: Não; rasgo o esforço mal-sucedido e começo novamente. E faço muitas mudanças o tempo todo. Se estou trabalhando num livro, as palavras ficam passando pela minha cabeça o tempo todo e eu me levanto no meio de uma refeição para ir correndo mudar uma palavra e... é isso.

ENTREVISTADOR: E quando o senhor está escrevendo um livro o senhor trabalha nele muitas horas por dia?

WAUGH: Bom, na verdade o tempo todo. Não no sentido de que fico sentado na escrivaninha o tempo todo, mas o que eu estou fazendo fica na minha cabeça.

ENTREVISTADOR: O senhor fica sentado na escrivaninha quanto tempo?

WAUGH: Acho que uma média de quatro horas.

ENTREVISTADOR: Quanto tempo o senhor leva para escrever um livro?

WAUGH: À medida que envelheço estou levando cada vez mais tempo. Eu era capaz de escrever um livro de tamanho normal em cerca de dois meses; agora levo mais ou menos um ano.

ENTREVISTADOR: Fora ganhar a vida escrevendo, senhor Waugh, por que o senhor escreve?

WAUGH: Em vez de ganhar a vida de algum outro modo, o senhor quer dizer?

ENTREVISTADOR: É, ou então... quero dizer, o senhor gostaria de exprimir alguns pensamentos novos ou gostaria de transmitir uma mensagem, ou o que o senhor...

WAUGH: Não, eu gostaria de fazer um objeto agradável. Acho que qualquer obra de arte é algo externo à pessoa, é a feitura de algo, seja uma mesa ou um livro.

ENTREVISTADOR: O senhor é muito contaminado, enquanto trabalha, pelo ambiente?

WAUGH: Só preciso de silêncio, solidão e de não ser perturbado.
[...]
ENTREVISTADOR: E o senhor tem muitos interesses cultivados continuamente?

WAUGH: Bom [...] você me pegou numa idade reconhecidamente perigosa, porque com 50 anos a pessoa se cansa dos prazeres da juventude e ainda não adquiriu os prazeres da velhice. Assim, no momento você me vê bastante entediado.

ENTREVISTADOR: O que o senhor chama de prazeres da juventude?

WAUGH: Os prazeres da juventude são conhecer pessoas novas, ir a lugares novos, ter experiências novas, se surpreender ou se chocar e se divertir. E depois dos 50 é mais difícil encontrar essas coisas.

ENTREVISTADOR: Eu só queria saber quais são os seus interesses, quero dizer, os interesses que o senhor cultivaria mais entusiasticamente se tivesse mais tempo.

WAUGH: Se tivesse mais tempo e mais dinheiro, eu certamente colecionaria bem mais. Sou um colecionador muito interessado, e tenho sido desde a infância.

ENTREVISTADOR: Colecionador de quê?
WAUGH: Sobretudo de pinturas, mas também de móveis e quaisquer obras de arte.
ENTREVISTADOR: Pintura contemporânea.
WAUGH: Ah, não, não. Ah, não, não, não. Estou me referindo à verdadeira pintura.
ENTREVISTADOR: De que período?
WAUGH: Qualquer coisa até cerca de 1870.
ENTREVISTADOR: Que pintores o senhor mais admira?
WAUGH: Augustus Egg eu poria entre os melhores.
ENTREVISTADOR: O senhor acha que a verdadeira pintura acabou por volta de 1850?
WAUGH: Na Inglaterra, certamente.
[...]
ENTREVISTADOR: O senhor pode nos dizer quais são, na sua opinião, as razões dessa decadência das artes? De modo geral.
WAUGH: Pura preguiça, sobretudo, preguiça.
[...]
ENTREVISTADOR: O senhor acha fácil se dar bem com o homem do povo?
WAUGH: Nunca conheci uma pessoa assim.
ENTREVISTADOR: O senhor gosta das pessoas em geral quando as conhece num trem ou num ônibus? Ou num navio?
WAUGH: Eu nunca viajo de ônibus e nunca me dirijo a estranhos no trem.
ENTREVISTADOR: Mas o senhor conhece pessoas a bordo do navio, por exemplo, quando está viajando.
WAUGH: Eu nunca me apresento ou fui apresentado a alguém a bordo de um navio. Se encontro amigos a bordo, então gosto muito.
ENTREVISTADOR: Mas o senhor não pode andar por aí como um monge trapista; o senhor precisa encontrar pessoas. O senhor gosta de conhecer pessoas?
WAUGH: Aos 50 anos já conhecemos um grande número de pessoas e é muito agradável, se temos curiosidade, encontrá-las novamente se elas surgem num navio, por exemplo, como você disse. É muito divertido encontrarmos subitamente alguém que não vemos há vinte anos e ficarmos sabendo o que aconteceu com essa pessoa durante esse período. A perspectiva de simplesmente ser apresentado a alguém como apenas uma pessoa, um homem, como você disse, da rua, me é totalmente repulsiva.
[...]

ENTREVISTADOR: Eu poderia lhe perguntar que falhas o senhor perdoa com mais facilidade nos indivíduos?
WAUGH: Embriaguez.
ENTREVISTADOR: Alguma outra? Ou o senhor é muito severo?
WAUGH: Raiva. Luxúria. Não honrar pai e mãe. Cobiçar o boi, o burro ou a mulher do próximo. Matar. Acho que eu posso perdoar praticamente tudo, exceto talvez adorar estátuas. Isso me parece idiota.
ENTREVISTADOR: Isso o senhor classifica como... ah, que crimes o senhor acha que são os mais graves?
WAUGH: Isso não sou em quem decide, realmente.
[...]
ENTREVISTADOR: O senhor é a favor da pena de morte?
WAUGH: Para um enorme número de crimes.
ENTREVISTADOR: Sim. E o senhor estaria preparado para executá-la?
WAUGH: O senhor quer dizer efetivamente executar o enforcamento?
ENTREVISTADOR: Isso.
WAUGH: Acho que seria muito estranho escolher um romancista para uma tarefa dessas.
ENTREVISTADOR: Supondo que eles o treinassem para o trabalho, o senhor o faria?
WAUGH: Claro.
ENTREVISTADOR: Faria.
WAUGH: Claro.
ENTREVISTADOR: O senhor gostaria de ter esse trabalho, senhor Waugh?
WAUGH: Nem um pouco.
ENTREVISTADOR: O senhor já viajou bastante, não é, senhor Waugh?
WAUGH: Razoavelmente.
ENTREVISTADOR: Razoavelmente, sim. O senhor... o que o senhor acha dos vários povos de vários países, várias nacionalidades, várias partes do mundo... eles são todos mais ou menos como o senhor estava falando agora ou são distintos uns dos outros? O que quero dizer é: eles têm desejos, aspirações em comum ou eles...
WAUGH: Eu evidentemente não me faço entender. Estava dizendo que as pessoas nunca eram, em nenhum lugar, absolutamente iguais. Não existe essa coisa que o senhor chama de o homem do povo, não há um rebanho comum da humanidade; há apenas indivíduos que são totalmente diferentes, e quer o homem seja um sudanês que anda nu, seja negro e se plante no chão sobre apenas um pé ou um in-

glês que usa algum tipo de roupa e anda de ônibus, ainda assim eles são indivíduos e personalidades inteiramente diferentes.

ENTREVISTADOR: Então o senhor acha que viajar não é importante para um romancista, por exemplo? O senhor poderia igualmente ficar em casa, em Gloucestershire.

WAUGH: Ah, outra vez o romancista; o senhor está sempre tentando usar essas frases sem sentido. Não há essa coisa que o senhor chama de romancista: há uma grande variedade de romancistas. Alguns romancistas podem efetivamente ficar em casa, como Jane Austen, e produzir romances admiráveis tendo por base o que eles vêem dentro dos oito quilômetros de sua residência. Outras pessoas, como Conrad, precisam ir para os Sete Mares a fim de encontrar histórias.

ENTREVISTADOR: Antes o senhor afirmou não estar interessado nas pessoas em grupos, mas disse que quando viajava conhecia pessoas em grupos. O senhor quase nunca tem tempo, quando viaja, de realmente conhecer indivíduos? Ou o senhor acha que tem?

WAUGH: Bom, evidentemente a verdade é que não olhamos para eles como indivíduos quando viajamos. Sabemos que eles são indivíduos, mas quando estamos numa cidade, digamos, do Marrocos, assistindo a uma festa religiosa, apenas apreciamos um espetáculo do modo como gostamos de fazer quando vamos ao teatro.

ENTREVISTADOR: O senhor está apreciando um espetáculo, além da festa em si, de multidões, e ao mesmo tempo não gosta de multidões.

WAUGH: Bom, eu não gostaria realmente de me misturar na multidão de pessoas que se ferem com facas e entram em êxtases frenéticos. Eu trataria logo de subir para observá-los de uma janela.

ENTREVISTADOR: O senhor gosta, na verdade, falando de modo geral, de estar numa janela lá em cima olhando para baixo?

WAUGH: Se se trata de multidões, eu gosto do espetáculo de uma multidão estranha, não do contato com uma multidão conhecida.

[...]

ENTREVISTADOR: O senhor pode me dizer uma coisa? Como indivíduo, o senhor tem consciência de ter uma falha especial?

WAUGH: O senhor está me pedindo para confessar algum deslize moral ou incapacidade de talento?

ENTREVISTADOR: Eu gostaria de lhe pedir para confessar algum deslize moral especial, mas o que eu quero na verdade é saber se o senhor como ser humano sente que falhou essencialmente em algum sentido.

WAUGH: Nunca aprendi francês bem e nunca aprendi nada de nenhuma outra língua. Esqueci a maior parte dos clássicos que li; e freqüentemente não consigo me lembrar do rosto das pessoas nas ruas e não gosto de música. Essas são falhas muito graves.

ENTREVISTADOR: Mas não há outras, o senhor não tem consciência de outras?

WAUGH: Essas são as que mais me preocupam.

3. "O VERDADEIRO SENHOR PINFOLD"

FRANCES DONALDSON *e seu marido Jack eram amigos e vizinhos da família Waugh. Esse relato sobre o "verdadeiro senhor Pinfold" surgiu a partir do seu grande envolvimento na história de Pinfold, quando Waugh voltou para a Inglaterra.*

Estávamos presentes na periferia dos acontecimentos em que Evelyn se baseou para escrever *A provação do senhor Pinfold*. Quando li esse romance pela primeira vez, observei que ele divergia em muitos aspectos daquela que não posso evitar considerar a verdadeira história. Uma vez que os principais acontecimentos ocorreram na mente de Evelyn, para essa parte não há história verdadeira, mas houve, contudo, uma seqüência de acontecimentos reais que levaram ao desencadeamento e à solução da perturbação mental que Evelyn descreve no livro e que estão separados desse período, e em segundo lugar houve a versão que ele contou para si mesmo na época. Houve também alguns detalhes de sua recuperação narrados por Laura na presença dele, que ele não mencionou. Quando li *Pinfold* me desapontei, porque na minha opinião a versão que ele deu no livro era menos interessante e menos divertida do que a história tal como a conhecíamos.

Daquele dia até depois de ter escrito este relato eu não havia relido o romance e, embora me lembrasse do que ele havia omitido no livro, não podia ter certeza quanto ao que ele havia incluído. Proponho-me aqui, no interesse de um depoimento de testemunha ocular, a expor os acontecimentos como me lembro deles, frisando o fato de que algumas partes dessa história foram maravilhosamente narradas pelo próprio Evelyn, o que não se aplica à minha versão.

[...]
Evelyn sofria permanente e terrivelmente de insônia. Ele lutou contra esse mal de muitos modos. Certa ocasião, por um período muito longo, ele se levantava de madrugada e se barbeava. Dizia que a face suave sobre o travesseiro suave induzia ao sono. Mas no geral tinha de recorrer a medicamentos, e uma vez que nas questões que diziam respeito a si mesmo ele era absolutamente descuidado, aumentava a dose à medida que adquiria resistência a esses medicamentos.

Nessa época ele se servia — não seria correto dizer que ele era atendido por, pois raramente o via — de um médico cuja clínica ficava numa cidade vizinha, e a quem ele se referia como "Meu médico aconselhador", abreviado na conversa como "ma". O ma era um homem nervoso que na época estava com enormes problemas. Ele tinha horror de Evelyn, assim como o outro médico do lugar que assistia as crianças e certa vez foi reprovado por entrar na casa abrindo a porta e irrompendo na sala por não ter tido uma resposta imediata à campainha. Esse tipo de coisa pode ou não ser responsável pelo fato de Evelyn conseguir adquirir quantidades ilimitadas de um sonífero que continha brometo e hidrato de cloral. Tenho quase certeza de que ele dispunha de mais de uma fonte de fornecimento.

No inverno de 1953 ele sentia dores, diagnosticadas, acredito, como reumatismo, e estava invulgarmente doente e melancólico. Recorria ao brometo e hidrato de cloral como analgésico durante o dia e como indutor do sono à noite, e durante um período de cerca de seis semanas se intoxicou ingerindo grandes quantidades desse composto. Então, depois do Natal, ele partiu, como fazia invariavelmente nessa época do ano, para as suas viagens. Nessa ocasião embarcou num navio para Colombo. O fato de ele ter deixado atrás de si o brometo e o hidrato de cloral lança uma luz sobre os acontecimentos posteriores e sobre a personalidade de Evelyn.

Mais ou menos uma semana depois de sua partida, Laura veio à nossa casa e nos revelou que estava preocupada demais com ele. Ela nos disse que o que iria nos contar não deveria ser comentado com ninguém e pediu a ajuda de Jack. Laura comentou que Evelyn parecia muito doente e melancólico quando partiu, mas que, uma vez que a cada dia passado em casa ele piorava ainda mais, ela o havia deixado ir acreditando que apenas uma mudança poderia curá-lo. Então ela leu trechos escolhidos de várias cartas que havia recebido dele. Nessas cartas ele dizia que viajando no navio com ele havia um grupo de "existencialistas" que tinham desenvolvido uma forma de telepatia a longa distância. Por alguma razão misteriosa, ele havia atraído a hostilidade do grupo, e eles estavam usando seu dom incomum para persegui-lo. Tudo começara com ele sendo atormentado pelo som de seu nome no ar e, à noite quando ia para a cama, por conversas parcialmente ouvidas, em que seu nome aparecia constantemente e que a princípio lhe pareceram vir da cabine ao lado. Logo ele passou a não ter descanso dessas vozes de dia ou de noite, não conseguindo dormir. A última carta tinha sido escrita de um hotel no Cairo e dizia que ele havia deixado o navio e pretendia continuar a viagem por terra a fim de escapar de seus inimigos. Essa carta havia levado Laura a nos procurar. Evelyn dizia que tinha tido paz por 24 horas no hotel do Cairo, mas no segundo dia as vozes haviam retomado num tom de zombaria sua conversa contínua, e seu poder extraordinário não parecia minimamente reduzido com a separação de milhas de oceano. Ele se referia a um vizinho que acreditava na ajuda da "Caixa" — um assunto que antes havia merecido dele apenas diversão e deboche — e dizia achar agora que se enganara ao descartar com tanta facilidade a possibilidade desse tipo de controle a longa distância. Depois se desculpava pela incoerência de sua expressão. Não era muito fácil, dizia ele, escrever de forma coerente quando cada sentença que escrevia era imediatamente repetida por uma voz incorpórea.

Das cartas só me lembro disso, e acho que na ocasião Evelyn não havia dito mais nada. Não só a questão como também o tom dessas cartas dessoavam totalmente de Evelyn — o lamentável ar de pedido de desculpa, o espírito derrotado. Apenas a caligrafia convencia de que a carta havia sido escrita por ele.

Laura disse que achava necessário alguém ir encontrá-lo para trazê-lo de volta. Ela havia pensado muito no caso e concluíra que precisava ser um homem, em parte para a eventualidade de Evelyn se meter em alguma encrenca, mas sobretudo porque — apesar das cartas deprimidas — ele poderia se opor agressivamente a aceitar esse tipo de interferência. Ela perguntou a Jack se ele poderia ir.

Acertou-se imediatamente que ela lhe daria um cheque para ele retirar uma soma de dinheiro suficiente e que ele tomaria o primeiro avião. Mas quando foi tomar as providências, ele constatou que não poderia entrar em Colombo sem um atestado de vacina contra tifo — um documento que levava dez dias para ficar pronto. Pensamos na hipótese de ele tentar um suborno ou pressionar para obter a autorização, o que, segundo Laura, Evelyn havia feito várias vezes no passado em outros países. Finalmente ficou resolvido que tanto ele quanto Laura tomariam a primeira injeção e iriam juntos antes da segunda somente se isso parecesse absolutamente necessário. Enquanto esperávamos esse prazo, Evelyn resolveu a dificuldade anunciando por telegrama que estava de volta.

Quando Laura pediu a Jack que fosse, ela nos advertiu quanto à possibilidade de que ao voltar ao seu estado mental normal Evelyn poderia ficar tão bravo por ela ter se confidenciado conosco que isso eventualmente arruinaria para sempre a nossa amizade. Assim, quando ela foi para Londres encontrá-lo, nós não esperamos ouvir, a não ser em particular e dada por ela, nenhuma notícia de nenhum deles durante algumas semanas. Quando discutiu comigo o que iria dizer e fazer ao encontrá-lo, eu tive muito medo, porque ela disse que se comportaria como se ele estivesse bem, e me parecia absolutamente óbvio que Evelyn estava louco. Achei que seu contato deveria ser mais exploratório e mais sutil. No entanto, ela estava irredutível em sua opinião.

Dois ou possivelmente três dias depois, para nossa grande surpresa, recebemos um bilhete dizendo que os Waughs estavam de volta a Piers Court e Evelyn queria que fôssemos jantar com eles.

Quando entramos na sala ele estava lá, muito emagrecido, o que lhe caía bem, mas parecendo perfeitamente normal e no melhor dos humores. Cumprimentou Jack deixando claro que sabia da vacina contra tifo.

"Eu não faria isso por ninguém", disse ele.

Então eles contaram esta história:

Ao subir a escada do Hyde Park Hotel, Laura ouviu uma voz perguntar num guincho alto, irreconhecível, se a senhora Waugh já havia chegado. Olhou para cima e, surpresa, viu Evelyn. Ela disse que sua voz estava distorcida pelo desuso, porque havia semanas que ele não falava com ninguém. Não tenho idéia de se isso é possível acontecer.

Logo que eles chegaram ao quarto, Evelyn começou a lhe contar o que havia acontecido. Ele disse que a bordo do navio havia uma família chamada Black. O pai dessa família era alguém que eles conheciam. Era o homem que o interrogara numa entrevista que ele havia dado para o rádio recentemente. Esse homem tinha uma mulher, um filho e uma filha, e para persegui-lo a família inteira utilizava os poderes infernais de que ele falara a ela. Apenas a filha demonstrava ter alguma misericórdia e às vezes parecia apiedar-se dele. Evelyn disse a Laura que também essa moça eles conheciam. Ela estava noiva de um jovem — ele mencionou o nome — que vivia em Wotton-under-Edge e que a havia levado para almoçar em Piers Court.

"Mas Evelyn", objetou Laura, "o nome daquela moça não era Black, era Tal e Tal, e ela não tinha nada a ver com o homem da BBC."

Laura disse que Evelyn então percebeu quase imediatamente que o que ela dissera era verdade. Ele reagiu a essa alarmante informação como uma pessoa mentalmente saudável. Eles discutiram os detalhes durante algum tempo, e Laura tentou persuadi-lo de que ele tinha estado doente e precisava consultar um médico. Muito bem, ele respondeu, mas antes de fazer isso eles iriam testar outros elos de sua história. Ele assumiu o comando da situação, imaginou um plano e disse a Laura como realizá-lo. Seguindo as suas instruções, ela telefonou para a BBC e pediu para falar com o senhor Black. Para o horror dela, uma voz respondeu que no momento o senhor Black estava ausente. Ela perguntou onde ele estava e quando era esperado de volta, e então lhe disseram que ele estivera hospitalizado durante algumas semanas e, embora estivesse se recuperando de sua doença, ainda não se sabia quando ele iria voltar.

Isso resolvia a questão quanto ao senhor e à senhorita Black. Mas Evelyn ainda ouvia as vozes. Então eles resolveram pedir ao padre Caraman que os visitasse para orientá-los, e quando este chegou eles lhe relataram toda a história. O padre Caraman procurou imediatamente o psicanalista católico E. B. Strauss, já falecido, que disse — e posteriormente outros médicos confirmaram essa opinião — que Evelyn estava sofrendo as conseqüências da grande quantidade de hidrato de cloral que ele havia ingerido nas semanas anteriores ao embarque. Ele afirmou que Evelyn teria se recuperado rapidamente se tivesse se alimentado e dormido direito. Mas durante todas aquelas semanas ele não se sentia capaz de comer e não conseguia dormir. Em seguida, o doutor Strauss, querendo garantir-lhe uma noite de descanso, ministrou-lhe outro medicamento — paraldeíde — e o convenceu a se alimentar. E ali estava ele, disse Evelyn, totalmente restabelecido, embora de vez em quando ainda ouvisse as vozes, agora muito fracas.

Até esse ponto Laura contara a história, com interrupções. Então Evelyn assumiu o relato.

Seu comportamento pareceu-nos extraordinário e, como sempre, totalmente inesperado. Laura, na minha opinião a única pessoa que jamais teve alguma idéia de como Evelyn realmente pensava e se sentia, havia acreditado que seu marido romperia irreconciliavelmente conosco se soubesse que ela havia nos informado sobre seus infortúnios. Mas, pelo contrário, ele não só estava de ótimo humor como também dava a impressão de estar contente consigo mesmo. Parecia alguém que realizou uma façanha inesperada ou descobriu em si mesmo algum dom insuspeito. Eu, que tenho o que acredito ser um horror normal da loucura, me sentia muito aliviada por saber que a aberração mental que ele havia experimentado tinha sido provocada pelo hidrato de cloral e não por uma debilidade intrínseca. Mas Evelyn, nessa ocasião e mesmo depois, se comportou como se tivesse realmente sofrido um colapso mental. Imediatamente antes ou logo depois de termos ido vê-lo, ele encontrou uma amiga em Londres, que lhe disse:

"Ah, Evelyn, soube que você esteve doente. Espero que já tenha melhorado."
Evelyn deu uma risada e respondeu:
"Eu sei que Laura andou dizendo por aí que eu estava doente. Mas não é verdade. Eu andei maluco."

[...]

Evelyn sempre se divertia absurdamente com o espetáculo de alguém expor-se ao ridículo. Naquela noite, a sua doença estava tão próxima dele que ainda quase pairava sobre ele, e se fosse necessário provar que ele realmente a sofrera, tínhamos as cartas e o seu rosto magro. Mas ele contou a história com um tal distanciamento e um ar de brincadeira tão zombeteiro, que se estivesse falando de outra pessoa teria parecido, como ele muitas vezes parecia, desumanamente cruel e insensível. O elemento de autocomiseração estava ausente por completo; mas além disso, ele, embora tivesse recuperado sua sanidade mental apenas dois ou três dias antes, muito claramente considerava divertidíssimas as suas desventuras.

[...]

Ele começou do mesmo modo como havia exposto em suas cartas e como acho que fez também em *Pinfold*, dizendo que inicialmente tinha acreditado que na cabine contígua algumas pessoas estavam se empenhando em tentar aborrecê-lo. Ele não conseguia ouvir toda a conversa, mas ouvia seu nome sendo pronunciado a todo momento. Durante a noite isso continuou e ele não conseguiu dormir. Ele resolveu ignorar aquilo — o que não combinava nada com Evelyn —, mas acabou reconhecendo algumas palavras suas e então percebeu que cópias de alguns telegramas que ele havia mandado para a Inglaterra estavam sendo lidas em voz alta. Então ele procurou o comandante.

Ao comandante ele disse que na cabine ao lado da sua havia uma família que atrapalhava a sua paz. Ele não teria se queixado disso, não fosse o fato de saber da necessidade de se ter total confiança na discrição do telegrafista. Ele lamentava dizer isso, mas cópias de telegramas mandados para a Inglaterra tinham sido entregues a essa família.

O comandante respondeu a isso com total gravidade e cortesia. Disse que havia apenas uma família a bordo do navio e que a cabine deles ficava muito longe da de Evelyn. Convidou-o para irem juntos conversar com o telegrafista. Assim foi feito, e o comandante pediu àquele funcionário cópias dos telegramas que Evelyn havia mandado para a Inglaterra. O telegrafista respondeu que ele havia mandado apenas um, no primeiro dia de viagem. Ele apresentou uma cópia desse telegrama, que fora endereçado a Laura e que dizia apenas que Evelyn estava bem.

Evelyn acreditou no comandante e no telegrafista, mas, como era preciso explicar as vozes que estavam ficando mais altas e persistentes, passou a adotar a teoria da telepatia de longa distância. E foi para o bar, tentando ver aquela família misteriosa. Ali encontrou o "senhor Black", logo reconhecido como um inimigo, sua mulher, o filho e a filha, que posteriormente, quando começou a se apiedar dele, ele reconheceu como a moça com quem havia almoçado em Piers Court. Enquanto estava com a família, eles falaram normalmente, com suas vozes normais, e telepaticamente, com suas vozes de perseguição, e ele percebeu que tinha contra si uma combinação diabólica.

Essa conversa aconteceu mais de dez anos atrás e eu não me lembro de todos os detalhes dela. No entanto, havia três fragmentos distintos.

No primeiro, Evelyn tinha se convencido, com base nas palavras que ouvira por acaso, de que à noite, em sua cabine, fariam uma séria tentativa de prejudicá-lo. De pijama e paletó, com um uma bengala na mão — acho que um chapéu-coco, mas Jack não se lembra disso —, ele esperou durante toda a noite do lado de fora da porta da cabine, solitário e corajoso, para repelir o ataque esperado. Não aconteceu nada.

No segundo, sem conseguir dormir, ele novamente vagou sozinho pelo convés à noite. Percebeu que em silêncio um grupo de pessoas estava participando de uma grande atividade. Sorrateiro, ridículo em seu pijama, ele observou no plano de fundo um navio aproximar-se bordo com bordo e viu o comandante do seu navio dando ordens a um pequeno grupo de homens que transferia para o outro navio uma maca com um cadáver. Na manhã seguinte ele congratulou o comandante pela eficiência da operação.

O terceiro dizia respeito ao seu triunfo parcial sobre as vozes. Na época, Evelyn acreditava ter voado de volta para casa e, antes de encontrar Laura, já estar começando a se recuperar, e com a primeira resistência que pôde comandar, ele iniciou o contra-ataque. A arma escolhida e o sucesso que acompanhou seus esforços ofereceram o incidente mais grotesco de todos. Em Stinchcombe, ou perto dali, morava na época uma solteirona bonita e muito simpática. Nas manhãs de domingo, depois de assistir ao culto matinal na igreja anglicana e à missa dos Waughs na igreja católica, ela freqüentemente os convidava a Piers Court para uma taça de conhaque. Evelyn então descobriu que a família Black era aparentada com essa velha senhora e ameaçou contar para ela a perseguição que lhe estavam fazendo seus parentes. Imediatamente eles se encolheram de medo e lhe imploraram que não fizesse essa terrível retaliação. Evelyn representava essas cenas do medo de seus inimigos e do uso dominador que ele fizera desse nome eficaz, e o humor da situação reside no fato de que, com o sentido que elas assumiram para ele, essas coisas eram verdadeiras. Evelyn, que era o terror impiedoso, altamente armado e autoconfiante do mundo são, tinha, em sua insanidade, adotado como escudo essa velha senhora gentil e ineficaz.

Perguntei-lhe se o comandante do navio parecia contente por se livrar dele, e ele respondeu que, se isso aconteceu, não percebeu. Tinha sido tratado com bondade e cortesia. Um único acontecimento estranho o havia impressionado. Quando estava no Ceilão, ele se encontrou com um jovem que estivera no navio. Esse jovem o havia olhado com um ar pesaroso e perguntado se ele estava se sentindo melhor. Evelyn, que não tinha consciência de estar doente, não pôde entender essa preocupação.

Depois que escrevi as palavras acima reli *Pinfold*. Fico tentada a corrigir os equívocos da memória, mas preciso admitir que quem entende dessas coisas considera uma lembrança totalmente precisa, depois de decorridos doze anos, ainda mais suspeita do que uma lembrança mais vaga.

Assim, antes de mais nada, eis uma pequena questão: o ma estava para médico de plantão e não para médico aconselhador. Em segundo lugar, estou inclinada a pensar que não havia chapéu-coco. Mas, o que é muito mais difícil de explicar, Evelyn em *Pinfold* oferece uma descrição não só precisa mas encantadoramente pródiga da ingestão de brometo e hidrato de cloral. Tendo explicado ao farmacêutico que era um desperdício de espaço no vidro diluir o composto com água quando era tão fácil fazer isso em casa, o senhor Pinfold só mistura com licor de menta e o toma sempre que sente necessidade; e eu havia achado que ele tinha saído do seu juízo perfeito sem a ajuda de nenhum agente externo. Contudo, parece que eu não estou sozinha nesse engano. O filho de Evelyn diz que "quando meu pai posteriormente ficou enlouquecido por causa dos chacais que rosnavam e ganiam em volta de seus tornozelos... Todos os maldosos sarcasmos... dirigidos a ele ao longo de sua vida vieram em casa para se empoleirar até que, com um enorme esforço de vontade, ele os mandou de volta para Fleet Street e para as colunas de obituário".

Mas Evelyn não fez nenhum esforço de vontade — embora por natureza fosse perfeitamente capaz disso —, ele simplesmente parou de se intoxicar com hidrato de cloral e se recuperou quando os efeitos desse medicamento deixaram seu corpo. Acho que o equívoco se deve a duas coisas. A primeira é que, embora ele tenha escrito de modo preciso sobre o que aconteceu, nas conversas ele sempre preferiu tratar sua experiência como um breve período de loucura. A segunda coisa é que pode ser que a maioria das pessoas não tenha consciência do efeito de doses fortes de hidrato de cloral. O próprio Evelyn sabia tudo sobre essa substância porque na juventude havia escrito um livro sobre a vida de Rossetti. Em todos os outros aspectos minha lembrança está monotonamente certa.

[...]

A pia para lavar mãos projetada por William Burges com painéis pintados por Sir Edward Poynton lhe foi dada por John Betjeman, e ao ser entregue ele realmente fez todas aquelas tentativas de recuperar uma torneira que existia apenas na sua imaginação. Contudo, na época, embora tivéssemos nos divertido muito com a história dessa aberração, não nos ocorreu — pelo menos a Jack e a mim — que ela era suficientemente anormal para indicar um distúrbio mental. Acontece com freqüência de as pessoas se lembrarem das coisas de modo errado, até mesmo de coisas de que elas gostaram muito e examinaram bastante. É mais comum esquecer detalhes do que inventá-los, mas estávamos acostumados ao trabalho incessante da imaginação de Evelyn. Por exemplo, certa ocasião, anos antes dessa época, ele estava muito ansioso para irmos todos assistir a *Monsieur Verdoux* em Dursley, porque ele havia gostado muito do filme em Londres. Ao sairmos do cinema, terminada a sessão, Laura, Jack e eu falamos sobre o filme deliciados, declarando que o havíamos achado muito divertido. Evelyn estava profundamente desapontado. Disse que muitas das cenas mais divertidas de que ele se lembrava não estavam no filme que acabáramos de ver.

Contudo, na segunda releitura continuei achando *Pinfold* um livro desapontador. Ele começa reconhecidamente com algumas das páginas mais brilhantes que Evelyn escreveu — extraordinárias tanto pela extensão das revelações quanto pela qualidade do texto —, mas desde o momento em que o senhor Pinfold chega no navio, sua história, embora semelhante nos detalhes, é infinitamente menos emocionante do que a que Evelyn nos contou. A figura que ele nos descreveu quando voltou para casa, frustrado e solitário mas combatendo corajosamente forças desconhecidas e incontroláveis, tinha uma afinidade verdadeira com as melhores criações tragicômicas da história — logo me vem à mente Charlie Chaplin. Além disso, nessa história o comandante era do princípio ao fim uma pessoa grave e cortês, aceitando polidamente as revelações de Evelyn sobre o telegrafista e os misteriosos cumprimentos que ele lhe faz por uma operação naval inacabada, ao passo que a filha da família que o persegue era uma donzela inocente que se sentia tocada pelos sofrimentos de um estranho. Em *Pinfold*, o comandante é, em determinado momento, o torturador com uma cúmplice feminina, de quem encontramos cópias na maioria das obras de suspense, desde *Buldog Drummond* de Sapper até *From Russia with Love* de Ian Fleming, ao passo que o interesse de sua filha por Pinfold tem conotação sexual e, para mim, constrangedora.

É perfeitamente possível que a segunda seja a "verdadeira" história e que tenha havido detalhes de sua experiência que Evelyn não achou importante nos relatar. Há também no livro indicações de que o romancista está treinando a sua arte, o que sustenta a minha opinião de que os acontecimentos reais foram diferentes dos ali relatados. Eis um exemplo disso: para se referir a pessoas cujo nome inglês poderia ter derivado de algum correspondente alemão ou judeu, Evelyn invariavelmente e de forma muito maldosa usava o que ele imaginava ter sido o nome original. Qualquer pessoa cujo nome terminasse em "don" ou "ston" ou "den" sempre recebia um sonoro e prolongado "stein", ao passo que Waterman, por exemplo, se tornaria Wasserman. Numa das cenas de perseguição do senhor Pinfold, as vozes provocadoras insistem em que seu nome verdadeiro é Peinfeld e que ele é judeu alemão. Quando nos lembramos de que a verdadeira vítima desses agressores tinha um nome bem escocês, impossível de ser distorcido desse modo, é difícil perceber como isso possa não ser uma invenção posterior.

Talvez suas experiências estivessem nubladas demais e dispersas demais para ir além de inspirar *A provação de Gilbert Pinfold*, e Evelyn naturalmente usou seus dons para aprimorar o tema adquirido de modo tão penoso. Saber que na minha opinião ele malogrou nesse aprimoramento não o teria perturbado nem um pouco.

4. "Desperte, minha alma! É um lorde"

Este artigo foi escrito por Waugh em resposta a uma tentativa de invasão de sua privacidade em sua residência de campo, feita por Nancy Sapin, jornalista da Beaverbrook, e por lorde Noel-Buxton. Waugh achava que os jornais da Beaverbook estavam empenhados numa conspiração para depreciá-lo.

"Não estou a trabalho. Sou membro da Câmara Alta." Essas palavras instigantes e muito misteriosas foram pronunciadas na porta da minha casa uma tarde destas e registradas pelo principal crítico literário da Beaverbrook. Desde então elas têm me perseguido, dormindo ou acordado. Às vezes, sou acusado de uma afeição pelos pares do reino; o que lhes diz respeito, sugerem, indiretamente me diz respeito. Por certo, o nobre que tentou se insinuar na minha casa meia hora antes do jantar naquela tarde se tornou uma obsessão de nove dias.
[...]
Mas para explicar a presença dele. Os jornais populares, assim penso, só de modo intermitente e constrangido são conscientes de que há esferas da vida inglesa nas quais sua influência é insignificante. As 50 ou 60 mil pessoas deste país, que sozinhas sustentam as artes, não vão se orientar com os críticos de lorde Beaverbrook. Por isso, artistas de todos os tipos fazem parte do treinamento para a batalha dos repórteres novatos. "Não fique embromando na redação, rapaz", dizem os editores, "sente-se e insulte um artista." Muito freqüentemente os escritores, entre outros, são perturbados ao telefone com pedidos de entrevistas. Quando as recusam, o jornalista vai até o que na redação de um jornal se chama

levianamente "a biblioteca", pega o arquivo de declarações equivocadas de seus predecessores, copia-as, acrescenta algumas do próprio punho e ninguém sofre, a não ser os leitores da imprensa popular, que precisam, imagino, se aborrecer com a recitação de velhos casos falsos. Essa é a rotina normal — a menos que haja um lorde disponível, que não se submete às convenções do ofício.

Na manhã da visita, minha mulher disse:

— Uma repórter do *Express* e um lorde queriam vir conversar com você esta tarde.

— Você lhes disse para não virem?

— Claro.

— Que lorde?

— Noel alguma coisa.

— Noël Coward agora é nobre? Eu gostaria de vê-lo.

— Não, não era ninguém de quem eu já tenha ouvido falar.

O caso tinha se encerrado ali, supus eu. Mas naquela tarde, exatamente quando ia me preparar para o jantar, ouvi uma altercação na porta da frente. Minha pobre mulher, vindo exausta do campo de feno, estava tendo seu banho retardado por um casal desagradável.

A mulher, a senhorita Spain, registrou em duas colunas o que os dois fizeram durante o dia. Eles estavam no que ela chamou de "peregrinação". Isso os levou, sem terem sido convidados, a tomar chá com o Poeta Laureado. "Lorde Noel-Buxton simplesmente entrou na casa", escreve a senhorita Spain, enquanto ela pisava desajeitadamente no feno. O poeta estava "silencioso, sonhando com o passado", pensando, sem dúvida, que em todos os anos em que estivera no segundo time nunca havia encontrado indivíduos tão penosos. Ofereceu-lhes bolo de aveia. Então se animou, "seus olhos azuis dançaram". O velho "querido" havia imaginado um meio de se safar. Mandou-os me procurar. "Recebê-los? Claro que ele irá recebê-los." Eles vieram para a aldeia onde vivo, que, curiosamente, eles descobriram ser "uma coleção dispersa de casas pré-fabricadas" (no lugar não há sequer uma) e entraram no bar, onde conversaram com os fregueses, gente rústica. Andei depois perguntando e soube que por alguma razão eles deram a impressão de ser olheiros da televisão. As pessoas da aldeia tentaram interessá-los em sua música, e a cordialidade gerada desse modo equivocado encorajou os dois peregrinos. Eles tentaram uma invasão de domicílio em minha casa e discutiram até eu dispensá-los em termos inteligíveis até para eles.

Lorde Noel-Buxton parecia desconhecer que estava fazendo uma coisa errada. "Ah, Nancy, pare, por favor!", disseram que ele gritou, quando eu saí para

verificar se eles não estavam furtivamente dando a volta para obter informações com o cozinheiro. "Ele está vindo se desculpar."
  Uma avaliação errada.
  Desde então tenho me perguntado qual seria o papel de lorde Noel-Buxton nessa leviandade. Ele não está, averigüei, na folha de pagamento do *Daily Express*. Tudo o que aparentemente ele ganhou foi um passeio de carro, um pedaço de bolo de aveia e um romance que dificilmente vai entender. Como diz o povo, quem ele pensa que é?
  Investiguei e descobri que ele é da segunda geração de um exemplar da criação de um certo Ramsay MacDonald. Para o estudioso da estratificação social, isso é significativo. Existe no nosso meio, ignorada, uma nova subclasse social? Os homens que compraram títulos de nobreza de Lloyd George acreditavam estar fundando casas aristocráticas, e na época havia realmente uma suposição razoável de que uma geração ou duas de riqueza herdada pudesse refinar os descendentes dos rudes fundadores. Mas os homens que receberam o brasão de MacDonald acharam que a ordem em que estavam entrando havia se arruinado. O tempo eliminou os bizarros decretos daquele estadista na Igreja da Inglaterra, mas a Câmara Alta aí está e os nobres que ele criou sobrevivem. Fico imaginando se há muitos desses órfãos da tempestade que passou. De qualquer modo, aqui na porta da minha casa estava um exemplar com a plumagem completa.
  Pedi a uma agência, a que às vezes recorro, para descobrir alguma coisa sobre ele. Tudo o que eles puderam dizer é que ele não é forte, pobre coitado, e foi descartado pelo Exército Territorial* no início da guerra. Atualmente, quando não está em peregrinação literária, parece que ele passa muito tempo remando nos rios.
  Evidentemente ele não pode ter encontrado muitos outros lordes. Os estudiosos da *Punch* sabem que dos anos 80 do século passado até os anos 30 deste fizeram-se muitas piadas sobre os descendentes empobrecidos dos cruzados que foram rebaixados para o comércio a varejo. Agora isso é um fato ordinário; talvez não nas Lojas Cooperativas, onde, supostamente, lorde Noel-Buxton faz suas compras; mas é difícil acreditar que em algum lugar nas cercanias da Câmara Alta alguma vez lhe tenham feito uma oferta vantajosa de vinho ou roupa. Porém, precisamos acreditar nisso. "Sou um membro da Câmara Alta." As duas idéias, na mente desse nobre ingênuo, são axiomaticamente irreconciliáveis.
  Temos no país muitos tipos de lordes: lordes arrogantes, para os quais todas as pessoas comuns querem se aproximar deles e precisam ser mantidas a dis-

---

* Força voluntária, organizada em 1908 e extinta em 1967, que atuava em casos de emergência. (N. T.)

tância; lordes afáveis, que gostam de se misturar com seus semelhantes de todos os graus e conhecem as convenções da boa sociedade usadas para se fazer apresentações; lordes pródigos e ociosos, e lordes sem dinheiro ansiosos por ganhar a vida honestamente. Em lorde Noel-Buxton vemos o lorde predatório. Ele parece achar que seu baronato lhe dá direito a um lugar na mesa de jantar de qualquer residência particular do reino.

Temer esse lorde é claramente o início da sabedoria.

5. "O QUE HAVIA DE ERRADO COM PINFOLD"

A FESTEJADA CRÍTICA de J. B. Priestley a Pinfold *tem sido bastante ridicularizada, e Waugh fez isso do modo mais notável (no item seguinte do Apêndice). Mas de qualquer modo ela contém material pertinente lesivo em quantidade suficiente para levar Waugh a respondê-la, o que ele não costumava fazer.*

O romance semi-autobiográfico de Evelyn Waugh, *A provação de Gilbert Pinfold*, tem recebido ataques vigorosos e elogios entusiásticos. A crítica literária não é a nossa preocupação aqui, mas talvez eu deva acrescentar que gostei do início da história, que estaria disposto a admirar seu plano geral, mas achei as cenas de alucinação a bordo do navio muito toscas e tediosas, sem a marca do pesadelo que esperava encontrar nelas. Isso me surpreendeu num escritor que admiro há muito tempo — e na verdade eu estive entre os primeiros a louvá-lo alto e bom som —, um romancista original, de grande habilidade técnica e marca pessoal. Cheguei à conclusão de que nessas cenas ele se atolou em algum lugar entre a realidade e a invenção: a realidade, porque ele estava descrevendo mais ou menos o que lhe havia acontecido; a invenção, porque ele tinha resolvido, talvez às pressas, no último momento, substituir as vozes imaginárias que julgava ouvir por vozes imaginárias da imaginação; e isso explicaria por que, sendo substituições feitas às pressas, elas parecem estar muito aquém do seu nível habitual de criação e invenção. Mas tudo isso não passa de suposição. E o tema deste artigo não é Waugh, e sim Gilbert Pinfold.

Pinfold, ficamos sabendo, é um romancista de meia-idade e de algum mérito. É bem conhecido no exterior, onde estudantes estrangeiros escrevem teses sobre sua obra. Mora numa velha casa no campo, onde sua mulher, mais jovem do que ele, administra a propriedade rural. Tem muitos filhos pequenos. Já não viaja freqüentemente, como costumava fazer, e agora não vai muito a Londres, embora ainda seja membro do "clube Bellamy".

[...]

Sua mulher é católica por criação e ele se converteu a essa religião. Ficamos sabendo que ele passa os dias escrevendo, lendo e administrando seus pequenos negócios. Mora onde quer morar e, ao contrário da maioria das pessoas hoje em dia, está perfeitamente satisfeito com a sua sorte.

Contudo, ele bebe razoavelmente, na verdade bebe demais. E como tem dificuldade para dormir, toma doses cada vez maiores de um narcótico ou sedativo obtido com uma receita antiga, que ele dilui em licor de menta. Assim, é um Pinfold meio bêbado e meio dopado que vence a custo o caminho até a cabine reservada para uma viagem de três semanas ao Oriente. Nessa cabine ele começa a ouvir as vozes que o atormentam, vozes de perseguidores que não têm existência, que são uma criação do seu próprio inconsciente. Pensando nos junguianos, pode-se acrescentar que tanto a Sombra quanto a Anima estão ativamente empenhadas nessas provocações espectrais. O pobre Pinfold se vê num tipo de pesadelo vivido em estado de vigília, do qual só sai quando volta para casa. O médico do lugar lhe diz que ele foi vítima da combinação de hidrato de cloral e brometo sorvida com muita voracidade. Nós o deixamos, a salvo e aconchegado novamente em seu escritório, pronto para começar a trabalhar, mas preterindo seu romance inacabado em favor de uma obra mais urgente: *A provação de Gilbert Pinfold*.

Mas Pinfold é um tolo se imagina que seus problemas acabaram. Ele foi advertido. Porque as vozes falaram uma série de bobagens, fazendo as acusações mais ridículas, ele ignora a verdade subjacente que une todas elas, a idéia de que ele não é o que pensa que é, que está ocupado enganando a si mesmo e aos outros. Conscientemente ele rejeitou essa idéia durante algum tempo; afogou-a no álcool, no brometo e no hidrato de cloral; e agora ela só pode abrir caminho em sua mente encenando um drama grosseiro de vozes lunáticas. E embora estejam bem longe da verdade em suas acusações detalhadas, elas estão certas, essas vozes, quando lhe dizem que ele é uma falsificação. Evidentemente é Pinfold repreendendo Pinfold; o eu fundamental dizendo para o ego não ser um charlatão. O que está em julgamento aqui é a *persona* de Pinfold. Essa *persona* é inadequada: a bebida sugeriu isso; com os medicamentos, essa hipótese tornou-se uma possibilidade; e as vozes, por fim, a comprovaram.

O estilo de vida adotado por Pinfold é o das velhas famílias católicas proprietárias de terras, cujas mulheres vivem para os filhos e para o lar-fazenda, e cujos homens, a não ser nos tempos de guerra, quando, como Pinfold, estão dispostos a defender seu país, se distanciam da vida nacional, comportando-se por opção como seus ancestrais eram obrigados a se comportar por necessidade, por causa da religião escolhida. Tudo o que lemos sobre Pinfold se enquadra nesse estilo de vida — com uma exceção supremamente importante, o fato, o fato obstinado, de ele ser por profissão escritor, artista. E essa é a verdade fundamental sobre Pinfold, que jamais poderia ter conseguido projeção como romancista se não fosse essencialmente um artista. Ele não é um cavalheiro católico proprietário de terras. Mas por que, perguntarão, ele não pode ser ambas as coisas? Porque elas não são compatíveis. E essa não é apenas a minha opinião. Na verdade, é também a opinião de Pinfold.

Embora Pinfold possa imaginar que atingiu um estilo de vida perfeitamente ajustado a ele, seu comportamento mostra que não é bem assim. Vejamos, por exemplo, o caso do indivíduo que bebe muito. Alguns homens bebem muito porque seu trabalho exige que eles pareçam descontraídos e afáveis com pessoas de quem eles não gostam; outros homens bebem porque são naturalmente gregários e gostam de entornar o copo com os rapazes; outros, como alguns políticos, jornalistas, atores, bebem muito porque seus dias e noites são uma difícil mistura de esperas enfadonhas e crises súbitas. Mas Pinfold não pertence a nenhum desses grupos. Ele é uma esponja solitária, esperando amortecer sua mente para a realidade. Isso também explica seu imprudente tráfico com narcóticos e sedativos. Qualquer coisa é melhor do que ficar acordado às três da manhã, quando a *persona* é transparente e frágil. E assim, no final chegam as vozes. Suas acusações são absurdas, monstruosas; ele é um estrangeiro que mudou de nome, um homossexual, um traidor, um assassino em potencial; elas sempre erram o alvo, talvez passando deliberadamente além dele, como se pudesse haver um logro até nessas tentativas de acabar com o logro; contudo, elas ficam dizendo que ele não é o que finge ser. E se parassem de fazer palhaçadas e, talvez com o seu consentimento, falassem claramente, elas diriam: "Pinfold, você é um escritor profissional, um romancista, um artista, por isso pare de fingir que representa alguma família proprietária de terras obscura mas arrogante que nunca teve uma idéia na cabeça".

Pinfold precisa escrever um pouco, de tempos em tempos, do contrário não ganharia a vida. E quando está na metade de um livro, ele se comporta como um artista, rompendo com o padrão do cavalheiro do campo; mas essas ocasiões eram uma pequena porção do seu ano. Na maior parte das noites ele não ficava nem agitado nem apreensivo. Ficava simplesmente enfadado. Depois do mais ocioso dos dias, ele precisava de seis ou sete horas de insensibilidade. Com elas atrás de si, tendo a expectativa delas, podia encarar outro dia ocioso com algo que fosse próximo da animação; e essas horas as suas doses infalivelmente proporcionavam.

Isso é muito revelador. Quando não está trabalhando, Pinfold se aborrece porque sua *persona* é inadequada, porque o papel que ele se condenou a desempenhar é demasiado superficial e vazio, porque o intelectual e artista nele se sente frustrado e à míngua. Um autor não é um autor apenas quando está escrevendo. A autoria genuína, à qual Pinfold, que não é nenhum burocrata da literatura, se dedica, é um meio de vida exatamente como a lavoura ou o Exército. É uma das vocações. É por isso que, numa época em que a maioria das pessoas está pedindo cada vez mais por seus bens e serviços, o autor pode em segurança receber menos, pois é um segredo aberto, não importando o que ele possa dizer, que ele é apaixonado por seu ofício. Se tudo der errado, ele poderá se empregar no gasômetro e pagar com suas economias para ser impresso.

O que podemos chamar de *Pinfoldear* — o artista fingir cuidadosamente não ser artista — é uma velha habilidade aqui na Inglaterra, graças à nossa tradição aristocrática e à suspeição do nosso público em relação ao intelecto e às artes. [...] Pinfoldear nos poupa do posicionamento solene que observamos entre nossos colegas estrangeiros, que são mais solenes com relação a uma pequena crítica literária do que nós somos com relação a uma criação épica. Nós evitamos o toque *Cher Maître*. Mas acho que a atitude continental, apesar de toda a pomposidade, extravagância, estímulo à charlatanice, é mais sã, mais saudável, melhor para as artes e para o país, do que a nossa. Se os autores e os artistas deste país são mais do que oficialmente considerados sem simpatia, são até mesmo escolhidos para receber um tratamento injusto — como eu, por exemplo, acredito —, então os Pinfolds são até certo ponto culpados. Eles não só não defendem a sua profissão: eles passam para o partido do inimigo. Congreve pode ter desconsiderado sua reputação como poeta e dramaturgo, mas pelo menos ele se identificou com uma classe da qual saíram os principais patronos da poesia e do teatro, ao passo que os Pinfolds estão se escondendo entre caçadores de raposas, chacinadores de faisões, criadores de cavalos e de gado.

Que Pinfold fique ciente. Ele sofrerá novamente um colapso, e da próxima vez poderá não encontrar o caminho de volta para o seu escritório. O eu central que ele está tentando negar, aquele ego que cresceu entre livros e autores e não entre perdizes e caçadores, aquele ego que mesmo agora procura desesperadamente expressão em idéias e palavras, irá se partir se novamente ficar emparedado num estilo de vida falso. Apesar do que a senhora Pinfold, a família e os vizinhos possam pensar e dizer, Pinfold precisa sair desse papel de cavalheiro de Cotswold que lamenta mansamente a Lei da Reforma de 1832, e se não pode descobrir um papel aceito como homem de letras inglês — e admito que isso não é fácil —, ele precisa criar um, esperando que este seja reconhecível. Ele precisa ser em todas as ocasiões o homem de idéias, o intelectual, o artista, mesmo se lhe for pedido que renuncie ao clube Bellamy. Se não, se ele voltar a ficar aborrecido e a beber por trás dessa *persona* inadequada, esperando uma mensagem do formoso príncipe Charlie, então nenhuma papoula, nenhuma mandrágora, nem todos os xaropes do mundo jamais irão curá-lo.

6. "Alguma coisa errada com Priestley?"

ESTA É A RESPOSTA DE WAUGH (*na revista direitista* Spectator) *à crítica de Priestley (na revista esquerdista* New Statesman). *Os leitores podem julgar por si mesmos quem, se for o caso, se saiu melhor na troca.*

Na *New Statesman* de 31 de agosto, J. B. Priestley publicou um artigo intitulado "O que havia de errado com Pinfold?" "Pinfold", preciso explicar, é o nome que dei ao principal personagem do meu último livro, um romance reconhecidamente autobiográfico que já havia sido criticado (de modo muito civilizado) nas colunas literárias dessa revista curiosamente dotada de duas caras. Há um contraste evidente entre o Jekyll da cultura, do espírito e das disputas criativas e o Hyde que o apresenta, um representante do ateísmo lamurioso e da economia. O artigo de Priestley apareceu na seção de Hyde. Ele não está preocupado em me ajudar em minha produção literária, como está tão qualificado para fazer, mas em me advertir sobre o estado da minha alma, um assunto sobre o qual não posso lhe conceder domínio total. Em "Que Pinfold fique ciente" ele proclama, em tons proféticos e com a autoridade ampliada por algumas conhecidas citações de Jung, que eu não devo demorar a ficar permanentemente louco. Os sintomas são que eu tento associar dois papéis incompatíveis: o de artista e o de cavalheiro católico do campo.

Qual desses perigos para a vida artística ele considera mais fatal? Não seria o de viver no campo, imagino. A menos que eu esteja mal informado, na minha idade Priestley era um proprietário de terras numa escala comparada à qual minha modesta herdade é uma leira de camponês.

O catolicismo? Na verdade, a minha Igreja impõe algumas restrições que Priestley deve achar maçantes, mas ele deve ter observado que um número muito grande de seus colegas escritores professa um credo e tenta seguir uma lei moral católica ou, do ponto de vista junguiano, quase idêntica a esta. T. S. Elliot, Edith Sitwell, Betjeman, Graham Greene, Rose Macaulay — a relação é ilustre e longa. Estão todos eles a caminho do hospício? Não, o que aborrece Priestley é a minha tentativa de me comportar como um cavalheiro. Priestley manifestou freqüentemente uma aversão pelas classes altas, mas, tendo desde cedo adotado a *persona* de um sujeito generoso e amável, apenas uma vez, pelo que sei, tentou retratá-las. Nessa ocasião demonstrou um conhecimento muito vago, como Dickens ao criar Sir Mulberry Hawke. É o esforço de se preocupar com seus modos que está levando o pobre Pinfold à loucura. "Ele precisa", escreve Priestley, "ser em todas as ocasiões o homem de idéias, o intelectual, o artista, mesmo se lhe pedem que renuncie ao clube Bellamy" (uma instituição fictícia que aparece em alguns livros meus). Os clubes de Priestley devem ser mais rigorosos que o meu. No clube que freqüento nunca ouvi falar que a direção se informava sobre as "idéias" dos membros. É verdade que somos proibidos de trapacear no jogo ou bater nos empregados, mas, francamente, não vejo nada de particularmente artístico em nenhuma dessas atividades.

 Naturalmente eu anseio pela boa opinião de Priestley e gostaria de manter minha sanidade por mais alguns anos. Já sou velho para começar a usar novos artifícios, mas acredito que poderia aprender uma nova dicção numa escola de elocução. Não acho que agir como um grosseirão seria algo além de mim — o mundo literário tem muitos exemplos ilustres desse comportamento. Meu cabelo ainda é forte; eu poderia deixá-lo crescer. Poderia alugar um terno Teddyboy, pendurar no pescoço uma corrente de bicicleta e me divertir nos salões de dança. Mas isso satisfaria a Priestley? Ele não iria logo detectar e denunciar essa nova *persona*? "Lá estava Waugh", diria ele, "um homem de educação humanista e acostumado à sociedade educada tentando se fazer passar por operário que faz engenharia numa faculdadezinha qualquer. Não admira que ele esteja numa cela de manicômio."

 Não me lisonjeio achando que a solicitude de Priestley decorra apenas de seu interesse por mim. O que realmente o preocupa, creio eu, é que com o meu estilo de vida eu deixo à margem o time, os onze — quem quer que sejam eles — capitaneados por Priestley. "Se os autores e os artistas deste país são mais do que oficialmente considerados sem simpatia, são até mesmo escolhidos para receber um tratamento injusto — como eu, por exemplo, acredito —, então os Pinfolds são até certo ponto culpados. Eles não só não defendem a sua profissão: eles se passam para o lado do inimigo."

Priestley, meu velho, você tem certeza de que está se sentindo bem? Não ouve nenhuma voz? Estou falando sério! Sei que no seu caso não há narcóticos nem conhaque, mas quando um sujeito começa a falar do "inimigo" e a acreditar, por exemplo, que ele foi escolhido para receber um tratamento injusto não está na hora de consultar um terapeuta junguiano sobre a sua anima? Macmillan não o convida para tomar o café da manhã, como Gladstone teria feito. Sua renda, como a de todo mundo, é confiscada e "redistribuída" no Estado do Bem-Estar Social. A vida de Tennyson tornou-se abominável graças a admiradores importunos; Priestley pode caminhar por Piccadilly com uma papoula ou um lírio sem ser molestado pela multidão que persegue os astros da televisão. É a isso que ele chama tratamento injusto? Pinfold, diz ele, está esperando em vão uma mensagem do formoso príncipe Charlie. Será possível que Priestley esteja esperando uma convocação para Windsor feita pela rainha Vitória?

Priestley é um homem mais velho, mais rico e mais popular do que eu, mas eu não posso evitar dizer: "Ele que se acautele". Nos últimos doze anos ele teve alguns grandes desapontamentos; talvez ele preferisse chamá-los de "traumas". As vozes que Priestley ouve, como as de Pinfold, talvez sejam as vozes de uma consciência loucamente distorcida. Uns vinte anos atrás houve, na verdade, uma *trahison des clercs* que deixou o mundo literário muito desacreditado. Foi então que o astuto anteviu a revolução social e soube quem ficaria no comando. Eles fizeram de tudo para adular as classes inferiores ou, segundo eles próprios, para "identificar-se com os operários". Poucos excederam Priestley em seu zelo por justiça social. É instrutivo reler seu vigoroso romance *Blackout in Gretley*, escrito numa época muito sombria da guerra, quando a unidade nacional era de importância vital. Seu tema simples é que as classes superiores da Inglaterra estavam conspirando para manter submissos os trabalhadores mesmo à custa da derrota nacional. O vilão, Tarlington, é tudo o que pode haver de deplorável: um homem de boa família e de aspecto elegante, conservador, diretor de uma empreiteira, um oficial corajoso em 1914 — e, evidentemente, faz espionagem para os alemães.

[...]

"Nos próximos dois anos este país terá de escolher", diz um personagem virtuoso, "se quer ressurgir para a vida plena e recomeçar tudo de novo ou decair rapidamente e morrer do jeito que sempre foi. A primeira alternativa só pode ser alcançada controlando-se com firmeza os 50 mil cavalheiros importantes e influentes e recomendando-lhes categoricamente que fechem a boca e não façam nada caso não queiram ser forçados a um trabalho desagradabilíssimo." Rompeu o dia. Priestley se desapontou. Não se criou nenhum campo de concentração para as classes superiores. Tampouco os trabalhadores triunfantes se revelaram mecenas generosos ou sagazes. Talvez a gratidão seja uma das suas virtudes notáveis. Quando sentem necessidade de um pouco de prazer estético, eles não fazem fila no teatro para assistir a uma peça experimental; eles se apinham nos ônibus de excursões e com passos pesados percorrem as salas que exibem a coleção mais próxima de pratarias e retratos de família; isso é suficiente para enforecer o artista nu com mania de perseguição.

7. Trecho de "Face a Face"

As entrevistas de John Freeman na televisão eram famosas por levar às lágrimas seus entrevistados. Estes trechos da entrevista de 1960 focalizam a história de Pinfold.

FREEMAN: Eu poderia lhe fazer algumas perguntas sobre *Pinfold*? A pergunta que todo mundo quer lhe fazer é: até que ponto *Pinfold* é um relato da sua breve doença?

WAUGH: É quase exato. Na verdade, foi preciso resumir bastante. O livro seria infinitamente tedioso se tudo tivesse sido registrado. É o relato das alucinações ocorridas de modo contínuo durante três semanas.

FREEMAN: E você ouvia vozes?

WAUGH: Ouvia todas aquelas vozes. Se tivesse escrito tudo o que as vozes diziam, o resultado seria imensamente enfadonho. É preciso ser seletivo.

FREEMAN: Mas elas diziam para você o mesmo que disseram para Pinfold?

WAUGH: Ah, sim, sem dúvida. De novo e de novo e de novo, dia e noite.

FREEMAN: E havia três diferentes tipos de vozes que falavam com Pinfold; havia a moça bonita que se encontrava com ele...

WAUGH: Elas foram gradualmente se reduzindo, se você se lembra do livro. No início, eu imaginei que todos estavam envolvidos — eu raciocinava sobre a coisa o tempo todo. Não se tratava absolutamente de perda da razão, era apenas um raciocínio rigoroso aplicado a premissas falsas.

FREEMAN: Certo. Mas eu fico pensando por que as vozes diziam o que diziam. Você tem alguma idéia...

WAUGH: Sempre me perguntei isso.

FREEMAN: ...de por que você fez aparecer aquela moça encantadora que marcava encontros aos quais você nunca ia?

WAUGH: Mais ou menos — se você se lembra da história. Eu saí para procurá-la e ela não estava lá.

FREEMAN: E uma outra, a voz mais odiosa, disse que Pinfold era homossexual, judeu comunista, novo-rico etc. Era esse tipo de alucinação que você tinha?

WAUGH: Ah, sim, eram essas vozes, exatamente.

FREEMAN: E na sua vida real eram os vizinhos que estavam fazendo essas observações? Porque, se você se lembra, em *Pinfold* os vizinhos estavam envolvidos nessa perseguição.

WAUGH: Não tenho idéia do que os meus vizinhos diziam sobre mim.

FREEMAN: Mas você acha que seus vizinhos estavam...

WAUGH: Não. A coisa toda foi tão confusa que eu tive de, se você se lembra, inventar a teoria de que a Sociedade da Imprensa — a sua própria — estava envolvida.

FREEMAN: Bom, eu ia lhe perguntar. Você na verdade tem algum rancor em relação à BBC? (não) Porque ela aparece em outros livros seus — e é por isso que eu faço a pergunta —, sempre num contexto ligeiramente pejorativo.

WAUGH: Bom, todo mundo faz críticas à BBC, mas não creio que eu seja mais violento do que o resto das pessoas.

FREEMAN: Na vida que você escolheu levar agora — quase uma vida de proprietário rural — você se dá bem com seus vizinhos?

WAUGH: Bom, na verdade não é correto dizer que eu levo uma vida de proprietário rural. Porque uma vida de proprietário rural implica sentar-se no banco dos magistrados, visitar as exposições de gado e fazer todo esse tipo de coisa. Eu levo uma vida de solidão absoluta.

FREEMAN: Você não participa das atividades da sua...

WAUGH: Não. Eu vivo no campo porque gosto de estar sozinho.

FREEMAN: Você passou claramente a rejeitar a vida, porque isso não é verdade — houve uma época em que você vivia na cidade, freqüentava a sociedade, escreveu livros sobre a sociedade, e agora se afastou completamente. Você teve consciência de uma súbita decisão de fazer isso?

WAUGH: Aconteceu há uns oito anos, não subitamente, mas subitamente eu me cansei da... não subitamente, eu fui me cansando gradualmente da sociedade, em grande parte, acredito, por causa da surdez — e eu ouço você perfeitamente, e ouço perfeitamente uma pessoa, mas se há uma multidão eu fico aturë dido. Mas acho que isso pode ser psicossomático: eu não ouço porque estou aborrecido, e não o contrário, que eu me aborreça por não ouvir.

FREEMAN: Você já refletiu sobre a diferença entre o tipo de vida que escolheu e o da sua família?

WAUGH: A diferença é muito pequena.

FREEMAN: Você tem gente à sua volta constantemente, você ainda convive com o mundo literário?

WAUGH: Eu não sou tão hospitaleiro quanto meu pai. Ele tinha sempre hóspedes em casa.

FREEMAN: E você sente falta disso ou não?

WAUGH: Não.

FREEMAN: As pessoas ficam imaginando — isso pode parecer rude, mas é algo que inegavelmente surge a partir das coisas que você disse e das coisas que você escreveu —, as pessoas ficam imaginando se de certo modo não é um tipo de farsa você resolver assumir a atitude da vida rural, o que nos seus livros não parece ser algo totalmente natural para você.

WAUGH: É bem verdade que eu não tenho o menor interesse na vida rural, no sentido agrícola da administração do lugar. O campo para mim é um lugar onde eu posso ficar tranqüilo.

FREEMAN: Você é sensível à crítica dos outros — críticas desfavoráveis a seus livros?

WAUGH: Acho que não.

FREEMAN: Muitas vezes pensei, em meados da década de 1930, por exemplo, quando você era atacado pela... bom, pela Rose Maculay e mais um ou dois críticos, de ser fascista porque cobriu a guerra da Abissínia do lado italiano; isso o perturbou ou o preocupou seriamente?

WAUGH: Eu nem fiquei sabendo que ela me atacou.

FREEMAN: Isso é que é uma resposta convincente. Alguma vez você já pensou no que seria uma crítica injusta ou desfavorável?

WAUGH: Não. Quando alguém me elogia, eu penso que esse sujeito é um idiota, e se me ofendem, eu penso que esse sujeito é um idiota.

FREEMAN: E se não dizem absolutamente nada sobre você e não o notam?

WAUGH: É o melhor que eu posso esperar.

FREEMAN: Você gosta quando isso acontece? (sim) Por que você veio a este programa?

WAUGH: Pobreza. Fomos ambos contratados para conversar deste modo delirantemente alegre.

[...]
FREEMAN: Eu gostaria de lhe fazer uma última pergunta e quero voltar a *Pinfold*. Analisando retrospectivamente o colapso mental que você teve na época e a sua vida como você a vê, você acha que há algum conflito ou instabilidade permanente entre o modo de vida em que foi criado e o modo de vida em que optou por viver agora?

WAUGH: Ah, eu sei aonde você quer chegar: ao que aquele idiota do Priestley disse num artigo. Acho que tratei disso na *Spectator* — é disso que você está falando. Ele escreveu isso na *New Statesman* e eu respondi na *Spectator*.

FREEMAN: Bom, eu não estava pensando particularmente nisso, mas estava lhe perguntando se você alguma vez temeu que esse tipo de coisa lhe aconteça outra vez.

WAUGH: Não, não. Isso é o que o coitadinho do Priestley achava.

Este livro, composto na fonte Fairfield
e paginado por Alves e Miranda Editorial, foi
impresso em pólen soft 80g na Imprensa da Fé.
São Paulo, Brasil, na primavera de 2002